최강끼리 맞선 본 결과

히시카와 사카쿠 지음
U35 일러스트
정우주 옮김

이 여자는 완전한 연애 강자.

최강의 검사 '플레임 로드(옥염제)'
아그니스 레스터

국가의 명운을

─잠깐만, 이건……

메이에게서 건네받은 연애 지침서의 목차를 머릿속을 연달아서 흘러갔다.

항목이 있지 않았던가. 상대에게 공포심을 워서 그것을 연애의 두근거림으로'라고 착각하게 만든다는 ─ 분명

상급편 여섯 번째'이건 틀림없는 사랑의

?' 흐읏지. 아그니스의 가은 "상급자"로 거슬러 감각이 흘렀다. 그것은 그 마의 책모. 지난번의 냉정

이 남자는 절대적인 연애 강자.

최강의 마녀 '블리자드 로즈(빙결희)'
레파 엘드리트

건 맞선 개시!!!

아니요……
아, 네.

레파의 메이드
로저린

여자는 애교라는 격언이 있어

넌 모를 수도 있겠지만.

바닷물에 젖은 하얀 원피스가 몸에 찰싹 달라붙었다.

그 위로 떠오르는 것은 굴곡 있는 몸의 곡선과

쓸데없이 천의 면적이 적은 비키니.

차
례
[contents]

최강끼리 맞선 본 결과
1

히시카와 사카쿠 지음 | **U35** 일러스트 | **정우주** 옮김

커버·권두·본문 일러스트 | U35

프롤로그

——이런 느낌은 오랜만이로군…….

소년—— 아그니스 레스터는 가늘게 숨을 내뱉고서 자세를 가다듬었다.

대륙 남동쪽의 대국 에스키아 공화국. 역대 많은 국가 원수를 배출한 명문 출신으로 태어나 어릴 적부터 검을 손에 들고 전장을 뛰어다녔다. 때로는 수많은 적을 상대로, 때로는 흉악한 마수 떼를 상대로. 비가 오나 바람이 부나 잘 틈도 아끼며 검을 계속 휘둘렀다.

칠흑의 머리카락에 타오르는 것 같은 붉은 눈동자, 목에는 흐릿하게 빛나는 검은 펜던트를 걸었다. 강철처럼 갈고 닦은 육체와는 어울리지 않게 천진난만한 생김새가 남은 그는 어느샌가 '최강'의 검사가 되었고, 대기와 마찰해서 화염마저 일으키는 그 초절 검기로 인해 '플레임 로드(옥염제)'라는 별명으로 불리게 되었다.

그런 그의 눈앞에 얼굴을 베일로 가린 소녀 하나가 서 있었다.

권모술수에 뛰어나고 마술 연구가 번성한 북쪽 대국 이그마르 왕국. 오랫동안 치열한 적대 관계에 있었던 그 나라의 왕족이자, 동시에 천재라고 칭송받는 마술사. 여태까지 직접 맞붙은 적은 없지만, 그녀 또한 비할 데 없이 강한 힘을 자랑해서 전장에서는 모든 것을 얼리는 '블리자드 로즈(빙결희)'라는 별명으로 불린다.

일촉즉발의 분위기 속에서, 적대하는 두 나라의 '최강'끼리 가까이서 마주 보는 것이다.

소년—— 아그니스는 온몸의 신경을 곤두세워, 현재 느끼는 기분을 말로 표현하려고 시도했다. 자신을 객관적으로 파악하고자 하는, 전장에서 살아남기 위한 지혜이다.

——공포?

결단코 아니다. 상대가 강자라고 해도 자신은 '최강'이다. 기죽지는 않는다.

——흥분?

그것도 아니다. 지금 느끼는 감각은 전투 전에 피가 끓어오르는 느낌과는 다른 종류였다.

——긴장?

역시 이것일지도 모른다.

왜냐하면 이 뒤 시작되는 것은 장절한 일기토도, 땅을 흔드는 실력 겨루기도 아니기 때문이다.

맞선.

어떤 사정에 따라 서로 으르렁거리는 두 나라에 갑자기 동맹 이야기가 대두되어, 우호의 선봉으로써 양국의 최고 전력 사이에 혼담이 오가게 되었다.

무사히 이야기가 매듭지어지면 두 나라 사이의 전쟁 역사에 종지부를 찍게 될지도 모르겠지만, 어릴 적부터 전장에서 지내왔던 아그니스에게 맞선이라는 행사는 미지의 영역이었다. 더군다나 상대는 오랜 적대국 출신인 데다 전장에 이름을 떨치는 얼음의 마녀. 도저히 일이 쉽게 풀리리라고 여길 수는 없다.

무대는 대륙에 널리 신자를 가진 신성교회의 성당. 정교하고 치밀한 스테인드글라스로 꾸며진 방에서, 입회인을 맡은 젊디젊은 여사교가 헛기침을 크흠 하며 위엄있는 말투로 말했다.

"그럼 지금부터 맞선 의식을 집행하겠습니다. 두 분, 이름을 대십시오."

아그니스는 각오를 다지고 숨을 쓰읍 들이마셨다.

"아그니스 레스터. 에스키아 공화국의 삼대공 필두, 레스터가의 삼남."

"레파 엘드리트. 이그마르 왕국 왕가의 사녀, 제5왕위계 승자."

소녀가 서늘한 음색으로 응답하고 나서 얼굴에 드리운 베일을 천천히 벗었다.

——!

거기에는 믿기지 않는 아름다움이 존재했다. 얕게 깔린 눈처럼 하얗게 녹을 것 같은 살결. 허리까지 늘어뜨린 선명하고 강렬한 분홍빛 머리카락에 깊게 얼어붙은 푸른 눈동자. 얼음 세공처럼 섬세하고 정돈된 얼굴은 마치 옛날이야기에 나오는 여신 같았다.

——이것이, '블리자드 로즈'인가.

전장에서는 늘 베일로 얼굴을 가렸기 때문에 '블리자드 로즈'의 민얼굴에 대해서는 다양한 억측이 나돌았다. 너무 강해서 금단의 주술로 소환된 악마는 아닐까 하는 말을 들을 정도였는데, 그 실체가 이런 미소녀였을 줄이야.

갑자기 드러난 미모에 아그니스의 맥이 막을 도리 없이 빨라졌다. 그렇지만——.

——묘한데?

지금부터 맞선이 시작되려 하는데 레파라고 이름을 댄 소녀는 생긋 웃지도 않고서 이쪽을 노려본다.

"어쩐지, 갑자기 싸늘해졌네요."

여사교가 불안스럽게 팔을 쓸기 시작했다. 초봄인데 기묘하게 방이 추웠다. 창 유리에 서리가 끼고, 콧숨에 하얀 김이 섞였다.

——설마…….

아그니스의 뇌리에 위험 신호가 켜졌다.

표면상으로는 두 나라의 동맹을 향한 우호 행사지만, 이곳은 적국 최고 전력끼리 마주하는 자리. 이 기회를 이용해서 이쪽의 '최강'을 장사지내려고 해도 이상하지 않다.

소녀의 시선은 여전히 엄격했다. 눈을 깜빡이지도 않고, 입꼬리만 기묘하게 올리고 있다. 악마를 방불케 하는 가학적인 표정이다.

그녀에게서 흘러나오는 마력의 파동이 꾸욱 강해졌다.

――날 죽이러 왔어!

예감은 확신으로 바뀌었다.

마음속까지 식어가는 처절한 냉기. 옆에 선 여사교가 "추, 추워, 추워요"라고 말하며 바들바들 떨기 시작했다. 대기가 쩡쩡 얼고, 손발은 찡 저리기 시작했다. 콧구멍에 차가운 숨결이 침입해, 당장에라도 질색해버릴 것 같았다.

이 얼마나 무겁고 차가운 마력인가.

그리고 악귀 같은 소녀의 시선.

이미 망설일 시간은 없다. 움직이지 않으면 당한다.

"당할까 보냐!"

아그니스는 목에 건 펜던트를 움켜쥐었다.

그 순간, 붕 하는 소리가 나고 눈앞에 칠흑의 도신(刀身)에 붉은 문양이 새겨진 검이 나타났다. 마도구인 펜던트를 움켜쥠으로써 자유자재로 불러낼 수 있는 애검 제무스. 그 자루를 움켜쥔 아그니스는 눈으로도 담을 수 없는 속도로 소녀를 향해서 검 끝을 내리쳤다.

신속의 베기 공격. 소리조차 앞질러 공간을 베는 도신이 대기와의 사이에 강렬한 마찰열을 일으켜 타오르는 홍련의 화염을 만들어낸다. 아그니스가 '플레임 로드'라고 불리는 까닭이다.

"부, 부우울! 더워, 이번엔 더워어어어!"

아그니스가 만들어낸 불꽃은 여사교의 외침을 아랑곳하지 않고 얼어붙었던 대기를 녹여, 대포 같은 기세로 소녀를 향해 돌진했다. 그러나——.

피식 하고 불협화음이 울렸나 싶더니, 화염이 순식간에 백은으로 물들어 산산이 조각나 흩어졌다. 그와 동시에 수많은 얼음 창이 공중에 나타나 일제히 아그니스를 덮쳐들었다. 그것은 마치 차가운 송곳니를 드러낸 커다란 얼음 뱀 같았다.

정령이 만들어낸 대기 중의 마나에 자신의 마력을 호응시켜 형태를 짜내는 마술이다.

여사교가 바들바들 떨면서 울부짖었다.

"이, 이번엔 얼음, 얼음이 나왔다아! 얼으으으음!"

——반격이 도발에 응했다.

수많은 얼음 창이 팔방에서 무서운 속도로 아그니스를 향해 덮쳐온다. 도망칠 곳은 없다. 그렇지만——.

"으아앗!"

아그니스는 애검을 든 손에 힘을 실었다.

옥염(獄炎)을 두른 도신이 한순간 빛나고 밀려오는 수많은 얼음 창을 단 한 칼에 전부 쳐냈다.

열과 냉기가 교차해 적색과 청색의 섬광이 뛰었다.

"더워, 추워, 뭐, 뭐야, 아까 전부터, 대체 뭐냐고오오오!"

허둥대는 여사교가 혼란스러운 외침을 지르는 와중에, 아그니스는 가볍게 숨을 내뱉고 자신의 손으로 눈길을 주었다.

"과연 이그마르 제일의 얼음 마술사로군."

내려다보니 오른손의 엄지 끝이 검붉게 부어 있었다. 다 막아낸 줄 알았는데 냉기에 의한 공격이 다소 스쳤던 모양이었다. 다음은 이쪽 차례다. 그렇게 생각하고서 자세를 가다듬은 차에——.

무언가가 이상하다.

레파라고 이름을 댄 소녀는 눈동자를 얼떨떨하게 부릅뜨고서 가는 눈썹을 움찔움찔 경련할 뿐이었다.

"너…… 갑자기 무슨 짓을 하는 거야?"

"……뭐?"

레파는 저도 모르게 눈썹을 찌푸린 아그니스에게 얼어붙을 것 같은 차가운 목소리로 말을 이었다.

"맞선 상대를 뜬금없이 공격하다니 대체 무슨 생각이야? 에스키아 남자는 바보야? 그게 아니면 동맹을 맺겠다고 포장하고서, 맞선 자리에서 날 죽은 사람으로 만들려는 속셈인가? 에스키아국이 생각할 법한 짓이네."

"아니, 무슨 소릴 하는 거야? 네가 먼저 이쪽을 죽이려고 했잖아? 그거야말로 이그마르국의 음모야."

그렇게 말하자 소녀는 문득 의아한 표정을 지었다.

"이상한 소리 하지 마. 네가 갑자기 불꽃을 날렸잖아? 그래서 살짝 반격했을 뿐이야."

"살짝 반격하는 수준이 아니었다고. 그보다 애당초 네가 먼저 날 얼리려고 했잖아? 가만히 있었더라면 얼어 죽을 참이었다고."

"뭐어? 그건 트집이야."

"아니, 내 말이 맞아. 그렇지?"

아그니스가 여사교에게 시선을 보내자, 그녀는 망설이는 기색으로 머뭇머뭇 고개를 끄덕였다.

"부, 분명 처음에 추워진 것 같은 기분이……."

"…………어?"

레파가 놀란 표정으로 여사교를 바라보았다.

그리고 살짝 겸연쩍은 표정으로 아그니스에게서 눈길을 돌렸다.

"……흐, 흐응. 그래서 뭐? 조금쯤은 서늘해도 상관없잖아. 이래서 남쪽 나라 출신은."

"숨이 얼어붙을 정도로 극한이었는데."

"아아, 정말 시끄럽네. 만에 하나 내 마력에 의한 것이라고 해도, 딱히 일부러 한 게 아니야. 마력 제어를 조금 잘못했을 뿐이잖아."

"이그마르 제일의 마술사가 마력 제어에 실패했다고? 구차한 변명이로군."

"끈덕지네. 잘 들어. 마술이라는 건 술사의 정신 상태와 밀접하게 관련이 있어. 마음에 동요가 생기면 제어 역시 다소는 느슨해진다고. 그걸 일일이……."

"……동요?"

이그마르가 저도 모르게 가로막고서 말하자, 소녀의 얼어붙었던 창백한 얼굴에 문득 홍조가 떠올랐다.

"아, 아니야. 말이 헛나왔어. 그게 아니라고! 이 '블리자드 로즈'인 내가, 고작 맞선 따위로 동요할 리가 없어!"

말투가 다소 변한 것 같기도 했지만, 아그니스는 꿀꺽 침을 삼켰다.

고작 맞선?

이쪽은 첫 경험에 남몰래 긴장하고 있는데—— 이 여자는 설마 백전연마의 맞선 마스터인가?

"……우, 우연이로군. 나 역시 맞선 정도는 식은 죽 먹기야."

"뭐?"

그가 허세를 부리자 소녀는 한순간 경악한 표정을 보인 뒤 금세 진지한 얼굴로 돌아왔다.

"흐, 흐음……. 뭐, 나로서는 맞선 따윈 식은 죽 먹기를 뛰어넘어 누워서 떡 먹기지만."

"그렇다면 난 눈 감고 물 먹기다."

"그럼 난 자면서 숨쉬기야."

두 사람은 어째서인지 이마에 식은땀을 흘리면서 위세를 겨뤘다.

"대체 당신들은 무슨 이야기를 하는 건가요?"

입회인인 여사교가 의아한 마음으로 물은 다음 쿡 웃었다.

"두 분 다 전장에서는 상당한 강자라고 들었습니다만, 보아하니 맞선에 긴장하신 거겠죠. 우후후……."

"뭐어?!"

"뭐라고?!"

"죄, 죄송해요! 무서워, 두 분 다 눈이 무서워요오!"

흥분한 두 사람의 모습에 기죽은 여사교.

아그니스는 자신을 진정시키려는 듯이 깊게 탄식했다.

"그보다…… 역시 의도적으로 날 공격했던 거겠지?"

"그러니까, 아니라고 하잖아! 난 '최강'의 마술사니까 가만히 있어도 강력한 마력이 흘러나와 버린다고."

레파는 끝까지 고의를 부정했지만, 아그니스의 귀는 하나의 단어에 강하게 반응했다.

"……잠깐만. 지금, '최강'이라고 했지? 미안하지만 '최강'은 나다."

"이상하네. 잘못 들은 건가? '최강'은 나야. 둘이나 필요 없어."

이번엔 레파의 눈동자가 쓰윽 가늘어졌다. 아까 전까지 살짝 허둥대던 기색이 마치 거짓인 양, 그 깊고 푸른 눈동자에는 강한 결의가 엿보였다.

"……그럼, 시험해볼까?"

"……흥. 재미있네."

이완되던 공기가 갑자기 따가울 만큼 긴장감을 띠었다.

"자, 잠깐 기다리세요. 이건 맞선이라고요. 명백히 이상한 방향으로 진행되는데요!"

그러나 여사교의 경고는 단숨에 뛰어오른 두 사람의 패기에 의해 지워졌다. 이윽고 격렬하게 다투는 두 사람의 에너지가 구웅구웅 신음하는 무시무시한 기류를 만들어냈다.

방의 조명이 단숨에 얼어붙고, 태피스트리는 지글지글 타기 시작했다. 열기와 냉기를 품은 너울이 방 안을 뒤덮고 벽에 걸린 그림이 날아갔다.

"잠깐! 이봐요, 저기, 두 분, 진정해요……!"

여사교가 들춰지는 로브 자락을 필사적으로 누르면서 소리 질렀다.

방을 둘러싼 스테인드글라스가 압력을 견디지 못하고 산산조각이 나 흩어졌다.

"깨졌다아아아! 잠깐, 뭘 하는 건가요! 대사교님께 받은 고귀한 스테인드글라스였는데에에! 아니, 안 듣고 있잖아 아아아!"

아그니스와 레파 두 사람은 여사교에게 눈길도 주지 않은 채, 서로에게 날카로운 시선을 보냈다.

그리고 폭풍 같은 투기는 마침내 방을 지탱하는 기둥을 중앙부터 부러뜨렸다. 그리고 커다란 나무 같은 기둥이 세 사람을 향해서 천천히 쓰러졌다.

——아, 죽었다.

여사교가 저도 모르게 눈을 감은 순간, 바람 소리가 구웅 울리고 기둥이 마른 가지처럼 날아가 벽에 격돌했다.

여사교는 융단에 철퍼덕 주저앉은 채로 표정을 꿈쩍하지도 않고서 중량급 기둥을 날려 없앤 두 사람을 얼떨떨하게 바라보았다.

"뭐……, 뭐야, 이 두 사람은. 이제, 싫어. 이제 싫다고오오오! 추워지질 않나, 더워지질 않나, 유리가 깨지질 않나, 기둥이 쓰러지질 않나……. 이런 건 맞선이 아니야아아아아!"

어린아이 같은 울음소리가 들리자 두 사람의 '최강'은 마침내 제정신으로 돌아와서 얼굴을 마주 보았다.

"……응? 이봐, 사교가 울고 있어. 너 때문이야."

"뭐어? 남 탓으로 돌리지 마. 네가 잘못했잖아."

서로 책임을 전가하는 두 사람의 모습을 보고, 눈물을 흘리며 주먹을 바들바들 떨던 여사교가 이마에 핏대를 세우며 허공에 외쳤다.

"아, 정마아아아알! 대체 뭐냐고요, 당신들은! 맞선은 결투가 아니에요! 이건 두 나라의 우호를 위한 귀중한 행사라고요! 연기, 연기이이이이이!"

한쪽은 홍련의 검기를 사용하는 '최강'의 검사, '플레임로드'.

한쪽은 백은의 마술을 조종하는 '최강'의 마녀, '블리자드로즈'.

두 사람의 최강이 펼치는, 국가의 위신을 건 맞선극은 이런 형태로 막을 열었다.

제1장 두 사람의 '최강'

코베르나 대륙.

세계 최대의 육지 면적을 자랑하는 이 대륙에는 일곱 개의 대국을 중심으로 해서 크고 작은 다양한 국가가 득실거린다.

나라가 여럿 있으면 각각의 의도가 생겨나고, 그 수만큼 복잡한 관계가 존재한다.

특히 일곱 대국 중에서도 동쪽의 두 나라라고 불리는 두 대국── 에스키아 공화국과 이그마르 왕국은 사이가 나쁘기로 유명했다.

한쪽은 온난하고 풍요로운 에겔해(海)에 접한, 거칠고 느긋한 국민성.

한쪽은 숲과 깎아지른 산맥에 뒤덮인, 조용하고 의심 많은 국민성.

두 나라는 남쪽의 에스키아, 북쪽의 이그마르로 국경을 맞댔지만, 그 기질은 정반대라서 서로를 견원지간처럼 싫어했다. 혐오는 증오로 변해 이윽고 분쟁을 일으켰다. 많은 피가 흐르고 '동국전쟁'이라고도 불리는 끝 없는 전쟁의 역사는 이미 수십 년에 이른다.

그러나 어떤 사정으로 인해 양국은 은밀히 정전하게 되었다.

　기르강디아 제국.

　고작 5년 전, 대륙 서쪽에 갑자기 건립된 군사국가는 순식간에 인접 국가를 침공해 지배 영역을 넓혀갔다. 그 기세는 무시무시해서 지금까지 위태롭게나마 균형을 유지하던 대륙의 세력 구도를 단숨에 갈아치울 정도였다.

　각국 상층부는 이 사태에 불안해했다.

　동쪽의 양대 산맥인 에스키아 공화국과 이그마르 왕국 역시 예외는 아니었다. 대륙 최서단에 있는 제국과는 거리가 있다고는 해도 무관심할 수는 없었다. 각지에 신자를 지닌 정령 신앙의 본산 신성교회의 중개로 밀서가 오가게 되고, 기르강디아 제국에 대항하기 위해 동맹의 움직임이 시작된 것이었다.

　그렇다고는 해도 쌓아온 원한의 역사는 양자에게 의심암귀를 품게 하기에 충분했다.

　동맹을 맺었다고 꾸민 뒤 배신한다면? 방심한 틈을 노리면 어쩌나?

　의심의 씨앗은 끊이지 않았다.

　두 나라는 각각 강력한 군사력을 자랑했는데, 그중에서도 현안이 된 것은 서로 고작 홀로 수많은 적을 멸한다고 평가되는 '최강'의 존재였다. 그들을 섣부르게 국가의 중핵으로

18　최강끼리 맞선 본 결과 1

불러들여서 멸망하게 되면 본전도 다 잃게 된다.

교섭은 늘어졌고 이견을 좁히기는 어려워 보였다.

그럴 때 나온 것이 '최강'인 두 사람을 가족으로 만들어버리면 어떨까 하는 제안이었다.

그렇게 하면 서로를 억지하고 감시하는 효과를 기대할 수 있다.

또한, 동맹의 상징으로써도 최적이라고.

그 결과, 가까스로 합의가 됐다. 즉, 양국의 동맹 조건은 에스키아 공화국 '최강'인 '플레임 로드'와 이그마르 왕국 '최강'인 '블리자드 로즈'의 혼인이라고.

양군에 일시 정전의 통지가 널리 퍼졌다.

기간은 1년. 증오스러운 상대와 동맹 교섭에 쓸 수 있는 시간은 그뿐이었다.

기한까지 혼인이 성립되면 좋다. 그렇지 않으면── 동맹은 파담이라고.

* * *

대륙 북동부에 위치한 이그마르 왕국.

깎아지른 산맥과 숲으로 뒤덮인 이 나라의 왕도 남쪽엔 널따란 호수가 있다. 물가 옆에는 테라스를 갖춘 키 큰 저택이 서 있고, 그 주위를 에워싸듯이 삼림 지대가 펼쳐져 있다.

봄을 맞이한 숲은 새들의 화려한 노랫소리와 눈이 녹아 생긴 물줄기가 연주하는 맑은 음색을 벗 삼아 생명의 숨결로 흘러넘쳐야 하겠지만——.

펼쳐진 것은 한겨울의 세상이었다.

하얀 결정을 두른 수많은 수빙. 호면은 백은으로 물들어 세상은 시간이 멈춘 것처럼 정숙으로 둘러싸여 있다. 호수의 아득한 건너편 연안부에는 수십의 얼음 조각이 늘어지고, 잿빛 하늘에서 떨어지는 눈이 두껍게 쌓인다.

그 모습을 저택 창에서 멍하니 바라보는 소녀가 있었다.

그곳은 하얀 증기가 끼고 온수로 가득 찬 욕조가 설치된 욕실.

소녀의 비단 같은 연분홍색 머리카락이 뜨거운 물의 표면에 펼쳐지고, 틈새에서 아름다운 팔다리가 언뜻 엿보인다. 적당히 살집이 붙은 매끈한 다리가 뜨거운 물 속에서 무료하게 흔들리고, 상반신의 부드러운 언덕은 풍만한 계곡을 만들었다. 온수의 열기로 하얀 살결이 어렴풋이 달아올라, 소녀에게 이루 말할 수 없는 색향을 부여한다.

오싹할 만큼 단정하고 아름다운 얼굴에 나란히 놓인 것은 한없이 깊은 푸른 눈동자.

이그마르 '최강'의 마술사, '블리자드 로즈' 레파 엘드리트였다.

얼음의 마녀는 작게 탄식을 내뱉더니 욕조에서 천천히 몸을 일으켜 목욕 수건으로 몸을 감쌌다.

"역시 여기에 계셨나요, 레파 님."

얇은 테의 안경을 낀 에이프런 드레스 차림의 여자가 욕실 문을 열고 얼굴을 엿보였다.

"……무슨 용건이야, 로제린?"

레파가 깨끗한 살결을 미끄러져 내리는 물방울을 닦으면서 살짝 고개를 돌렸다.

"무슨 용건이냐고 물으셔도, 당신을 곁에서 섬기는 것이 제 일이니까요. 저택 안이라고 해도 항상 어디 계시는지 밝혀주셨으면 좋겠습니다."

로제린이라고 불린 여자는 레파를 향해서 담담하게 대답했다.

하얀 헤드 드레스. 어깨에서 흔들리는 선명한 은발과 안경 안쪽에 있는 눈동자는 연한 녹색. 그녀 또한 인형처럼 용모가 아름다웠지만 빈곤한 표정을 통해서는 감정을 읽기 힘들었다.

"딱히 문제없잖아. 이제 어린애가 아니라고."

"그럴 수는 없습니다. 당신은 이그마르국의 정통한 제5왕위계승권자시니까요."

"정통이라……"

로제린은 숨을 후 내뱉고서 로브에 팔을 집어넣는 레파를 조용히 바라보며 입을 열었다.

"레파 님. 오늘 하루 동안 이미 다섯 번이나 입욕하셨습니다만."

"나도 알아. 별로 상관없잖아. 난 목욕을 좋아해."

"얼음 마술을 쓰시는 것 치고는 냉한 체질이시라는 사실은 잘 압니다."

"시, 시끄러워. 무슨 말을 하고 싶은 건데, 로제린?"

"아니요, 레파 님의 입욕 횟수가 많을 때는 기분이 좋지 않으실 때가 많으니까요."

"……."

로제린은 침묵하는 레파에게서 욕실 창에 비치는 백은의 숲과 호수로 시선을 옮겼다.

"정말이지, 기분 하나로 봄의 숲을 겨울 풍경으로 바꿔버리시다니 여전히 무서운 마력입니다. 저쪽에 있는 고약한 취미의 조각상도 레파 님 소행이시죠?"

호수 머나먼 건너편 강가에는 얼음 조각상이 몇 개나 늘어서 있었다.

전부 올려다볼 정도로 신장이 컸는데, 팔다리가 열 개 이상 있는 것, 몸 안에 눈알이 있는 것, 등에 거대한 입과 송곳니를 가진 것 등 각각이 꺼림칙하게 기이한 모양이었다.

"난 역할을 완수했을 뿐이야."

레파는 그렇게 대답하고서 가늘게 째진 눈초리를 창밖으로 향했다.

마나의 힘으로 사람들에게 은혜를 가져다주는 존재가 정령이라면, 사람에게 해를 끼치는 나쁜 존재를 마수라고 한다. 가장 약한 종이라도 열 사람이 달라붙어 도전할 필요가 있는데, 흉악한 종은 나라마저 멸한다고 일컫는 악한 짐승이다.

호수 건너편 강가에 늘어선 얼음 조각상은 전부 숨이 끊어져 얼어붙은 마수였다.

대륙에는 스폿(장역)이라고 불리는 마수가 다량 발생하는 위험 지대가 몇 군데 있는데, 이그마르 왕국의 국경 남쪽——이 호수 앞에는 그중 하나인 마경 이솜니아라는 황폐해진 대평원이 펼쳐져 있다. 그 때문에 흉포한 떠돌이 마수가 때때로 모습을 드러낼 때가 있었다.

시중인인 로제린은 눈이 내리는 잿빛 하늘을 바라보며 말을 이었다.

"마수를 쓰러뜨리는데 시야 전체를 얼음으로 채우는 건 너무 지나치겠죠. 역시 어지간히 기분이 나쁘신 것 같습니다. 그 원인은 어제 본 맞선인가요?"

욕조에서 쩌억 하고 딱딱한 소리가 울렸다.

"상대인 에스키아 공화국 제일의 검사——'플레임 로드'. 과연 대단하고 해야 할지, 이쪽의 예상을 뛰어넘는 행동을 취해온 모양이로군요."

로제린의 말을 듣자 욕조의 뜨거운 물이 쩌억쩌억 갈라지면서 얼음으로 변해갔다.

"심하게 뛰어넘었어……"

말을 툭 흘린 '블리자드 로즈'는 주먹을 꽉 움켜쥐었다.

"예상을 너무 뛰어넘었다고. 맞선 상대를 베려고 들다니 정신 나간 거 아니야? 상대가 나 아닌 다른 사람이었더라면 지금쯤 숯이 되었을 거야."

말끝에 험악함이 깃들고 레파에게서 뿜어져 나온 마력의 파동이 단숨에 강해졌다. 욕조에 담긴 뜨거운 물이 한순간에 얼어붙고 바깥 공기가 구웅 울었다. 창밖의 얼어붙은 호수에 균열이 가 쩌억쩌억 비명을 질렀다.

사용인은 그런 인지를 뛰어넘은 광경에도 딱히 놀라지 않고 담담하게 말을 이었다.

"저쪽은 먼저 레파 님이 냉기를 뿜었다고 주장하는 모양입니다만."

"그, 그런 건 살짝 마력의 발로가 높아졌을 뿐이겠지. 저쪽은 명백히 날 노려왔다니까."

"자, 부디 진정하세요."

"어떻게 진정하라는 거야? 아아, 분해. 그 남자, 얼음으로 절여서 머리를 식혀줄까?"

"그러시면 안 됩니다. 임무를 잊으셨습니까?"

"……."

로제린의 날카로운 말을 듣고 레파는 입을 다물었다.

"레파 님. 아시겠죠? 이번 맞선은 단순히 두 나라 간 동맹의 실마리 역할을 하기 위해서가 아닙니다."

시중인은 안경테를 들어 올리며 레파에게 성큼 다가갔다.

"그 과정에서 **상대를 농락해 당신의 포로로 만들어야만 합니다.** 그것이야말로 숨겨진 목적이라고 전해 드렸을 텐데요. 에스키아 '최강'의 '플레임 로드'가 이쪽의 수중에 떨어지면, 이그마르는 에스키아를 상대로 압도적 우위에 설 수 있습니다."

'플레임 로드'와 '블리자드 로즈'의 혼인은 에스키아와 이그마르의 동맹 조건인, 이른바 정략결혼이다. 그렇다면 좋든 싫든 결혼시키면 그만이지만 양국에는 다른 의도가 있었다.

섣불리 결혼해서 상대가 자국의 최대 전력을 집어삼킨다면? 구슬려진다면 어쩐다?

뒤집어 말하면 상대의 최대 전력을 집어삼키면 압도적으로 유리한 입장에 설 수 있다.

굳이 맞선 자리를 마련한 이유는 그러기 위한 시금석이기도 했다.

"……나도 알아."

레파는 작은 목소리로 말한 후 우아하게 미소 지었다.

"말할 필요도 없어. 날 누구라고 생각하는 거야? '최강'의 마술사 '블리자드 로즈'야."

"그렇습니다. 다만, 마술사로서의 '최강'과 연애의 강자는 반드시 일치하는 건 아닐 텐데요."

레파는 반론하는 사용인을 번뜩 노려보더니 긴 머리카락을 손등으로 털었다.

"마술의 심연에 달한 내가 보기에 인간의 연애 따위는 어린애 장난이나 마찬가지야. 남자를 농락하는 일 따위는 손쉬운 일이지. 내가 가볍게 미소 짓기만 해도, 새는 노래하고 꽃이 흐드러지게 피어. 남자는 한순간에 포로가 된다고."

"믿음직한 말씀이십니다."

로제린은 천천히 고개를 끄덕인 후 품 안에 손을 넣었다.

"다만 다소 걱정스러운 일이 있습니다. 이쪽 레파 님의 방 책꽂이 뒤에 엄중히 숨겨진 것 말입니다만……."

그렇게 말하며 꺼내든 물건은 한 권의 책이었다.

『성기사와 사로잡힌 공주의 연애 사정』이라는 제목이었는데 검을 허리에 찬 남자가 여자를 공주님 안기로 안아든 표지였다. 표지 속 두 사람은 황홀하게 서로를 바라보고 있다.

레파의 뺨에 화끈 붉은 기가 어렸다.

"봐, 봐, 봐, 봤구나아."

"청소하던 중 우연히 발견했습니다. 읽어본 바로는 연애 소설인 모양이더군요. 그것도 악한 적에게 감금된 공주를 기사가 구하러 가는, 소녀가 읽을 만한 끈적끈적한 이야기

던데요."

"어, 어릴 적에 읽던 거야. 그래, 거기에 있었구나. 그래, 그립다."

"그런 것 치고는 표지가 쓸데없이 새것이로군요. 덧붙여서 그밖에도 이것저것 있었는데, 그게 『꽃피는 그대에게 ~ 우리들의 첫사랑~』, 『두근두근♡용사에게 사랑받았다』, 『두 사람의 사랑은 바다를 넘어버릴까?』 등 가볍게 백 권쯤 있던데요. 전부 다 소녀 취향의, 지나치게 달콤해서 충치가 생길 것 같은……."

"으아아, 으아아아아아아아아아아앗!"

큰소리로 로제린의 말을 가로막은 레파는 추욱 무릎을 꿇었다.

"아니야, 이건 아니라고, 아니라니까……."

로제린은 나약하게 중얼거리는 레파를 보고서 이마에 손가락을 가져다댔다.

"정말이지…… 절대 영도의 '최강' 마술사가 이렇게나 소녀 취향이란 걸 알면 궁전이 술렁거리겠죠. 레파 님의 취미에 이러쿵저러쿵 참견할 생각은 없습니다만, 설마 이번 맞선에 이런 달콤한 로맨스를 기대하신 건 아니겠죠?"

"바, 바보 같은 소리 하지 마."

"그럼 다행입니다만. 레파 님. 거듭 말씀드리지만 이건 어디까지 정략적인 맞선입니다. 온갖 수단을 이용해서 에스키아 남자의 혼을 쏙 빼놓아서 당신에게 사랑을 바치는 노예로 전락시킬 필요가 있습니다. 그야말로 명령 하나로 멍멍 짖게 끔 철저하게요. 설탕 같은 사랑 이야기 따위, 개에게 줘도 안 먹습니다. 거기에 존재하는 것은 타산과 거래뿐."

"어쩐지…… 네가 좀 무서워, 로제린."

"다시 한번 확인하겠습니다. 에스키아 남자에게 특별한 기대나 감정을 품지는 않으셨겠죠?"

"……."

천천히 일어선 레파는 긴 속눈썹 아래 있는 눈동자를 마경 이솜니아의 머나먼 저편에 있는 에스키아 공화국으로 향했다.

저 나라와 벌인 '동국전쟁'의 역사는 가볍게 수십 년에 이른다.

언제부터 시작되었을까? 누가 시작했나? 이미 그것조차 애매했다.

시작은 사소한 계기였을지도 모른다. 대수롭지 않게 서로 돌멩이를 던졌을지도 모른다. 그 돌이 우연히 누군가에게 맞았는데 우연히 잘못되어서. 가족을 살해당한 자가 돌을 검으로 바꾸고, 친구를 살해당한 자가 돌을 화살로 바꾸고, 원한의 연쇄는 격렬함을 더해가면서 끝이 보이지 않는 평행 선을 더듬었다.

그 상황에 갑작스럽게 나타난 것이 에스키아 공화국의 '플레임 로드'. 중후한 진마저 단독으로 돌파해 적장을 붙잡아 항복시키고 만다. 전황을 고작 혼자서 뒤집는 남자. 마주친 자는 그 압도적인 역량 차이에 마음이 꺾여 두 번 다시 전쟁터로 향할 수 없게 된다고 들었다.

언젠가 전장에서 만나리라고 생각했지만, 설마 맞선 자리에서 얼굴을 마주하게 될 줄은 꿈에도 몰랐다.

하지만──.

레파는 풍만하게 자란 가슴에 손을 얹고 입술을 꽈악 깨물었다.

"기대라니…… 그런 게 있을 리 없어. 그런 남자는 말도 안 돼. 맞선을 시작하자마자 이 몸이 눈을 치켜뜨기까지 했는데 베려 들었다고."

"눈을…… 치켜떴다고요?"

항상 무표정인 시중인이 문득 어리둥절하게 소리를 높였다.

"레파 님. 지금, 눈을 치켜떴다고 하셨나요?"

"뭐야? 그렇게 말했는데?"

"다시 한번 여기서 그걸 해보시겠습니까?"

"어째서?"

"부탁드립니다. 무척 중요한 일일지도 모릅니다."

"……대체 뭐라는 거야?"

레파는 불만스럽게 대답하면서도 로제린의 애원을 받아

들여 '눈 치켜뜨기'를 선보였다.

"어때?"

"⋯⋯⋯⋯역시⋯⋯."

로제린은 이마에 손끝을 대고서 숨을 후우 내뱉었다.

"레파 님. 말씀드리기 무척 송구스럽습니다만, 레파 님께서 하신 그것은 '눈 치켜뜨기'가 아니라 '노려보기'입니다. 지역에 따라서는 그것만으로 사투로 발전할 우려를 담은 행위입니다."

"뭐라고?"

"턱을 당기고 아래에서 올려다보다시피 함으로써 한층 더 위협과 위압감이 늘어납니다. 상대는 무시무시한 기세로 노려본다고 느꼈겠죠. '플레임 로드'가 공격한 이유도 '내가 죽이겠다'라고 주장하는 살기에 반응한 것일지도 모릅니다."

"바보 같은 소리 하지 마. 날 놀리는 거지?"

"아니요, 저는."

"이제 물러가, 로제린."

"⋯⋯실언했습니다. 그럼 전 밖에서 대기하겠습니다."

깊게 고개를 숙인 로제린은 그렇게 말하고서 발길을 돌렸다.

다음 순간, 그녀는 몸을 휘청 비틀며 "아!" 하고 바닥에 손을 댔다.

"뭐 하는 거야?"

"죄송합니다. 발이 꼬여서요. 실례합니다."

에이프런을 털면서 일어선 로제린은 허둥지둥 욕실을 뒤로했다.

"정말이지 뭘 하는 걸까, 저 애는?"

레파는 사용인의 등이 문 안쪽으로 사라지는 모습을 바라보며 어깨를 으쓱였다.

그때 바닥에 무언가가 떨어져 있다는 사실을 깨달았다.

작은 손거울이었다. 로제린이 넘어졌을 때 떨어뜨렸으리라. 다가가서 주워들자 거울에 '블리자드 로즈'라는 별명이 붙은 자신의 얼굴이 비쳤다. 어디까지나 하얗고 얼음처럼 차가운 표정이다.

"……."

잠시 조용히 거울을 쳐다보던 레파는 천천히 입매를 올렸다.

턱을 당기고 아래에서 열망 어리게 상대를 올려다보듯이.

거울에 비친 자신을 향해서 혼신의 '눈 치켜뜨기'를 시험해보았다. 보라고, 이러면 제대로 귀엽…….

"――――햐아아아악!"

그 순간, 레파의 어깨가 움찔 흔들리고 반사적으로 손거울을 던져버렸다.

무서웠다. 평범하게 무서웠다. 식은땀이 배어 나온 얼음 공주는 믿을 수 없다는 얼굴로 이마를 닦았다.

"악마와 눈이 마주친 줄 알았어……."

——그렇다.

어릴 적부터 전장에서 많은 시간을 보냈던 '플레임 로드'가 그랬듯이.

왕족으로서 좁은 세상에서 자란 데다 축복받은 마술 재능으로 자신의 힘을 추구해왔던 '블리자드 로즈' 또한, **완전히 연애에 서툴렀던 것이다.**

욕실 문 틈새에서 그 모습을 빤히 쳐다보던 인물이 있었다.

"이거 참, 손이 많이 가네……. 다음 맞선까지 서둘러서 특별 조치가 필요하겠군요."

사용인은 한숨을 쉬고서 잰걸음으로 저택 서고로 향했다.

* * *

"갸아아아아아아아아!"

에스키아 공화국과 이그마르 왕국 국경선 일부에 펼쳐진 마경 이솜니아. 찾아오는 자가 없는 황폐해진 거대한 스폿에 무시무시한 포효가 울려 퍼졌다. 거대한 곰 같은 칠흑의 마수가 홍련의 불꽃에 둘러싸여 있다.

일격으로 소를 도륙할 만큼 강한 완력을 가져 두려움을 받는 이 마수종은 온몸이 불타면서도 무시무시한 외침과 함게 눈앞에 있는 말을 탄 남자에게 돌진했다. 강대한 생명력과 끝없는 적의야말로 마수가 마수인 이유이다.

그러나 말을 탄 남자는 새침한 표정을 한 채 검을 휘둘렀다.

"느려."

칼날 끝에서 생겨난 작열의 불꽃이 굉음과 충격파를 내뿜으며 마수에게 명중했다. 그 불꽃은 마수의 몸통을 두 동강 내며 불태워버렸다. 저주 같은 단말마를 지른 마수는 대지를 성대하게 구르고서 숨이 끊어졌다. 튀어 오른 검은 선혈이 고열로 순식간에 기화해 대기로 사라졌다.

"으샤, 다음."

힘이 센 전사 열 명이 덤벼도 전혀 당해내지 못하는 마수를 가볍게 처리한 그 남자는 말머리를 다른 표적으로 돌렸다.

눈썹을 가리는 검은 머리카락을 바람에 나부끼며, 날카로운 적색 눈동자로 좌우를 빈틈없이 살핀다. 얼핏 보기엔 가는 몸이지만, 그것은 모든 군살을 떼어냈기 때문이다. 강철처럼 갈고닦은 육체는 야생의 짐승을 연상시켰다.

남자의 이름은 아그니스 레스터. 에스키아국 '최강'의 검사 '플레임 로드'이다.

그런 한 치의 틈도 없을 남자가 갑자기 뒤에서 머리를 투욱 얻어맞았다.

"아야, 뭐 하는 거야?"

뒤돌아보는 아그니스의 눈에 한 소녀가 비쳤다.

"뭐 하는 거긴. 폼 잴 때가 아니야. 정말 믿을 수 없어! 맞선 상대에게 검을 들이대다니 대체 무슨 생각을 하는 거야?"

말에 올라탄 아그니스의 등에 밀착한 그 소녀는 뾰로통하게 뺨을 부풀렸다.

검은 머리카락을 포니 테일로 묶은 작은 몸집의 소녀였는데, 옅은 붉은 색의 눈동자는 다소 치켜 올라갔다. 건방진 새끼 고양이 같은 용모를 한 소녀는 한 손을 아그니스의 허리에 두른 채 등을 토닥토닥 두드리기 시작했다.

"잠깐, 하지 말라고, 메이. 정신이 흐트러지잖아. 한창 마수 토벌 도중이라고."

"흥이다. 차라리 말에서 떨어져 버려!"

"아직 화났어?"

"당연하지. 상대가 다치지 않았으니 망정이지. 자칫 잘못하면 이그마르 왕국과의 우호의 자리가 선전포고의 자리가 될 뻔했어."

"어쩔 수 없잖아. 시작하자마자 그쪽에서 무시무시한 기세로 노려봤고, 냉기를 뿜어낸 것도 그쪽이야. 반사적으로 몸이 움직였다고."

"변명은 필요 없어. 맞선은 결투의 자리가 아니야. 알고 있어, 오빠?"

"……미, 미안해."

'최강'의 남자를 위축시키는 소녀는 아그니스보다 두 살 어린 여동생, 메이 레스터였다.

"갸ーーーーー!"

"그아ーーーー!"

"기쁘ーーーーー!"

아그니스는 여동생의 험악한 기세에 밀리면서도 끊임없이 오른팔에 든 애검 제무스를 휘둘렀고, 그럴 때마다 수풀 안쪽에서 마수들의 단말마가 울려 퍼졌다.

선조로부터 전해지는 펜던트 형태의 마보구(魔寶具)에서 불려 나오는 마검은 과거에 특수한 봉인을 한 이래로 숨겨진 힘을 해방할 수 없는 상태이다. 그 때문에 아그니스는 그저 넣고 빼기 자유로운 검으로써 제무스를 휘두르고 있지만, 적을 무찌르기에는 그것으로 충분했다.

"여전히 대단하네, 단장님은."

"여동생이랑 잡담하면서 마수를 장사지내다니, 혀를 내두를 지경이라니까."

"이쪽은 무리를 짜야 겨우 대응할 수 있는데. '최강'의 이름은 겉멋이 아니야."

아그니스와 메이 두 사람에게서 조금 거리를 둔 장소에 수십 명의 남자가 있었다. 그 남자들은 우글우글 다가오는 소형 마수를 포진을 짜서 처리해갔다.

그들은 아그니스가 지휘하는 군의 병사였는데 흠집투성이 장비를 몸에 걸친 그 모습은 하나같이 초라했다. 그것은 그들이 정규군이 아니라 용병이나 농민으로 구성된 잡병 군단이라는 사실을 의미했다.

국가 원수를 여럿 배출한 명문 레스터가 출신인 아그니스는 본래대로라면 정규군을 이끌어야 했지만, 사정상 그 잡병 군단의 단장이라는 지위를 맡고 있다.

신참 병사 한 사람이 베테랑 병사에게 말했다.

"그건 그렇고 전 이 부대에 들어오고 나서 마수 퇴치만 하는 것 같은 기분이 드는데요……."

"뭐 어때. 군대라고 해서 항상 전쟁만 하는 건 아니야. 마수 퇴치 역시 우리의 중요한 일이라고."

베테랑 병사는 적확하게 검을 휘두르면서 후배에게 대답했다.

낡은 장비로 무장한 자들이었지만 '최강'의 남자에게 단련된 만큼 단원들의 실력은 확실하다.

"뭐, 갑자기 이그마르와의 정전이 정해져 버렸으니 전쟁은 한동안 뒤로 밀리겠지."

"애당초 어째서 이그마르 왕국과 갑자기 정전하게 된 겁니까?"

"나도 모르지. 어디까지나 일시적인 조치인 모양인데 위에서 뭘 생각하는지는 모르겠어."

이번 맞선을 포함한 동맹 문제는 국가 상층부와 일부 관계자만의 비밀이었다.

그것은 대륙 동부의 양대 산맥이라고 불리는 두 나라 간 동맹의 움직임을 주변 여러 나라에 감추기 위해서이고, 그와 동시에—— 교섭이 실패로 끝났을 때 신속하게 전쟁을 재개하기 위해서이기도 했다.

그 정도까지 양국의 골은 어둡고 깊었다.

"정전이라니 이해할 수 없어. 우리 부모님은 이그마르와의 전쟁에서 갈가리 찢겼다고."

"내 사촌 동생도 그래. 이그마르의 빌어먹을 놈들은 절대로 용서 못 해."

다른 병사들이 어두운 음성으로 소리 지르는 와중에, 베테랑 병사가 태연한 음색으로 말했다.

"그렇게 말해도 우리 부대는 특수하지만. 어쨌거나 아군에게도 적에게도 좀처럼 사망자가 안 나와."

"적에도 사망자가 안 나온다고요? 어떻게 된 겁니까?"

"그러고 보니 신입은 아직 전장에서 단장님을 본 적이 없군. 저 사람은 무식하게 강해서 적의 팔다리 하나나 둘 정도는 부러뜨리지만 그 이상으로 마음을 꺾는다고."

"……마음을요?"

"그래, 압도적으로 강한 힘을 보여서 절대로 이 상대에게는 당해낼 수 없다고 말이지. 죽여 봤자 새로운 원한을 낳을 뿐. 그렇다면 공포를 퍼뜨리는 게 쓸데없이 원한도 사지 않고 효과적이라면서. 상부는 마음에 안 드는 모양이지만, 전과는 올리고 있으니 불평도 못 하는 거지."

베테랑 병사는 햇볕에 그을린 얼굴에 씨익 웃음을 띠웠다.

"뭐, 쉽게 말하자면 물러터졌어. 단장님에겐 사람을 베지 않아도 되는 만큼 마수 퇴치 쪽이 마음 편하겠지. 하지만 다들 그런 단장님을 좋아해서 여기에 있는 거야."

"하~."

신참 병사는 감탄 어린 표정을 지은 다음, 불현듯 눈썹을 찌푸렸다.

"그런데, 단장님은 왜 항상 여동생분과 함께 있는 겁니까? 여기는 마수가 대량 출몰하는 위험 지역이죠?"

"그건 단장님이 시스콤이기 때문이야."

"시스콤."

"그래, 항상 여동생을 곁에 두고 싶대. 중증 시스콤이지."

"중증 시스콤."

"너희들, 지금은 마수 토벌 중이다. 말을 삼가라."

말 위에서 병사들에게 말을 건 이는 탄력 있는 갈색 피부에 상아색 머리카락을 짧게 자른 여자였다. 탄탄한 체구로 허리는 잘록하다. 손에는 긴 창을 들고 있었다.

그녀의 이름은 루시아나.

날카로운 시선에 미모의 여전사라는 내력으로 아그니스 군의 부장을 맡고 있다.

"단장님은 여동생을 걱정할 뿐이다. 아니, 여동생뿐만이 아니다. 단장은 모두에게 다정하다고."

루시아나는 그렇게 말하고서 아그니스의 등을 자청색 눈 동자로 뜨겁게 바라보았다.

"이그마르의 적병에게도 다정한 게 옥에 티지만, 날 빈민 가에서 구해주신 은혜를 잊을 수 없어. 그러니 난 단장님의 제일가는 창이 되겠어."

말을 달리게 한 루시아나는 소형 마수의 무리를 향해 뛰 어 들어가 창을 휘둘렀다.

바람을 가르는 소리가 울렸다 싶더니 적확하게 핵을 꿰뚫 린 마수들이 한순간에 먼지로 사라졌다.

병사들이 감탄의 휘파람을 휘익 불었다.

"과연 루시아나 누님! 하지만 노리는 게 단장의 제일가는 창이어도 되겠습니까? 모처럼이니 좀 더 친밀한 관계로."

"바, 바보. 상관을 놀리지 마. 그보다 마음을 놓지 마라. 마수는 아직 남아있어."

"얼굴을 다 붉히고. 누님은 귀엽네."

"좋아, 마수 퇴치를 하는 김에 너희도 처리해야겠군. 하 나둘쯤 사라져도 모르겠지."

"노, 농담이라니까요! 자, 마수다. 일제히 덤비자!"

황급히 달리기 시작하는 병대들의 앞쪽에서는 오빠를 향한 여동생의 설교가 끝없이 이어지고 있었다.

"저기, 오빠. 이 맞선의 목적은 제대로 알고 있지? **맞선을 통해서 상대만 실컷 홀리게 하라.** 이그마르의 '블리자드 로즈'를 농락해서 수중에 넣으면 에스키아의 평안과 천하는 정해진 것이나 마찬가지라고 랄프 오빠가 말했잖아."

"아아, 그랬지."

아그니스는 국군의 사령관을 맡은 큰형의 말을 떠올렸다.

"잘 들어. 이건 단순한 맞선이 아니라고. 무사히 결혼해서 동맹 만세로 끝나는 미적지근한 게 아니야. 어느 쪽이 상대국의 최대 전력을 내심 반하게 해서 수중에 넣느냐. 그에 따라서 양국의 장래 역학 관계가 정해진다고 해도 과언이 아니야. 즉, 맞선이라는 이름을 빌린 전쟁이라고."

"전쟁이라……."

한 달 전에 정전이 선포될 때까지 이그마르 왕국과의 전황은 일진일퇴였다.

아그니스가 적군을 괴멸시키면, 다른 장소에서는 '블리자드 로즈'에게 중요 거점을 파괴당한다. 이미 전황은 '최강' 두 사람의 상태에 좌우된다고 해도 과언이 아니었다. 따라서 문제의 천재 마술사만 토벌하면 이 전쟁은 끝나리라. 그렇게 생각하고서 매일 실력을 닦았지만, 설마 전장이 아니라 맞선 자리에서 마주하게 될 줄이야.

——이그마르 '최강'의 마술사 레파 엘드리트.

'블리자드 로즈'라 불리며 두려움을 사는 절대 영도의 마녀는 놀랄 만큼 아름다운 소녀였다. 그 누구도 다가서게 하지 않는 맑고 차가운 고고함과 얇게 깔린 눈 같은 허무함이 공존하는 소녀.

그녀를 **전투가 아니라 연애로 굴복시킨다**는 것이 이번 임무였다.

메이가 불만스럽게 미간을 찌푸렸다.

"아아, 걱정돼. 오빠는 실력은 '최강'이어도 연애는 '최약'인걸."

"바, 바보 같은 소리 하지 마. 난 만사에 '최강'이라니까."

"흐음, 정말로?"

"솔직히 검의 길을 닦는 몸으로 말하자면, 연애 따위는 너무 미지근해서 하품이 나올 수준이야."

"그럼, 여자를 대하는 법 퀴즈!"

뒤에 앉은 여동생은 책 한 권을 품에서 꺼내 들더니 책등을 보여줬다.

제목은——『절대 성공! 너무 효과 있어서 위험한 연애 테크닉(남자 편)』.

"……그거, 지금 하려고? 그보다 그 책은 뭐야? 난 마수와 싸우고 있는데. 마수라는 건 커다란 게 한 마리 있으면 집락이 사라질 만큼 위험한 놈이라고."

"아침에 출근하는 당신. 길모퉁이에서 여자아이와 부딪혀 상대는 쓰러지고 말았습니다."

"내 말을 전혀 안 듣네."

"하지만 당신도 갈 길이 바쁘다. 이대로 가면 지각하고 말 것이다. 자, 어쩔 것인가?"

――어쩌지?

아그니스는 미간에 주름을 새겼다. 어쨌든 출근하는 길모 퉁이에서 여자에게 부딪친 경험 따위는 전혀 없는 것이다. 그보다 나라면 부딪히기 전에 피할 수 있다.

"자, 어쩔 거야, 오빠? 5, 4, 3, 2."

"자, 잠깐 기다려. 생각 중이야."

자신은 갈 길이 바쁘다. 상대는 쓰러져 있다. 그 말인즉 ―― 목적에 방해가 된다.

아그니스는 여동생의 얼굴을 흘낏 보았다.

"…………벤다?"

"대체 왜?! 머뭇머뭇 말하지 마, 더군다나 무섭다고! 정답 은 바빠도 다친 데는 없냐고 물으며 신사적으로 손을 내밀 어야 합니다. 뭐가 연애는 하품이 나올 수준이야? 오히려 내가 한숨이 나오는데."

"메이는 안이하네. 뭘 모르는 건 너야."

"어, 그래? 뭐가 문제인데?"

"잘 들어, 생각해 보라고. 섣불리 손 같은 걸 내밀면 팔을 통째로 먹힐 거야."

"마수와 여자를 똑같이 취급하지 말아줄래?"

"잠깐만, 불길한 기척이 나. 꼭 붙잡아, 메이."

"아, 으, 응!"

메이가 등에 꼬옥 매달려옴과 동시에 병사들의 목소리가 울렸다.

"아그니스 단장님, 메르비스의 둥지가 대량으로 있습니다!"

평원 조금 앞의 지면에 수많은 구멍이 뚫려 있었다. 거기에서 성인 정도 되는 몸길이를 가진, 창백한 뱀 같은 마수가 몇 마리나 얼굴을 내밀며 송곳니를 드러냈다.

얼음 뱀 메르비스. 얼어붙는 숨결로 사냥감을 얼리는 마수이다. 특히 중심의 커다란 구멍에서 밀려 나오듯이 나온 큰 뱀은 우뚝 솟은 거목처럼 거대한 체구를 자랑해서 그 그림자에 군이 삼켜질 정도였다.

"가르강튀아(거대종)인가!"

마수는 그 위협에 따라서 랭크가 나뉜다. 1부터 시작해서 최대 10까지.

랭크 2조차 일반인이 대처하기 어렵고, 5를 넘으면 인간의 집락이 하나 사라진다고 말들 하는 수준이다. 통상의 메르비스는 랭크 3에 분류되지만, 드물게 중심에 가르강튀아라고 불리는 보스가 있을 때가 있다.

랭크는 7. 본래대로라면 한 국가의 주력군이 총력으로 도

전할 수준이다.

"오빠, 괜찮아?!"

"그래. 꽤 자란 놈이 다 있네. 메르비스는 수를 늘리면서 둥지를 이동하지. 인간의 집락에 다다르기 전에 여기서 치겠어."

아그니스가 등에 매달린 메이에게 대답하자, 가르강튀아가 송곳니의 틈새에서 귀청을 찢는 새된 위협음을 울렸다.

"루시아나! 피라미를 부탁한다!"

"알겠습니다. 가자, 애들아!"

부장의 호령에 병사들이 무리를 향해 돌진했다. 그리고 루시아나의 탁월한 창 놀림과 단원들의 연대에 의해 무리가 차례차례 줄어들었다. 그 모습을 바라보던 보스가 모가지를 훌쩍 들었다.

"……빠르다!"

다음 순간, 가르강튀아는 루시아나의 바로 옆까지 닥쳐들었다. 눈동자에 잔인함을 띠운 적 보스는 루시아나를 한입에 삼키려고 송곳니가 늘어진 입을 열었다.

"부장님──!"

병사들이 외침이 울린 찰나, 보스의 머리 부분에 바로 옆에서 폭염이 충돌했다.

'플레임 로드'의 일격이었다.

"네 상대는 나다."

제2격. 흐릿하게 빛나는 검붉은 도신에서 펼쳐진 베기 공격이 모래 먼지를 일으켰다.

업화. 옥염. 그것은 타오르는 불꽃의 모래 폭풍으로 변해 가르강튀아의 두꺼운 몸통을 때렸다. 적은 대기를 찌릿찌릿 떨리게 하는 포효를 지르며 그 몸을 격렬하게 대지에 후려쳤다.

"부탁해, 그라데우스."

아그니스는 여동생을 태운 애마에게 피난을 지시한 다음, 자신은 가르강튀아의 곁으로 날 듯이 달렸다.

적 메르비스의 핵은 목 근처에 있지만, 무척 단단한 비늘로 덮여 있어서 원거리 공격만으로 파괴하기 힘들다. 분노로 타오르는 눈동자를 한 가르강튀아는 아그니스를 압살하려고 꼬리를 후려쳤고, 그와 동시에 입을 열고서 얼음의 숨결을 토해냈다.

평원은 거대 지진이 난 것처럼 위아래로 흔들리고 얼음 덩어리가 운석처럼 쏟아졌다. 하지만 그 모든 것을 통찰과 반사에 의한 인지를 뛰어넘은 몸놀림으로 피한 아그니스는 적의 품으로 들어갔다.

"오아아아아아아앗!"

근거리에서 위로 들어올릴듯이 검을 휘둘렀다.

폭발적인 파괴음을 울린 일격이 바로 위에 있는 적의 목에 명중해—— 보스의 목이 떨어졌다.

"우오오, 랭크 7의 괴물을 일격에 처리하다니!"

"말도 안 돼. 과연 '최강'이야!"

"단장님, 아직입니다!"

병사들의 갈채가 울리는 와중에 루시아나가 외쳤다.

머리만 남은 얼음 뱀 메르비스의 보스가 낙하하면서 거대한 입을 쩌억 벌리고 그 목 안쪽을 창백하게 빛냈다. 블리자드 브레스. 몇 겹이나 되는 얼음 창이 아그니스를 노려서 쏟아졌다.

"미지근해."

순식간에 몸을 비틀어 피한 아그니스는 오른손을 꺾으면서 폭염을 두른 검을 찔렀다. 압도적 속도로 내지른 검 끝이 메르비스의 목 안쪽에 있는 핵을 깨부쉈고, 주위에 두른 열기가 순식간에 빼곡한 얼음의 창을 깡그리 녹였다.

충격에 의한 파동이 동심원 형태로 퍼지고, 대기가 폭음을 동반하면서 폭풍처럼 파도를 쳤다.

그 직후, 가르강튀아는 단말마와 함께 먼지처럼 사라졌다. 병사들이 지르는 승리의 함성이 울리는 와중에 애마 그라데우스에서 내린 메이가 매달리듯이 달려들었다.

"오빠! 무사해서 다행이야아. 심장이 벌렁벌렁했다고!"

"걱정하지 마. 날 누구라고 생각하는 거야."

"하지만 좀 다친 거 같은데?"

아그니스는 오른손으로 시선을 옮겼다. 손가락이 가벼운

동상에 걸린 것처럼 살짝 붉어졌다.

"마지막 일격이 스쳤을 뿐이야. 이 정도 냉기는 그 녀석에 비하면 아무렇지도 않아."

"그 녀석……?"

어리둥절해하던 메이가 문득 눅눅한 시선을 보내왔다.

"……흐응. 그래. 신경 쓰이는구나. '블리자드 로즈' 씨가."

"뭐? 그럴 리가 없잖아."

"하지만 그 녀석이란 '블리자드 로즈' 씨를 말하는 거지?"

"아니, 그, 그렇긴 한데,"

"역시 신경 쓰이잖아. 더군다나 굉장한 미인이었지?"

"잠깐, 착각하지 마. 맞선 자리에서 뜬금없이 노려보는 여자 따위 알 게 뭐야?"

메이가 포니 테일을 흔들면서 불쑥 다가왔다.

"오빠. 알고 있겠지? 이쪽이 상대를 농락하는 거야. 농락당하면 안 돼. 여자 마음을 조종해서 철저하게 끝까지 이용하는 거야. 몸도 마음도 오빠에게 바치는 노예로 전락하게끔."

"어쩐지 무서워, 메이……. 나도 알아. 전투든지 맞선이든지 '최강'의 이름을 걸고서, 난 이기겠어!"

"마음 든든한 거 같기도 하고, 굉장히 불안한 거 같기도 하고……."

"맞선이라고요? 단장님, 맞선을 보시는 겁니까?"

어느샌가 애마를 타고서 다가온 루시아나가 눈동자를 크게 뜨고서 말했다.

"아⋯⋯."

메이는 황급히 입을 막았죠.

맞선에 대해서는 일부 관계자 이외에 입 밖으로 내서는 안 되도록 정해져 있었다. 그렇지만──.

"메이. 루시아나는 괜찮잖아. 입도 무거우니 신용할 수 있어."

"그, 그렇긴 하지만, 그런 게 아니라⋯⋯."

루시아나는 어째서인지 곤란한 기색을 보이는 메이에게 떨리는 목소리로 물었다.

"마, 맞선이라니, 결혼을 전제로 한, 그⋯⋯?"

"루시아나 씨, 그게 말이죠, 여기엔 깊은 사정이 있는데."

"메이. 루시아나에게 알려도 걱정 없다고 했잖아. 그 맞선 맞아, 루시아나."

"크흐흑!"

루시아나가 말에서 미끄러져 내려 무릎을 추욱 꿇었다.

"왜, 왜 그래, 루시아나? 어디 다친 건가?"

"아니, 아니라니까. 오빠."

"차, 참고로, 어디 사는 누구와?"

루시아나는 숨이 끊어질 듯한 기색으로 입을 열었다.

"이그마르 왕국의 '블리자드 로즈'야. 이래저래 사정이 있어서.”

“이그마르? 적국 이르마르요? 더군다나 하필이면 ‘블리자드 로즈’라니······.”

“잠깐, 오빠는 입 다물고 있어!”

어째서인지 메이가 이그마르의 등을 퍼억 걷어찼다.

피가 나올 만큼 입술을 깨문 루시아나가 주먹을 떨면서 말했다.

“하, 하지만, 단장님께서 정하신 일이라면, 저, 저는······ 전력으로 지지, 크허어어억!”

루시아나는 철퍼덕 소리를 내며 쓰러졌다.

“루시아나──! 왜 그래?!”

“아, 진짜. 역시 전혀 여자 마음을 모르네! 연애 레벨 ‘최약’이라니까아아아!”

머리를 싸맨 메이의 비명이 대평원에 울려 퍼졌다.

한쪽은 왕실에서 마술을 추구하는데 몰두한 ‘최강’의 마녀.

한쪽은 전장에서 무술을 단련하는데 몸을 바친 ‘최강’의 검사.

손에 넣은 힘의 대가로, 두 사람은 사춘기에 걸쳐서 경험하는 남녀 사이의 낌새나 연애의 밀고 당기기를 완전히 건너뛰어 버렸다.

즉, 두 사람은 '최강'임과 동시에 '최약'의 연애치이기도
했다.

최강의 연애 약자가 벌이는, 국가를 건 맞선.

불안하기만 한 두 번째 개최일은 이미 며칠 후로 다가오
고 있었다.

머나먼 날의 기억.

쥐죽은 듯이 고요한 밤의 평원을 맨발로 달리는 작은 그림자가 있었다.

칙칙한 잿빛 머리카락을 흔들며, 어깨를 헐떡이면서, 필사적으로 무언가로부터 도망치듯이.

그림자는 흐릿한 달빛 속에서 비틀비틀, 미덥지 못하게 나아갔다.

어쩐지 굉장히 피곤했다.

목은 칼칼하게 말랐지만 이미 물을 찾을 기력도 없었다.

얼굴은 진흙으로 더러워졌고 자갈이나 잡초가 용서 없이 발바닥을 상처입혔다.

이미 어디로 향하는지도 모른 채로, 그저 마구잡이로 나아갈 뿐.

하늘을 떠도는 떼구름이 달에 걸리자 주변에는 한층 어두움이 더해졌다.

거대한 그림자가 조금 앞에 있는 수풀 안쪽에서 느릿하게 나타난 것은 그때였다.

작은 그림자는 멈춰섰다. 피로는 한계에 다다랐고, 무릎

은 계속 서 있기를 거부했다,

흐물흐물 그 자리에 엉덩방아를 찧었다.

이제, 됐나.

그렇게 생각했다.

이제, 됐어.

공포는 이미 마비되어 공허한 체념만이 마음속에 퍼졌다.

하지만── 그때, 운명은 이정표를 제시한 것이었다.

* * *

제2회 맞선 회장은 전과 마찬가지로 신성교회 말라드리아 지부의 성당이었다.

대륙에는 특정 국가에 속하지 않은 특별 지역이 세 곳이 있는데, 하나는 스폿이라고 불리는 마수 다발 지역, 두 번째가 대륙 상인 연합이 관할하는 상업 도시와 그 교역로, 그리고 또 하나가 정령 신앙을 관장하는 신성교회의 종교 자치구였다.

신성교회의 총본산은 대륙 중앙의 영산(靈山) 밀레니아에 있지만 각지에 지부가 여기저기 흩어져 있어 있는데, 그 주위는 국가 사이의 합의로 비전투구역이 되었다. 에스키아 공화국과 이그마르 왕국은 넓게 국경을 접했지만, 스폿인 마경 이솝니아와 신성교회 말라드리아구를 사이에 끼운 지역만큼은 휑한 공백 지대였다.

그 맞선 회장에 엄격한 목소리가 울려 퍼졌다.

"──그럼, 지금부터 제2회 맞선 의식을 집행하겠습니다."

테이블을 사이에 두고서 앉은 에스키아의 '플레임 로드'와 이그마르의 '블리자드 로즈'. 양자 사이에 하얀 법의를 두른 젊은 여사교. 구도는 지난 번과 다르지 않았다.

그러나 두 가지 차이가 있었다.

하나는 여사교의 표정. 웃고 있던 전과 다르게 명백히 굳은 얼굴이었다. 억지로 입매만 올리는 형태라서 오히려 꺼림칙한 인상마저 들었다.

"──그럼 지금부터 제2회 맞선 의식을 집행하겠습니다."

"사교님, 그 말씀은 두 번째입니다."

"애처롭군……. 어지간히 마음고생이 쌓이신 거겠지."

맞선 참가자가 갑자기 전투 모드로 돌입했던 지난번 해프닝을 상당히 참기 힘들었는지, 이번에는 수행인으로 보이는 젊은 시제(侍祭) 두 명이 여사교의 등 뒤에 서 있었다. 많이 닮은 백발과 흑발의 단발머리였는데 사람 좋아 보이는 겉모습을 하고 있었다.

그리고 두 번째 변화는 맞선 장소.

"전에 썼던 응접실의 스테인드글라스가 전부 산산조각 깨져 버렸거든요. 대사교님께서 주신 유서 깊은 일품이었습니다만. 그 탓에 사흘 밤낮 비아냥을 듣는 처지에 놓이고…….

후후……후후후. 후후후후후후후후후."

"사교님. 눈의 초점이 어긋났습니다!"

"정신 차리세요!"

젊은 시제가 황급히 여사교를 달랬다.

이번에 쓰이는 방은 신자들이 정령에게 기도를 바치는 예배당이다.

안쪽 한층 높은 곳에 제단이 있고 그 위에 둥근 수정 같은 물건이 놓여 있다. 정령이 만들어내는 마나가 고형화된 결정석이라 불리는 돌인데 신앙의 대상이 된다.

제단 반대쪽에는 커다란 창이 있는데 언덕 위에 있는 성당에서 푸른 하늘과 초록 숲이 엿볼 수 있었다.

"후후, 좋은 날씨네요. 좋은 일이 일어날 것 같은 기분도 들지만, 전에도 날씨가 좋았던 걸 생각하면 이젠 불길함의 상징으로만 보이네요. 어째서 젊은 나이에 사교에 오른 엘리트인 제가 이런 역할을 떠맡아 버렸는지, 제 출세를 질투한 빌어먹을 본부 할아범들의 음모일까요? 후후, 후후후……."

"사교님, 그러시면 안 됩니다."

"본심이 흘러나오고 있습니다!"

"……괜찮아요. 저 역시 엄격한 수행을 거친 몸이랍니다. 이 정도로 주저앉아서는 정령님과 얼굴을 마주할 수 없죠. 자, 그럼, 지금부터 제2회 맞선 의식을 집행하겠습니다."

여사교는 이미 세 번째 선언이라는 사실을 전혀 깨닫지

못한 기색으로 엄격하게 말했다.

"에스키아 공화국 아그니스 레스터. 이그마르 왕국 레파 엘드리트. 이번엔 **부디 사이 좋게 친목을 다지시길.**"

여사교는 테이블에서 마주 앉은 두 남녀를 힐끗 바라보며 양쪽의 벽에도 눈길을 주었다.

맞선 방에 접하는 두 개의 방에는 관계자가 대기해 있었는데, 작은 창을 통해 양국의 외교 담당관과 함께 메이의 커다란 눈과 로제린의 단정한 옆모습이 보였다.

"각국 관계자분들도 잘 부탁합니다."

여사교는 흐음 소리를 내며 한층 크게 헛기침을 하고 높다랗게 네 번째 선언을 했다.

"그럼, 지금부터 제2회 맞선 의식을 집행하겠습니다!"

표면상으로는 동맹으로 향하는 우호의 증거. 수면 아래에서는 어느 쪽이 상대를 함락시킬지로 두 나라의 역학 관계가 결정되는 운명의 맞선. 정보 누설 방지 차 소수의 인원만 참가한 채 극비리에 진행되는 이 모임은 따끔따끔한 긴장감과 함께 드디어 막을 열었다.

——시작됐나…….

아그니스는 숨을 후우 내뱉었다.

이곳은 우호가 아니라 싸움의 장이다. 검을 말로, 방패를 태도로 바꾸어 싸움을 개시한다.

아그니스는 전장을 향할 때처럼 마음을 깊이 다스린 후,

눈앞에 앉은 이그마르의 '최강'의 마술사를 뚜렷이 바라보았다.

역시 아름답다.

전장에서 동요해본 적은 한 번도 없는데 자연스럽게 고동이 빨라진다.

──신경 쓰이는구나. '블리자드 로즈' 씨가.

메이의 말이 문득 떠오르자 초조함과도 비슷한 감정이 가슴을 스쳤다. 미모뿐만이 아니라 무언가가 기묘하게 끌어당기는 것이다. 자칫 잘못하면 이 맞선에 국가의 명운이 걸렸다는 사실을 잊어버릴 만큼.

──진정해. 일단 선수를 잡겠어.

아그니스는 숨을 천천히 가다듬었다. 쓸데없는 생각은 하지 마라. 이 연애 승부는 반드시 이겨야만 한다. 이번엔 맞선이 시작되기 직전까지 철저하게 여동생의 강의를 받게 되었는데, 메이는 맨 처음 이렇게 말했다.

──어쨌거나 전에 있었던 일은 사과해두자. 진지하게 고개를 숙이는 거야. 착실한 사람이라는 걸 알게 되면 추후의 일도 진행하기 쉬워질 거야.

확실히 상대의 강렬한 마력과 살기에 반응했다고는 하지만 베려고 덤빈 이쪽에도 잘못이 있기는 하다. 이 상황에서는 어른의 여유를 보이며 고개쯤은 숙여주자.

"저기…… 요전번엔 미안했어."

아그니스는 그렇게 말하면서 깊게 고개를 숙였다.

그리고 성심성의껏 내리찍은 고개는 앞에 놓인 탁자에 격돌했다.

콰앙!

파괴음이 울려 퍼리고 '최강' 검사의 박치기를 먹은 테이블은 삐걱삐걱 비명을 지르며 쩍 갈라졌다. 정밀한 도기 포트와 컵이 바닥에 떨어져 산산조각으로 흩어졌다.

"아아!"

"오오!"

메이가 머리를 싸맸고 로제린이 작게 숨결을 흘렸다.

"이제, 싫어어어어! 이런 일만 생기고오오오. 갑자기 박치기로 탁자를 쳐서 가르다니, 이런 건 더 이상 맞선이 아니라고오오오! 이 테이블은 대사교님께 받은 단 하나뿐인 앤티크였는데, 또 비아냥을 듣겠어어어어어!"

"사교님, 부디 진정하십시오!"

"이제 막 시작한 참입니다!"

시제들이 난동 피우는 여사교를 가까스로 수습했다.

——이런. 너무 기세를 붙였어!

황급히 고개를 든 아그니스가 앞쪽으로 눈길을 주자, 레파의 눈동자는 아연하게 커지고 하얀 얼굴에 더욱더 창백함이 더해졌다.

"뭐……, 뭐야."

그 손가락에 냉기가 휭 모였지만── 그것은 금세 안개처럼 흩어졌다.

"기다려, 진정하는 거야."

얼음 공주는 자신에게 타이르듯이 중얼거리더니 무언가를 떠올리듯이 공중으로 시선을 향했다.

"──레파 님. 내일 맞선에 대해서 사전에 협의할 게 있습니다."

어젯밤. 저택 테라스에서 책을 읽던 레파는 갑자기 바로 뒤에서 말을 거는 목소리를 듣자 뺨을 움찔 움직이고 살짝 페이지를 덮었다.

"……로제린. 기척을 지우고 다가오지 말라고 했잖아. 심장에 안 좋아."

"무척 실례했습니다. 은밀한 직업에 종사했었으니까, 그게 버릇이 되어 버려서요."

레파는 로제린이 공손하게 고개를 숙인 사이 손에 들었던 책을 뒤집어서 숨기듯이 양팔로 감쌌다.

"말해두겠는데 이건 연애 소설 같은 게 아니라고. 마술 연구에 쓰는 좀 더 고상한 거야. 세계의 진리에 다가서기 위해서."

"충분히 알고 있습니다. 레파 님께선 마술의 천재임에도 불구하고, 그 탐구심도 범상치 않은 구석이 있으셨지요. 어쨌거나 해독 불가능한 고대 마술서의 일부를 해독해 버릴 지경이니까요."

로제린은 한쪽 무릎을 대고서 고개를 조아렸다.

"……그래서 사전 협의란 게 뭔데?"

"네. 레파 님께서 어떤 전략으로 상대를 농락할 생각이신지 여쭙고 싶습니다. 독서를 즐기시는 걸 보니 이미 완벽한 전략을 세우셨나 합니다만."

"무, 물론이지. 내가 아무 생각도 없이 현실도피를 하는 줄 알았어? 이미 빈틈없이 완벽한 작전을 세웠다고."

"과연 대단하십니다."

레파는 은근히 대응하는 로제린에게 득의만만한 얼굴을 보였다.

"일단, 눈 치켜뜨기는 안 하겠어."

"현명하신 판단입니다."

"따, 딱히 네가 그런 말을 해서는 아니라고. 그러면 눈이 피곤해지니까 안 하는 거야. 더군다나 성공의 열쇠는 미소지."

레파는 부자연스럽게 입매를 올리고 씨익 웃었다.

"……미소라고요?"

"그래. 세상엔 여자는 애교라는 숭고한 격언이 있어. 넌 모를 수도 있겠지만."

"아니요……. 아, 네. 몰랐습니다. 과연 레파 님이십니다."

"후후후, 그렇지? 여자는 애교. 어떤 건가 하면……. 음, 어쨌거나 그런 격언이 있어. 하지만 노골적으로 헤실거리며 아양을 떠는 것도 재미없잖아. 그래서 미소야. 이 희미한 웃음이 남자를 강렬하게 유혹하는 마력이 되는 거지."

레파는 다시 득의만만하게 씨익 웃었다. 억지로 입매를 끌어올려서 부들부들 떨리는 뺨과 부자연스럽게 끌어올린 입술은 이미 값싼 도발로만 보였다.

로제린의 상체가 작게 추욱 기울었다.

"과연……. 그밖에는요?"

"그, 그밖에?"

"설마…… 그게 다입니까? 그 꺼림칙한 웃음 하나로 국가의 운명이 걸린 맞선을 극복할 셈이신지?"

"꺼림칙하다니 너무해……. 그, 그럼 안 돼?"

레파는 갑자기 불안스럽게 푸른 눈동자를 희번덕거렸다.

로제린은 커다란 숨을 내뱉고서 일어섰다.

"역시 확인해두길 잘했군요. 설마 이렇게 심한 연애치였을 줄이야……."

"어?"

"아니요. 연애 전선을 제압하려면 다양한 테크닉이 필요합니다만, 레파 님의 경우엔 일단 극도의 연애치라는 사실을 상대에게 감추는 것이 중요합니다. 그 사실을 들킨 순간 약점을 보이고 마니까요."

"그러니까. 극도의, 뭐라고?"

"아무것도 아닙니다. 어쨌거나 당신께선 잔재주 같은 테크닉에 기대기보다는 어떤 상황에서도 차분하게, '여유'를 보이시는 게 가장 중요합니다. 그 뒤는 제가 적당하게 서포트하겠습니다."

"'여유'라……. 그건 그럴지도 몰라……."

저도 모르게 납득한 레파는 그 상황에서 표정을 굳혔다.

"그, 그런 건 말 안 해도 알아. 내가 누구라고 생각하는 거야?"

"주제넘은 짓을 했습니다. 그럼 편히 쉬십시오."

로제린이 소리도 없이 테라스 문을 닫자, 레파는 팔에 끌어안았던 책을 허겁지겁 펼쳤다.

제목은——『절대 성공! 너무 효과 있어서 위험한 연애 테크닉(여자 편)』.

어째서인지 최근 들어서 저택 서고에 늘어져 있던 책인데, 레파는 마침 잘됐다며 자기 방으로 들고 돌아왔다. 그 책의 목차 페이지를 팔락 넘겼다.

【초급 편 첫 번째】여자는 애교. 당신의 '미소'로 전부 해결!

"이것만으로는 안 되는 거야? 전부 해결이라고 쓰여 있잖아……."

레파는 불안스럽게 눈썹 끝을 늘어뜨리면서, 다음 항목을 눈으로 훑었다.

【중급 편 네 번째】필사적인 여자는 인기 없다. '여유'를 가지고 쫓기는 여자가 되자.

"'여유'를 가진다. 이거구나. 중급 편을 쉽사리 입에 담다니, 로제린……."

작게 중얼거린 레파는 침을 꿀꺽 삼키며 사용인이 사라진 문을 바라보았다.

전장을 바쁘게 뛰어다니던 시절에는 상상할 수 없을 만큼 조용한 밤.

그 당시, '플레임 로드'의 소문에 대항하려고 나란히 늘어선 적의 발을 얼리며 단독으로 거점을 짓밟고 다녔다. 압도적인 힘으로 적의 전의를 빼앗다시피 해서. 어느샌가 '블리자드 로즈'라고 불리게 되었고, 연애 따위는 생각할 틈도 없었다. 하지만, 여자아이로서 남들만큼 동경은 있어서.

그리고 무대는 갑자기 전쟁에서 정략적인 맞선의 자리로 바뀌었고, 상대하는 이는 '최강'의 검사였다.

서로 국가를 짊어지고 '무력'이 아닌 '연애'로 상대를 굴복시켜야만 한다.

하지만──.

마술의 심연을 엿볼 수가 있어도, 맞선 상대의 마음은 전혀 모르겠다.

레파는 교본을 빤히 쳐다보며 깊은 한숨을 후우 쉬었다.

"연애란 어렵구나……."

──……안 되지. 멍하니 있었네.

맞선을 개시하자마자 상대의 박치기로 분쇄된 테이블을 앞에 두고 문득 제정신을 차린 레파는 교본의 내용을 머릿속에 떠올렸다.

【중급 편 네 번째】필사적인 여자는 인기 없다. '여유'를 가지고 쫓기는 여자가 되자.

──그래, '여유'. '여유'야. 이런 일로 동요해서는 안 돼.

"저, 저기, 지금 건……."

레파는 무언가 말을 걸었던 아그니스를 제지하고 멋진 여자처럼 촉촉한 숨결을 흘렸다.

"별로 상관없어. 탁자 한두 개 갈라지는 거, 맞선에서는 흔한 일인걸."

"없는데요?!"

여사교가 저도 모르게 딴죽을 걸었지만, 집중 중인 레파에게는 들리지 않았다.

──그건 그렇고 대체 무슨 속셈이지?

지난번에는 칼로 베려고 들더니 이번에는 갑자기 탁자에 박치기를 했다. 솔직히 영문을 모르겠다. 전혀 행동을 읽을 수 없는 것이다. 그렇지 않으면 뭔가 의도하는 바가 있을까?

거기까지 생각했을 때, 레파의 두 눈이 크게 떠졌다.

──잠깐. 설마, 이건……!

머릿속에 어젯밤에 읽었던 연애 지침서의 목차가 되살아

났다. 거기에 이런 항목이 있지 않았던가.

의도적으로 긴장감 넘치는 상황을 만들어내서 상대를 두근거리게 만든다. 그렇게 하면 상대는 그 고동을 연애로 인한 두근거림과 착각한다고 하는.

분명, 그 이름은── '흔들다리 효과'이다.

목차에는 이렇게 나왔을 것이다.

【상급 편 여섯 번째】이건 실은 사랑의 두근거림? '흔들다리 효과'로 거리를 단숨에 좁히자.

"상급…… 편……!"

레파는 갈라진 목소리를 쥐어 짜내며 눈앞에 있는 남자를 바라보았다.

지금, 모든 것을 이해했다. 베기 공격도, 박치기도, 그 놀라움을 연심으로 바꿔치기하려는 것이다. 분명 상대의 예상 밖의 행동에 심박 수가 불가항력적으로 올라가고 있다.

초장부터 상급 편에 실린 연애 테크닉을 펼쳐오다니, 이 남자는 여간내기가 아니다.

"하, 으, 흐아아아……."

레파의 오른손이 잘게 떨리기 시작했다.

그렇게 생각하니 상대의 이상한 침착함도 백전연마가 이루는 기술처럼 보이고 말았다.

모든 것은 깊고 아득한 책모. 이걸 위한 포석이었다.

이 남자는── 절대적인 연애 강자.

핏기가 싸악 가셨다.

상급 연애 기술을 가볍게 펼치는 남자. 이 절망적인 거리 감에 어질어질 현기증이 난다.

이쪽은 또래 이성과 제대로 얘기해 본 적조차 없는데.

——크, 크크큰일이야, 이대로 가면 좋을 대로 농락당하고 말 거야. 뭔가 방도가 없나?!

초조해하는 레파의 뇌리에 다시 지침서의 목차가 흘러들었다.

【초급 편 첫 번째】여자는 애교. 당신의 '미소'로 전부 해결.

전부 해결.

그렇다, 전부 해결이라 쓰여 있었다.

——이거야!

레파는 억지로 입매를 끌어올려서 씨익 미소를 떠올렸다. 그렇다. 씨익.

뺨이 바들바들 떨리고 입매는 경련했다.

아그니스는 이상할 정도로 부자연스러운 '블리자드 로즈' 의 웃음을 보고 내심 몸을 사렸다.

——대체 무슨 속셈이지?

지난번에는 강렬한 살기가 담긴 시선으로 노려보더니 이 번에는 쓸데없이 도발적으로 이쪽을 흘겨본다. 무슨 생각 을 하는지 도무지 모르겠다. 전혀 행동을 읽을 수 없는 것 이다. 그렇지 않으면, 뭔가 의도하는 바가 있을까?

거기까지 생각했을 때, 아그니스의 두 눈이 번뜩 크게 떠졌다.

──잠깐만. 이건……!

메이에게서 건네받은 연애 지침서의 목차가 머릿속을 연달아서 흘러갔다. 거기에 이런 항목이 있지 않았던가. 상대에게 공포심을 줘서 그것을 연애의 두근거림이라고 착각하게 만든다는.

분명──.

【상급 편 여섯 번째】이건 실은 사랑의 두근거림? '흔들다리 효과'로 거리를 단숨에 좁히자.

"상급자……?!"

아그니스의 등줄기에 차가운 감각이 흘렀다.

그것은 그야말로 두려운 악마의 책모. 지난번의 냉기에 의한 공격도, 이 부자연스러운 웃음도 전부 빨라지는 맥을 연심으로 바꿔치기하려는 것이었다.

상급자 연애 테크닉을 숨 쉬듯이 펼쳐오는 여자. 그렇게 생각하자 자신이 탁자에 박치기를 했음에도 불구하고 여자가 기묘하게 차분한 이유도 이해됐다.

산전수전, 연애의 맹자. 이쪽의 움직임은 전부 상대의 손바닥 위에 있는 것이다.

이 여자는── 완전한 연애 강자.

"어, 아!"

맥박을 확인하니 확실히 빨라지고 있다.

——위험해……. 이건…… 위험할지도 몰라.

아그니스는 눈앞의 여자에게서 일찍이 경험해 본 적 없던 높은 벽의 존재를 느꼈다.

두 사람은 동시에 어금니를 빠드득 깨물었다. 젊은 시제가 새로운 테이블을 날라오는 사이, 남녀는 몸을 옴짝달싹하지도 않은 채로 서로를 노려보았다.

팽팽해지는 공기.

어긋나지 않는 시선.

그렇다, 눈을 피하면 그것이 빈틈으로 이어진다.

"저기, 슬슬, 대화 같은 걸…… 하지 않으시겠습니까?"

여사교가 나약하게 재촉했지만, 두 사람은 미동도 하지 않았다.

아니다.

움직이고 싶어도 움직일 수 없는 것이다.

먼저 움직이면 당한다. 이 러브 이터(사랑의 절대 포식자)에게 먹혀버린다.

그야말로 숨조차 쉴 수 없는 공방전.

극한까지 긴박해진 방의 상태를 창에서 바라보던 여자가 천천히 일어섰다.

"아무래도 제가 나설 차례 같군요."

로제린은 옆에 있는 이그마르측 대기실에서 중얼거리며

양손을 맞댔다.

안경 안쪽의 눈동자를 가늘게 뜨자 그녀의 그림자가 스르륵 몸부림쳤다. 그것은 서서히 형태를 바꾸어 기어가듯이 대기실의 벽을 올라갔다.

대기를 떠도는, 만물의 기초인 마나에 특별한 힘을 실어서 조종하는 마술. 레파를 섬기는 로제린 또한 그림자를 조종하는 우수한 마술사였다. 스륵스륵 뻗은 그림자는 창틀 틈새를 빠져나가 슬쩍 옆방으로 침입하더니 의자에 앉은 레파의 그림자와 포개졌다.

──레파 님, 레파 님.

로제린은 그림자가 닿은 상대에게 직접 말을 전하는 마술 ── '그림자 말'로 말을 걸었다.

──로제린. 마침 잘 왔어.

시중인의 마술을 아는 레파는 놀라지 않고 오히려 안도하는 표정을 보였다.

──레파 님. 상황은 교착 상태인 모양이군요.

──맞아. 움직일 수 없어. 이 남자는 무서운 연애 강자가 틀림없어.

──어쩐지, 그런 느낌은 안 듭니다만…….

──무슨 소리야?

──아니요. 뭐, 상관없겠죠. 어쨌든 이대로는 끝이 안 날 겁니다. 이쪽에서 말을 걸도록 하죠.

레파는 경계심을 실어 눈앞의 남자를 관찰했다.

──하지만, 대체 무슨 말을 하면 되는데? 이 남자는 전혀 틈이 없어.

──걱정하실 필요는 없습니다. 레파 님께서 무리해서 말씀하실 필요는 없습니다.

──무슨 소리야? 넌 이쪽에서 말을 걸라며.

──그냥 사소한 화제를 꺼내기만 하면 됩니다. 그다음은 상대가 멋대로 말해주겠죠.

로제린의 제안을 듣고 레파는 의아하게 미간을 좁혔다.

──그렇게 잘 될까?

──네, 중요한 건 맞장구를 잘 치기만 하면 됩니다. 인기 있는 사람에게 모름지기 공통된 요소가 있습니다. 그건 '남의 말을 잘 듣는다'는 거죠.

남의 말을 잘 듣는다.

【중급 편 세 번째】노려라, '남의 말 잘 듣기'. 이걸로 그와의 대화를 독차지.

연애 매뉴얼에 그런 항목이 있었다고 생각하면서, 레파는 천천히 고개를 끄덕였다.

──레파 님. 남자는 이러니저러니 해도 자랑하기를 무척 좋아합니다. '와, 대단해'라고 적당히 맞장구쳐주면 우쭐해지죠. 그러면 어리석게도 분별없이 무용담을 술술 말하기 시작할 테고, 정신이 들면 레파 님의 포로가 되어 있겠죠.

──과, 과연……. 알았어. 역시 내 참모야.

──황공한 말씀이십니다.

──좋아, 가, 간다.

레파는 심호흡을 후우 하고서 맞은편에 앉은 에스키아 남자에게 곁눈질을 보냈다.

그리고 긴박한 분위기를 부드럽게 풀 듯이, 여유만만하게 이렇게 말을 꺼낸 것이었다.

"있잖아. 너, 세계의 진리에 대해서 어떻게 생각해?"

──이봐, 바보 공주. 좀 닥쳐.

──어? 지금 엄청난 말투를 쓰지 않았어, 로제린?

──아니요, 설마요. 기분 탓입니다. 화제가 다소 무거운 거 같습니다. 좀 더 단순한 화제로 가죠.

──그럼……. 어떤 느낌일까?

──글쎄요. 제 조사에 따르면 이 남자는 군을 이끌고 마수 토벌을 한다고 합니다. 그러니 이런 건 어떨까요?

레파는 흠흠 하고 고개를 끄덕이고, 아그니스 쪽으로 자세를 고쳤다.

"미안하지만, 아까 전에 한 말을 잊어줘. 그보다 넌 나라를 지키기 위해서 마수를 사냥한다고 들었어. 그중에서 특히 고생했던 마수 토벌 이야기 같은 게 있으면 들려줄래?"

"……고생했던 마수라고?"

아그니스는 살짝 경계심을 띠우면서 턱에 손을 댔다.

"음…… 머리 둘 달린 용—— 보라미스라는 마수한테는 상당히 애먹었던가. 랭크는 9, 요 10년간 확인된 마수 중에서는 위험도가 최대 랭크였지."

"흐음…….''

레파는 로제린의 신호에 맞춰서 맞장구를 쳤다.

"죽음을 나르는 검은 날개라고 불리는 흉악무도한 녀석인데, 지금 생각하니 운이 따라줘서 이길 수 있었던 거 같아. 두 개의 머리가 다른 속성의 공격을 연타하는 데다가 터무니없이 강했지. 게다가 머리를 깨부숴도 되살아나고."

"와아."

"상당히 고전했지만 겨우 깨달았지. 한쪽씩 머리를 깨부수니까 안 된다는 사실을. 그 마수를 쓰러뜨리려면 두 개의 머리를 동시에 깨부숴야만 해."

"굉장해."

레파는 로제린의 말을 흉내 내면서 씨익 미소 지었다.

남자는 제멋대로 무용담을 떠들고 있다. 여기까지 오면 함락하는 것은 이미 시간 문제다.

——이 승부는 내가 이겼어!

한편, 작은 창을 통한 에스키아측 대기실에서는 메이가 파란 얼굴로 맞선 방을 바라보고 있었다.

——큰일이야!

"오빠, 안 돼! 상대의 술수에 걸렸어!"

아무에게도 들리지 않을 만한 작은 목소리로 속삭였다.

그 찰나——.

"으아아아아아아아아아아아아아아아아아아악!"

"뭐, 뭐야?"

아그니스가 말하던 도중에 갑자기 혀를 깨물었다.

아그니스는 저도 모르게 몸을 젖힌 레파에게 옅은 웃음을 보내며 선뜻 말을 끝맺었다.

"마수 토벌로 고생한 적은 없어. 난 '최강'의 검사니까."

그렇다. 이 남자는 범상치 않은 청력을 가지고 있었다. 그 사실을 아는 메이가 벌레 소리 이하의 음량으로 조언을 보낸 것이었다.

레파는 양쪽 입가에서 줄줄 선혈을 흘리면서 느긋한 웃음을 띠우는 에스키아 남자를 아연하게 쳐다보았다.

——로, 로제린. 대체 무슨 일이 일어난 거야?

——모르겠습니다. 하지만 아무래도 이쪽의 책략을 눈치챈 기색입니다.

——뭐라고, 역시 연애 강자인가……?

레파의 이마에 식은땀이 흠뻑 떠올랐다.

옆방에서는 메이가 입에 손을 대고서 작은 목소리로 갈채를 보냈다.

"위험한 상황이었어, 오빠. 파인 플레이야. 여기서 '남의 말 잘 듣기'를 어필해 올 줄이야, 적도 얕볼 수 없네."

메이에게 등을 향한 아그니스는 연애 매뉴얼 중급 편에 그런 항목이 있었다는 점을 떠올리며, 몇 번이나 고도의 테크닉을 펼치는 상대에게 전율했다.

——어, ……어쩌면 좋지?

아그니스의 초조함을 느낀 메이는 차분한 기색으로 응답했다.

"괜찮아. 이쪽도 질 수는 없지. 눈에는 눈이야. 똑같은 '남의 말 잘 듣기'로 반격하자. 이러니저러니 해도 여자 쪽이 말하는 걸 좋아하니까."

아그니스는 듣고 있다는 식으로 천천히 고개를 끄덕였다.

"잘 들어. 남자가 칭찬을 바라는 것에 비해서 여자는 공감을 원해. 그러니까 적당히 그건 힘들었겠다면서 고개를 끄덕이면, 이 사람은 자길 이해해준다면서 멋대로 반할 거야."

——과, 과연……. 너란 애는 참으로 믿음직한 여동생이야.

메이의 제안을 귀에 담은 아그니스는 입가에 흐르는 피를 닦고서 레파를 불렀다.

"이야기를 중간에 끊어서 미안했어. 그런데 오늘 여기까지 오느라 힘들지 않았어?"

"아, 응."

레파는 허를 찔린 듯이 눈을 휘둥그레 떴다.

"그러게……. 뭐, 힘들다고 하면 힘들었지. 우리나라는 숲과 산길이 대부분이고. 마차가 제대로 다닐 수 없는 숲도 많으니까."

"흐음."

"게다가 산길은 산사태가 일어나기 쉽잖아, 혹여 산사태라도 일어나면 마차로 지나갈 수 없는 건 마찬가지니까."

"그거 큰일이네."

아그니스는 메이에게 들은 그대로 공감의 말을 꺼냈다.

"그렇다니까. 게다가 이미 한 번 곤란했던 적도 있었어. 마침 내 저택의 북단에 널따란 호수가 있는데……."

로제린이 매끄러운 어조로 말하는 레파에게 경계를 알렸다.

——안 됩니다. 레파 님. 적의 술수에 걸렸습니다!

"거길 우회해 오려면……, 으아아아아아아아아아아아아아!"

갑자기 자리에서 일어선 레파는 천장을 향해서 양 주먹을 찔러 올렸다.

그 기세로 날린 얼음 기둥 몇 개가 천장을 호쾌하게 꿰뚫어 부수자 나뭇조각이 우수수 떨어졌다.

"고생 따윈 전혀 없어. 호수를 통째로 얼려서 한가운데를 가로지르면 돼. 난 '최강'의 마술사니까."

그렇게 말하고 레파는 곧바로 앉았다.

——레파 님, 무척 현명한 판단이었습니다.

──위험한 상황이었어. 무심코 떠들 뻔했네…….

이 승부는 역시 한순간도 마음을 놓을 수 없다.

레파는 이마에 밴 땀을 몰래 닦았다.

"이제 말이죠, 누구라도 좋으니 중개 역을 바꿔주세요, 진
짜로……."

"사교님, 낙담하시면 안 됩니다."

"구멍은 저희가 막겠습니다!"

젊은 시제들이 구멍투성이가 된 천장을 울상으로 바라보
는 여사교를 가까스로 달래고 있었다.

그 후, 맞선은 서로 움직일 수 없는 상황으로 되돌아갔다.

각각 브레인에게 도움을 청해도, 이 교착 상태로는 확실
한 방책이 나오지 않았다.

서로가 가진 공격 수단은 부족했고, 그렇게 초조한 시간
이 지나갔다. 그럴 때──.

"차를 새로 내왔습니다."

시제 한 사람이 쟁반에 새로운 포트와 컵을 얹어왔다.

──이겁니다! 레파 님!

먼저 움직인 것은 로제린.

──적당히 이유를 대고서 상대가 마신 컵을 손에 넣는
겁니다!

──컵을……? 그걸로 어쩔 건데?

──물론 그 컵으로 차를 마시는 겁니다. 간접 키스입니다,

레파 님.

——간접…… 키스?

레파는 들은 단어를 되풀이하며 기억의 실을 더듬었다.

【상급 편 세 번째】간접 키스는 진실한 키스로 가는 첫걸음. 그의 가슴을 철렁하게 만들자.

"어, 어어어어?!"

순식간에 레파의 뺨이 붉게 물들었다.

——무, 무슨 소릴 하는 거야? 그런 파렴치한 짓을 어떻게 하라고!

——어린애도 아니고 고작 간접 키스로 무슨 소릴 하는 건지.

——어?

——지금 들으신 말씀은 잊으십시오. 단순한 환청입니다. 같은 위치에 입을 댈 필요는 전혀 없습니다. 상대는 자신이 마신 컵에 미녀가 입을 댄 행위만으로 심장이 벌렁벌렁. 순식간에 레파 님의 사랑의 포로가 되겠죠.

——그, 그래. 그거라면 어떻게든…….

"드시지요."

시제가 두 개의 컵에 차를 따랐고, 아그니스가 그중 하나를 들어 올렸다.

그는 딱 한 모금을 목에 머금고 움직임을 살짝 멈췄다.

그리고 컵을 탁자에 놓았다.

──이때다다아아아!

레파는 오른팔을 똑바로 사냥감── 아그니스의 컵을 향해 뻗었다.

"아뿔싸!"

메이가 마침내 깨달았다는 양 아그니스에게 경고를 보냈다.

"오빠, 노리고 있어! 간접 키스야!"

"아, 으아아아아앗!"

아그니스는 레파의 손가락이 컵에 다다르기 전에 튕기듯이 컵을 집어 올렸다.

그리고 기세에 몸을 맡겨 바로 옆에 있는 공간으로 컵을 던져버렸다. 초고속으로 날아간 컵은 휘잉 회전하면서 방 안쪽에 있는 제단으로 일직선으로 향했고, 그 위에 안치된 결정석에 쨍그랑 격돌했다. 그러자 결정석이 창백한 섬광과 함께 튀어 날아갔다.

"꺄아아아악! 신체(神體)인 결정석이이!"

"사교니이이이──────임!"

"정신 차리십시오──────!"

시제 두 사람이 흰자를 드러내며 쓰러질 뻔한 여사교를 필사적으로 지탱했다.

"잘했어, 오빠!"

아그니스는 메이의 성원을 등으로 답하면서 씨익 웃었다.

"미안하군. 손이 미끄러졌어."

간접 키스는 미연에 막았다.

그가 의기양양하게 '블리자드 로즈'에게 눈길을 주자, 그곳에 의외일 만큼 차분한 얼굴이 있었다.

"어머나……, 컵을 던져버리다니 예의가 없네."

레파는 여유마저 떠올리면서 벌떡 일어서더니 파괴된 신체의 곁까지 걸어갔다.

그리고 제단 옆에서 주워 올린 것은——.

"멀쩡한…… 컵?"

깨지지 않았다.

산산조각이 났다고 생각했던 컵은 완전한 원래 형태를 유지한 채 레파의 손안에 있었다.

"어째서…………?"

얼음 공주는 말문이 막힌 아그니스를 향해 느긋하게 웃어 보였다.

"결정석에 격돌하는 순간, 컵을 최고 강도의 얼음으로 코팅했어. 안에 남은 차도 원래 그대로야. 튕겨 나간 건 결정석뿐이지. 그리고 컵은 얼음을 녹이면 완전히 원래대로 돌아오게 돼."

"난 신체를 방어해주기를 바랐다고오오오!"

여사교의 절규가 울려 퍼지는 와중에, 아그니스는 붉은 눈동자를 한계까지 크게 떴다.

──이…… 여자!

"어디. '네가 입을 댄 컵'으로 남은 차를 마실까? 조금 차가워졌으니 사죄의 뜻도 담아서 나머지는 내가 마실게."

레파는 승리를 확신하는 기색으로 입술에 컵을 가져갔다.

"기다려."

아그니스가 꺼낸 말을 듣자 레파의 손이 우뚝 멈췄다.

"……뭐야?"

"그 차를 마시는 건 그만둬."

"난 목이 말라. 어째서 마시면 안 되는데?"

"맛이 없기 때문이야."

"어……."

차를 우린 시제가 노골적으로 얼굴을 찡그렸다.

"정말로 맛이 없으니까 차마 네가 마시게 할 수는 없어."

"내 몸을 걱정해주는 거야? 하지만 걱정 안 해도 돼. 난 지금 마시고 싶어."

"빼앗겠어."

"뭐?"

"네가 그 차를 마시려 든다면 한순간에 거리를 좁혀서 입을 대기 전에 컵을 빼앗겠어. 내가 그럴 수 없을 거 같아?"

"……그렇게까지 내가 이 차를 마시는 게 싫다고?"

"그래. 어쨌거나 맛이 없으니까."

"어……."

비난에 울상을 짓는 시제를 아랑곳하지 않고서, 아그니스는 의자에서 허리를 살짝 띄우고 오른손을 수도(手刀) 형태로 바꾸었다.

──설마, 그렇게까지 날 생각해서…….

──그건 착각이에요, 레파 님.

"……큭, 그렇다면!"

레파는 들고 있던 컵을 뒤집어서 안에 든 차를 전부 바닥에 쏟았다.

"……으!"

아그니스는 저도 모르게 경악으로 숨을 삼켰다.

"어때? 차는 사라졌어. 이로써 내가 컵에 입을 대도 막을 이유는 없겠지."

"큭…….."

매력적으로 미소 짓는 레파와 이를 깨무는 아그니스.

""""…………."""""

차를 버린 이상 이미 빈 컵에 입을 댈 이유도 없을 테지만, 아무도 딴죽 걸 수 없는 상황에 맞닥뜨렸다.

"자, 내 승리야! 실컷 간접 키스에 안절부절못하라고. 그리고 내 노예가 되는 거야!"

──레파 님. 그 말을 입 밖에 내버리면 본전도 못 찾습니다.

하지만 고양된 레파에게는 시중인의 말이 전해지지 않

았다.

"자, 마실게. 네가 입을 댄 컵에, 지금 그야말로 내 입을 댈 거야!"

"크윽!"

아그니스는 체념한 듯이 눈을 감았지만, 그 상황에 레파의 팔이 움직임을 멈췄다.

'블리자드 로즈'는 입술 바로 앞에 가져다 댄 컵을 빤히 바라보았다.

움직이지 않는다. 살짝 움직이려고 해도 또 멈춘다.

——레파 님, 혹시…….

로제린의 불안은 적중했다.

이 간접 키스를 할 때, 레파는 원래 상대와 다른 장소에 입을 댈 계획이었다. 하지만 혼잡한 상황 속에서 아그니스가 입을 어디에 댔는지 모르게 되어버리고 말았다. 자칫 잘못하면 리얼한 간접 키스를 하게 되고 말리라.

그것은 그야말로 사랑의 러시안룰렛.

레파의 얇게 깔린 눈 같은 뺨에 화아아아악 붉은빛이 어렸다.

"후우!"

"크윽!"

"후우우!"

"크으윽!"

레파가 입을 대려다가 멈추고, 그럴 때마다 아그니스가 신음하는 상황이 반복되었다.

""..............""

장외에 있던 사람들은 그 광경을 무표정하게 바라볼 수밖에 없었다.

그리고 마침내 레파는 컵을 탁자에 돌려놓고 말았다.

——안 되겠어. 난 무리야! 에스키아 '최강'의 벽이 이렇게나 높을 줄이야…….

——…….

——왜 그래? 무슨 말 좀 해봐, 로제린?

——아니요……, 어쩐지 갑자기 아무래도 상관없다 싶어서요.

——어?

——어? 제가 그런 소리를 할 줄 아셨나요? 안심하세요, 레파 님. 승부는 아직 팽팽합니다. '그것'에만 주의하시면 충분히 승리할 수 있습니다.

——으, 응. '그거' 말이지…….

로제린과 레파가 은밀히 말을 나누는 한편, 에스키아측 대기실에서는 메이가 입에 손을 댄 채 작은 목소리로 아그니스를 불렀다.

"오빠. 이것저것 하고 싶은 말은 많지만, 결과 올라잇이라는 걸로 해둘게. 하지만 너무 느긋하게 굴 수는 없겠지.

슬슬 승부를 내자. '그거'로 가겠어."

——'그거'라…….

아그니스는 손바닥이 축축하게 젖는 감각을 느꼈다.

——과연, 할 수 있을까?

아니—— 해야만 한다. 자신은 '최강'인 증거를 제시해야
만 하는 것이다.

전투든지, 맞선이든지, 온갖 승부로 이 여자를 이기겠다.

아그니스는 눈을 감았다가 각오를 정했다는 듯이 천천히
떴다.

"그런데 사교. 이 예배당은 정말로 훌륭하군."

"응호오오?"

갑자기 자신에게 말을 걸자 여사교는 저도 모르게 이상한
목소리를 냈지만 금세 헛기침을 했다.

"아, 어, 네. 그렇겠죠. 바닥과 벽 모두 예스럽습니다만, 그
게 좋은 점이죠. 수도사들의 피와 땀과 눈물이 배어든 신앙
심의 증거랍니다. 당신도 아시겠죠."

여사교는 검붉게 퇴색한 벽돌로 짜인 벽을 사랑스럽다는
듯이 쓰다듬었다. 마찬가지로 자리에서 일어나 벽을 만진
아그니스는 그 상황에서 불현듯 목소리를 높였다.

"응?"

그는 빤히 벽의 한 점을 바라보았다.

"뭔가요?"

"……왜 그래?"

여사교와 자리에 걸터앉아 있는 레파가 흥미롭게 아그니스에게 시선을 보냈다.

"혹시, 이건……."

레파가 계속해서 중얼중얼 말을 되풀이하는 아그니스의 곁으로 다가왔다.

"저기, 뭔가 있어?"

"그래, 여기 말인데……."

레파는 아그니스가 손가락으로 가리킨 장소를 빤히 바라보았다.

그러나 벽에 눈을 들이대도 딱히 이상한 것은 보이지 않았다.

"딱히 아무것도 없는 같은……."

그녀가 뒤를 돌아본 순간── 레파의 푸른 눈이 경악으로 크게 떠졌다.

거기에는 회심의 웃음으로 오른손을 쑥 내밀려고 하는 아그니스의 모습이 있었다.

──당했다……!

마치 주마등처럼 레파의 뇌리에 흘러든 것은 어젯밤 자기 전에 있었던 일이었다.

그녀가 잠옷으로 갈아입고 잠자리에 들려고 했을 때, 문득 방문 앞에 사람의 기척을 느낀 것이었다.

"로제린?"

어스름한 방 안에서, 시중인이 말없이 서 있었다.

"왜 그래?"

"······."

로제린은 아무 대답도 하지 않은 채로 성큼성큼 거리를 좁혀왔다.

"자, 잠깐?"

레파는 기묘한 위압감에 뒤꿈치를 자연스럽게 뒤로 물렸다.

한 걸음. 두 걸음. 세 걸음. 그러는 사이 등에 딱딱하고 차가운 것이 닿았다. 벽이었다.

"로제린?"

계속해서 발을 움직인 로제린은 레파의 앞을 가로막았다.

그리고 오른손을 들어 올려 레파의 얼굴 바로 옆에 손을 쿵 댄 것이었다.

"뭐뭐뭐······, 흐악!"

시중인은 벽에 손바닥을 댄 채, 얼굴을 불쑥 들이밀었다.

입술이 맞닿을 것 같은 거리. 달콤한 숨결이 코끝을 스쳤다.

"흐아······아······아."

레파가 꼬옥 눈을 감자, 사용인이 후 소리를 내며 미소 짓는 기척이 났다.

"놀라게 해서 죄송합니다, 레파 님. 한 번 몸소 체험하셨으면 해서요."

"뭐…… 뭐, 뭐라는 거야?"

마침내 눈을 뜬 레파는 로제린에게 따지고 들었다.

"지금 한 게 연애에 있어서 궁극 오의 중 하나인── '벽치기'입니다."

"벽……치기?"

"네, 잘 해내면 여자는 한방에 떨어져 버리는 공포의 기술이죠. 다만 사용자는 미남에 한정되고, 그 밖의 착각남들이 시도하면 벽과 벽에 끼워서 그대로 샌드위치로 만들어버리고 싶어집니다만."

레파는 시중인의 말을 멍하니 들으면서 연애 매뉴얼의 목차를 떠올렸다.

【특별 편 네 번째】벽치기. 당하면 포기하고 눈을 감자. 그 뒤는 그의 뜻대로.

"무, 무서운 기술이구나……."

식은땀을 흘리면서 그 위력을 실감하고 중얼거렸던 것을 기억한다.

그리고, 지금──.

벽을 등에 대고 선 레파. 막아서는 아그니스.

조건은 완벽히 갖추어졌다.

만사가──────── 끝났다.

"내 승리다아아아아아————!"

아그니스는 포효를 지르며 오른손을 내밀었다.

각도. 속도. 모두 완벽하다.

이 '벽치기'는 메이를 실험대로 삼아 "오빠, 잠깐만, 전혀 부족해!"라는 말을 듣고 몇 번이나 연습해서 완벽히 마스터했다. 왠지 상대하는 메이의 얼굴이 새빨간 데다 도중부터 루시아나도 억지로 참여해서 잘 모르게 됐지만.

어쨌든지 간에 모든 것은 이날을 위해. 이 연애에 승리하기 위해.

——이겼다.

아그니스의 손바닥이 레파의 얼굴 바로 옆의 벽에 닿았다.

——졌다.

두 남녀는 승패를 확신했다.

그러나 그들은 잊고 있었다.

벽에 전력을 실어서 손을 댄 이가 '최강'의 남자라는 사실.

그리고 회장의 벽은 낡고 오래되었다는 사실을.

삐거어어어억!

아그니스가 펼친 혼신의 손바닥치기를 먹은 벽은 잠시도 버티지 못했고 한순간에 거미줄 형태의 균열이 생겼다. 그리고 수도사들의 피와 땀과 눈물이 배어든 벽돌벽은 산산조각으로 날아갔다.

"으어허어어어어어어어억————————!"

""사교니이이이이이이이이님————————!""

충격을 받은 나머지 기묘한 외침을 지르고 졸도한 여사교
의 등을 시제들이 떠받들었다.

한편, 열과 성을 다해 일격을 펼친 아그니스는 기세가 남
아돌아서 무너진 벽 밖에 쓰러지는 형태로 튀어 나갔다.

"벽이 무너진 건가……?"

힘 조절에 실패한 데다 자세가 무너져서 쓰러지다니 평소
라면 말도 안 된다. 드물게 초조했던 것이리라.

내심 어금니를 깨물면서 몸을 일으키려고 했을 때, 훨씬
말도 안 되는 사태에 빠졌다는 사실을 인식했다. 아그니스
는 소녀를 위에서 덮치듯이 쓰러진 것이었다.

"으…… 응."

부드러운 탄력이 아그니스의 몸을 폭신하게 밀어냈다.

얼굴이 가깝다. 상쾌한 꽃향기가 콧구멍을 간지럽힌다.
숨결이 닿을 만큼 가까운 거리에, 신이 정성을 담아서 만들
어낸 미모가 있었다.

연분홍색 머리카락을 한 그 소녀는 다시 한번 답답함에
신음하더니, 이윽고 푸른 눈동자를 번쩍 떴다.

"……."

"……."

두 사람은 입을 다물고 서로 마주봤다.

마침내 상황을 인식한 레파의 뺨이 순식간에 붉은색으로

물들기 시작했다.

"……뭐, 뭐뭐뭐, 뭐야? 뭘 할 셈이야?"

"어, 아니, 그, 그게 아니야!"

"벼, 벽치기에서 이어지는, 미미미밀어 넘어뜨리기 콤보? 어, 얼마나 상급 편 기술을 펼치는 거야?! 더더더군다나, 심심한 걸! 심심한 걸 덮치려 들다니!"

──실신한 겁니다. 레파 님.

어디에선가 로제린의 목소리가 들려온 기분이 들었지만 분명하지는 않다.

"시, 심심? 심심한 건 안 덮쳐. 심심할 땐 놀아야지!"

"놀아? 날 가지고 놀 셈이야?!"

"아, 이거 어쩐지 이제 안 되겠어."

로제린이 흘린 메마른 한숨이 들린 찰나──.

"히이이이이이이아아아아아아아아아아아아아아악!"

여사교의 비명이 울렸고 그 자리에 있던 전원의 의식은 그쪽으로 향했다.

"예, 예예예예예, 예배당이……!"

여사교는 떨리는 손가락으로 예배당을 가리켰다.

아그니스의 강렬한 일격은 예배당의 벽을 날렸을 뿐만이 아니라 건물 여기저기에 균열을 만들었다. 둔탁한 소리가 삐걱 울린다 싶더니, 금이 바닥과 천장으로 생물처럼 종횡무진 확대되어 예배당뿐만 아니라 건물 전역으로 퍼

져나갔다.

"도망쳐, 도망쳐——!"

누군가가 그렇게 외치자 관계자들도 모두 밖으로 뛰쳐나갔다.

균열은 맹렬한 기세로 성당 모든 것을 다 덮치고—— 무너졌다.

지붕이, 벽이, 후드득후드득 떨어져 내려와 대지를 파도치게 하고 가라앉았다.

폭풍이 일어나 성대하게 분진이 일었다. 뒤통수를 드러낸 채 잔해로 변한 성당을 말없이 바라보던 여사교는,

"……시제들. 뒤를 부탁합니다."

해탈한 성인 같은 웃음을 억누르며 그 자리에 털썩 쓰러졌다.

"사교니이이이이이이이이이이이님——————————!"

"중지——————! 중지다——————————!"

시제들의 절규가 언덕 위에 메아리쳤다.

그리하여 회장은 무너지고 두 번째 맞선도 어이없이 중지되었다.

* * *

에스키아 공화국 수도 칸바할.

이 나라에서는 대귀족으로 구성된 원로원이 정치의 중핵을 짊어지는데, 구성원의 투표로 선출된 최고 의장이 대외적으로 국가 원수의 역할을 담당한다. 그런 원로원의 간부가 사는 대리석 궁전의 방 한 칸에서, 검은 수염이 난 중년 남자가 낮은 목소리로 물었다.

"이번에도 이그마르와의 맞선에 실패했다고 들었다. 어떻게 되어가고 있나, 랄프여?"

그 앞에 똑바로 서 있던 남자가 깊이 고개를 숙였다.

"죄송합니다, 대신님. 이번 건은 여동생 메이에게 맡겼습니다만, 제 쪽에서도 상황을 확인해두겠습니다."

"맡기겠다. 이 맞선은 좋은 기회라고 봐야만 해. 이그마르의 최고 전력을 확실하게 이쪽의 것으로 만들어라. 만약 그게 불가능하다면……."

"명심하고 있습니다."

남자는 짧게 대답하고서 고개를 들었다.

느슨하게 묶은 갈색 긴 머리카락에 날카롭게 째진 눈동자. 조각처럼 단정하고 하얀 얼굴.

"……왜 넌 이렇게나 날 방해하는 거냐, 저주스러운 아우여."

대신이 떠나가자 남자는 나지막한 목소리로 그렇게 읊조리면서 긴 복도를 잰걸음으로 걸어갔다.

* * *

　이그마르 왕국의 수도 펜리르.

　혈통을 중시하는 이 나라에서는 지금도 나라를 세운 자의 자손들이 왕가의 일원으로서 정치를 다스린다. 그런 왕의 혈족들이 사는, 햇살을 눈부시게 반사하는 푸른 벽돌로 지어진 아름다운 성 중 하나에서 여자 몇 명이 과자를 둘러싸고 차를 마시고 있었다.

　"그러고 보니 또 에스키아와의 맞선을 실패했대요."

　그중 누군가가 자못 기쁜 듯이 화제를 입에 담았다.

　"못 쓰겠네. 남자 한둘쯤은 몇 초 안에 무너뜨려야지."

　그 말을 들은 여자 한 사람이 우아하게 미소 지었다.

　오른쪽이 비취, 왼쪽이 호박. 좌우 눈 색이 다른 오드아이. 오똑 솟은 콧날에 연지를 바른 것처럼 붉은 입술. 등줄기가 서늘해질 것 같은 미모였다.

　"어머, 이자벨라 언니. 그 여동생이 하는 일인걸요. 이렇게 되리라고 예상했잖아요."

　다른 여자가 그렇게 말하자 그 여자는 숨결을 쿡쿡 흘렸다.

　"그러게. 야만스러운 여자가 인간을 상대하기는 어려우려나."

　"어머, 언니도 참."

"우후후." "오호호." "아하하."

넓디넓은 방에 새된 조소가 울려 퍼졌다.

제3장 샌드키아 해전

　에스키아 공화국 변경에, 이단(二段) 폭포라고 불리는 장소가 있다.

　쏟아져 내리는 대량의 물이 일단 폭포 웅덩이를 형성한 뒤, 더 흘러서 또 한 단 아래로 떨어져 내리는 장엄하고 거대한 이중 폭포이다.

　그 상단의 폭포 웅덩이에 상반신을 벗은 아그니스가 서 있었다. 거센 물줄기를 몸으로 받으면서도 꿈쩍도 하지 않는 단련된 체간. 그러나 그 눈썹에는 드물게 고뇌의 빛이 새겨져 있었다.

　——사고를 쳐버렸어…….

　얼마 전 '블리자드 로즈'와 본 맞선에서 기합이 너무 들어가 회장인 성당을 무너뜨렸다. 중개인 역할을 맡은 여사교는 심통이 나서 드러누워 버리기로 작정해버린 모양이었다.

　맞선은 잠시 중단하게 되어 이대로 가다가는 두 나라 동맹의 앞날도 의심스러운 상황이다. 동맹 조건으로 정해진 혼인까지 남은 기간은 앞으로 열 달. 그때까지 상대를 연애로 압도해서 혼담을 매듭지을 필요가 있다.

　계속 쏟아지는 거친 물의 흐름 속에서 아그니스는 한숨을 쉬었다.

어렵다. 검과 다르게 연애라는 것은 전혀 깔끔하게 나누어 떨어지지 않는다.

이그마르의 소녀는 이 상황을 어떻게 파악하고 있을까?

차가운 미모 안쪽에서, 그녀는 대체 무슨 생각을 하고 있나?

"오빠, 이제 슬슬 나와~."

압도적인 낙수가 내는 굉음 속에서도 정확히 귀에 닿는 것은 여동생의 목소리였다. 폭포 웅덩이에서 조금 떨어진 지면에 걸터앉아 있던 메이가 포니 테일을 흔들며 곤란한 표정을 지었다.

"벌써 한나절이나 폭포에 있었잖아. 폭포를 계속 맞아봤자 상황은 전혀 안 변해. 단순한 현실도피라고."

"꺼림칙한 말투를 쓰는구나. 도피가 아니라 명상이야. 폭포는 사고에 최적이잖아."

"보통은 폭포 수행하면서 느긋하게 명상할 여유 따윈 없다고오. 정말로 비상식적이라니까. 그래서 무슨 명상을 하는데?"

"아아, 그 있잖아, 메이……."

"응?"

"사랑이란 게 뭐였더라?"

여동생의 상반신이 휘청 흔들렸다.

"어, 이제 와서 그런 걸 물어봐? 한창때인 남자가? 연애

치인 줄은 알았지만, 설마 아직 그런 단계였어? 어?"

"아, 아니야. 그런 연민의 눈빛으로 보지 마. 나 역시 단어의 의미 정도는 알고 있어. 하지만 깊게 생각하니 잘 알 수가 없게 됐달까……."

"뭐……, 듣고 보니 별로 깊이 생각해 본 적이 없었을지도 모르겠네. 으음, 역시 생각하려 들지 않아도 그 사람을 생각하거나, 떠올리기만 해도 두근거리거나, 그 사람이 무슨 생각을 하고 있을지 알고 싶어지거나 하는 게 사랑이 아닐까아."

──무슨 생각을 하는지 알고 싶어진다고?

저도 모르게 가슴이 철렁 내려앉자, 메이는 가는 눈썹의 끝을 꿈틀 올렸다.

"그런 걸 묻다니 설마 '블리자드 로즈' 씨를 사랑하는 건 아니겠지?"

"바, 바보 같은 소리 하지 마. 그럴 리 없잖아. 연애에서 이기려면 연애에 대해 좀 더 알 필요가 있다고 생각했을 뿐이야. 그 녀석은 적이고 농락해야 마땅한 타깃이니까."

"안다면 다행이지만…… 뭐, 농락이고 뭐고 우선 맞선 회장이 사라져버린 상태에서 어떻게 할지 고민해야만 하겠지. 뭐, 그건 내가 어떻게든 하겠지만."

메이는 어려 보이는 외모에 비해 상당한 재원이었다. 지금은 오로지 아그니스의 곁에 있지만, 수도 칸바할에 있었

을 때는 엄선된 엘리트들이 다니는 학원에서 항상 톱 성적
을 올려 장래 정계 간부 후보로서 기대받았다.

그런 여동생의 시선이 문득 아그니스의 옆구리로 향했다.
거기에는 쓰라려 보이는 화상의 흔적이 있었다. 육망성 같
은 형상을 띤 검은색 화상 자국이다.

한순간 입술을 꾸욱 다문 메이는 금세 밝은 표정으로 돌
아와서 말을 이었다.

"그러니까 슬슬 나와. 은둔형 외톨이 오빠."

"오히려 나가기 싫어졌어."

"어쩔 수 없네에."

한숨을 쉬고 일어선 메이가 아그니스에게 다가가려고 했
을 때, 그녀는 갑자기 비틀거리며 폭포 웅덩이에 떨어질 뻔
했다.

"꺄악!"

"메이!"

음속으로 폭포를 튀어나온 아그니스는 물에 떨어질 뻔한
여동생을 간발의 차이로 들어 올렸다.

"조심해. 여기는 유속이 빨라. 자칫하면 하단의 폭포 웅
덩이까지 거꾸로 꼬꾸라질 거야."

"에헤헤."

오빠의 품에 안긴 메이는 작게 혀를 빼꼼히 내밀었다.

"······뭐야, 일부러 그런 거냐?"

"헤헴. 오빠는 날 꼭 구해주는걸."

"나 원 참."

여동생은 아그니스가 지면에 내려주려고 하자 그에게 꼬옥 매달려왔다.

"나도…… 반드시 오빠를 구해줄게."

"……나도 알아."

아그니스가 그녀의 머리를 툭 두드리자, 메이는 "에헤" 하고 싱글벙글 웃으며 지면으로 폴짝 내려섰다.

"어디 보자, 그럼 즉시 대책을 세워보자. 어쨌거나 지금은 맞선 회장도 없어지고, 중개인도 부탁할 수 없는 상황이지."

"그래, 뭐…… 그렇죠."

"갑자기 웬 존댓말? 일단 반성은 하는 거 같네. 하지만 걱정 없어. 회장이 없어졌다면 다른 곳에서 만나면 되잖아."

"다른 곳? 중개인은 어쩔 건데?"

여사교는 자리에 드러누워 버렸다고 들었고, 악평이 퍼진 탓에 후임 선정에도 진척이 없는 모양이다. 그렇다고 해서 신성교회 말고 에스키아와 이그마르의 중개를 해 줄만한 세력은 없다.

"중개인도 필요 없어."

"괜찮겠어? 분명 중개를 세우는 건 결정 사항이 아니었던가?"

"그 말이 맞아. 잘 아네. 이 맞선은 양국의 공식 행사이고,

불측의 사태를 대비해서 중립인 중개인을 세운다는 조약을 이미 맺었어."

"그렇다면——."

"다만, 그건 맞선이라는 형식일 경우지. 그렇다면 다른 구실로 만나면 되잖아."

아그니스는 여동생의 얼굴을 바라보았다.

"과연……. 맞선이라는 형식이 아니라면 조약상으로는 일단 문제없다는 뜻인가? 다른 구실로 만나는 만큼 탓할 우려도 없겠지. 즉, 장외전을 거는 거구나. 과연 메이야."

"에헤헤."

메이는 쑥스러운 듯이 웃은 뒤 얼굴을 꾹 들이밀었다.

"그래서 말인데. 어떤 구실을 댈 건가 하면……."

여동생이 거기까지 말했을 때, 조금 떨어진 곳에 사람의 기척이 나타났다.

"단장님, 여기에 계셨습니까?"

그것은 갈색 피부에 잘 어울려 돋보이는 상아색 쇼트커트를 찰랑거리는 소녀였다. 군의 부장을 맡은 루시아나는 튕기는 발걸음으로 아그니스의 곁에 다가왔다.

"루시아나인가, 왜 그러지?"

"단장님. 가능하다면 잠시 휴가를 얻고 싶습니다. 장사꾼인 동생의 동료가 다쳤는데 일손이 필요하다고 해서요."

"그래, 좋아. 지금은 정전 중이니까."

"고맙습니다!"

루시아나는 고개를 숙이고 덧붙이듯이 말했다.

"그리고 마수를 목격했다는 보고가 한 건 들어왔습니다. 그제 에겔해 바다에서 후류게스트라 추정되는 그림자를 본 어부가 있다는 모양입니다."

"후류게스트? 그건 성가시군……."

평소에는 깊은 바다에 사는 바다의 악마. 일단 흉포해져서 수면 가까이에 나타나면 그 자리의 생태를 철저히 파괴한다고 하는, 랭크 7에 분류되는 악명 높은 마수이다.

"어쩌시겠습니까, 단장님? 만약 토벌하러 가시겠다면 휴가를 취소하겠습니다만."

"아니……, 후류게스트는 이동 속도가 빨라서 신출귀몰하니까. 지금 간다고 한들 헛걸음이야. 피해는 안 나왔지?"

"네, 상당히 먼 바다라서 주변에 사람은 없었다나 봅니다."

"알았어. 나중에 이쪽에서 정보를 모아두지. 모처럼 찾아온 기회니까 자유를 누리다 와."

"네!"

루시아나는 기쁘게 대답하고서 가볍게 몸을 돌렸다.

……대체 뭘까?

두 번째 맞선이 실패한 직후부터, 루시아나는 괜스레 기분이 좋아 보였다. 이유는 확실하지 않지만 아그니스는 별 상관없으리라고 생각했다. 부하가 기분 좋아서 나쁠 것은 없다.

"그래서, 메이. 아까 하던 얘기 말인데……."

아그니스는 루시아나의 뒷모습을 배웅하면서 옆에 선 여동생에게 물었다.

"아아, 맞아, 맞아. 어떤 구실로 만날 건가 말인데. 난 데이트가 좋을 거 같아."

"데이트?!"

저도 모르게 큰소리로 따라 말하자, 떠나가던 루시아나가 무시무시한 기세로 뒤돌아보았다.

"단장님, 데이트하시는 겁니까? 누구랑요?!"

"루, 루시아나 씨. 그건 말이죠……."

메이는 황급히 손을 흔들면서도 번뜩이는 시선을 보내왔다.

"오빠, 그렇게 큰 소리로 말하면 안 돼."

"뭐, 뭐가……?"

"설마, 상대는 '블리자드 로즈'입니까?"

아까 전까지 기분 좋았던 루시아나의 표정에 갑자기 불만과 불안이 뒤섞인 기분이 들었다.

메이는 달래는 말투로 말했다.

"루시아나 씨. 이건 국가적인 행사니까, 그게……."

"저, 저도 압니다. 하지만…… 단장님께서, 하필이면, 적국 이그마르 따위와……."

"저기, 루시아나, 잠시 내 말 좀 들어봐."

아그니스는 퉁퉁 부은 얼굴인 루시아나를 정면으로 응시했다.

"이그마르 왕국은 분명 적이었어. 나도 너와 계속 전장에 있었지. 그건 알아."

오가는 노호. 대지를 흔드는 말발굽.

검과 화살의 번쩍임과 마술의 섬광이 튀고, 비명과 피보라가 공중을 춤춘다. 가능한 한 사망자를 내지 않으려고 했지만, 그래도 부상자는 흔히 발생했다.

아그니스는 씁쓸한 감정을 떠올리면서 루시아나에게 말을 걸었다.

"에스키아에 이그마르를 원망하는 사람은 많아. 나 역시 동료의 피를 보기는 싫었으니, 적을 미워할 때도 있어. 하지만, 그렇기에, 이 맞선을 통해서 동맹 교섭이 진전되면, 이 이상 쓸데없는 피를 흘리지 않아도 될지도 몰라."

"그, 그래도, 저는……."

"우리는 뭘 위해 싸우지? 뭐를 위한 강함이야? 지켜야 할 자를 지키기 위해서야. 그래도 전장에 나가면 부상자가 나오고, 때로는 사망자도 나와. 그러니까 훨씬 더 좋은 수단이 있다면 난 망설이지 않고 그걸 선택하겠어."

"단장님……."

"휴전한 뒤로 너도 기분이 좋았잖아. 전장에 나가지 않는 날이 좀 더 늘어나도 좋을 거 같아. 루시아나는 항상 웃었으면 좋겠으니까."

"하, 하으윽!"

루시아나가 갑자기 무릎 꿇더니 갈색 뺨을 붉은색으로 물들였다. 아무래도 오늘의 루시아나는 표정이 다채롭게 바뀐다. 루시아나는 입술을 굳게 다물더니 아그니스에게 붉은 기가 띠는 얼굴을 향했다.

"단장님. 지, 지금 그건 비겁합니다. 그 말만 들어도 밥을 세 끼는 먹어버린 거 같잖아요."

"……밥?"

"어, 아니요! 죄송합니다. 잠시 머리를 식히겠습니다."

루시아나는 그렇게 말하더니 허공에서 춤췄다. 빙글빙글 몸을 휘날리면서 하단에 있는 폭포 웅덩이로 머리부터 다이빙했다. 물보라가 성대하게 튀더니 루시아나가 머리를 내저으면서 수면으로 얼굴을 내밀었다.

"단장님은, 바보……."

한편, 상단 폭포 곁에서는 메이가 눈을 가늘게 뜨고 아그니스를 바라보았다.

"무의식중에 그런 소리를 하는구나……. 이 천연 난봉꾼……."

"어?"

"뭐, 됐어. 하던 얘기로 되돌아가겠는데, 아무리 오빠라도 데이트가 뭔지 정도는 알겠지?"

"넌 날 뭐로 보는 거야?"

"연애치 천연 난봉꾼."

"어쨌거나 칭찬이 아니라는 건 알겠어. 그리고 어쩐지 눈빛이 무섭다고……."

아그니스는 자신을 빤히 바라보는 메이로부터 시선을 피하면서 생각했다.

데이트는 남녀가 둘이서 외출하는 이벤트였을 것이다. 그러나 갑자기 불안한 기분이 들기 시작했다.

이그마르의 소녀와 단둘이서 외출한다고?

"오빠. 데이트는 평소와 다른 환경에 몸을 둠으로써 고양감과 친근감을 배로 늘리는 효과가 있어. 그러니까 거리를 단숨에 좁히는데 최적이지. 중요한 문제는 어떤 코스를 고를 지인가."

"……어쩌면 좋지? 마경 이솜니아에서 마수를 사냥하면 돼?"

"아하하. 재미있는 농담이야, 오빠."

"눈이 전혀 안 웃는데?! 그럼…… 폭포를 맞을까?"

"어쨌거나 이야기를 진행할게. 어디 보자, 엿새 후에 에스키아 북동쪽에 있는 도시 샌드키아에서 풍요제가 열려. 이그마르와의 국경에서도 가깝고, 과거에 전투 지역이 된 적도 없지. 게다가 축제니까 대화가 잘 풀리지 않아도 즐거운 기분이 들 거야. 이것저것 조사해봤는데, 첫 데이트 장소는 여기가 가장 적당할 거 같아."

"그, 그렇구나……. 과연 메이야."

아그니스는 기쁘게 고개를 끄덕이고서 자신의 가슴을 쿵 두드렸다.

"좋았어, 완벽한 계획이야. 데이트쯤은 여유롭게 해내겠어."

"믿음직스러워, 오빠."

"툭 까놓고 전장에서 목숨 걸고 싸우는 것에 비하면 별거 아니니까. ……난 할 수 있다, 난 할 수 있다, 난 할 수 있다, 난 할 수 있다, 난 할 수 있다, 난 할 수 있다, 난 할 수 있다……."

"작은 목소리로 자기 암시 거는 건 좀 무서잖아!"

몸을 뒤로 젖힌 메이는 검지를 척 세워 보였다.

"하지만 데이트는 어려워. 거리가 가까워지는 한편, 서로의 진정한 모습이 드러나 버릴 위험도 있지. 이른바 양날의 검이야. 게다가 데이트를 하려면 최초에 넘어야 할 관문이 있어."

"관문이라고?"

"응. 그건 데이트 신청이야. 주위에서 준비해주는 맞선과는 다르게, 데이트는 일단 상대에게 데이트 신청부터 시작할 필요가 있어. 이번엔 편지를 보내는 게 좋을 거 같은데, 그 내용으로 처음의 성패가 결정돼. 내가 생각해도 되겠지만 세련된 문장이면 오히려 여자에게 간파될 거 같은데에. 좀 서

툴러도 마음이 담긴 글이 분명 높은 호감도를 얻을 거야.”

“데이트 신청 편지라…….”

아그니스는 자신의 검지를 빤히 바라보았다.

“맡겨둬. 기합을 넣어서 써볼게.”

“응, 그 기세야, 오빠!”

기합 만점인 오빠를 힘껏 격려한 메이는 이때 한 가지 실수를 저질렀다.

그건 바로, 편지를 보내기 전에 자기에게 보여달라고 말하지 않은 것이었다.

* * *

이그마르국 왕도 펜리르의 남쪽.

숲으로 둘러싸인 멋진 저택에서, 창가에 기댄 소녀가 심해 같은 푸른 눈동자로 풍경을 바라보고 있었다. 살짝 열린 창에서 남풍이 불어 들어와 눈부신 분홍색 긴 머리카락이 찰랑찰랑 흘렀다.

“맞선은 당분간 중지라…….”

이그마르 ‘최강’의 마술사 레파 엘드리트는 정숙을 머금은 침엽수 숲을 멍하니 바라보면서 작게 탄식했다. 맞선 회장인 성당이 무너지고 중개인이 쓰러져 버려서야 어쩔 수 없다고 생각하지만, 어쨌든 한동안 그 남자와 얼굴을 마주할 일은 없으리라.

전장에서 이름을 떨친 불살의 사신. 불꽃의 베기 공격을 다루는 에스키아 공화국 '최강'의 검사.

그리고——.

"넌…… 여전하네."

레파는 혼자서 중얼거리고 창에 비친 자신의 모습에 초점을 맞췄다.

"……있지, 난 변했어?"

"레파 님."

"꺅!"

창 아래에서 갑자기 로제린의 얼굴이 튀어나오자, 레파는 그 자리에 엉덩방아를 찧었다.

"너 어디에서 나타난 거야? 여긴 3층이라고."

"이 로제린은 레파 님께서 계신 곳에 항상 있으니까요."

사용인은 무표정으로 창틀을 넘어와 실내에 발을 들였다.

"하지만 안 되겠네요. 평소의 레파 님이시라면 제 접근을 금세 눈치채셨을 겁니다. 다른 일에 정신이 팔리신 건 아니신지요?"

"으…….."

"역시 정곡이었나요? 그걸 시험하기 위해서 굳이 이런 식으로 등장한 겁니다. 결코 레파 님을 놀래켜 즐거워하려던 게 아니라고요. 네, 정말로요."

"분명 즐거워하는 거지?"

입술을 삐죽인 레파는 로제린의 손을 빌려서 일어섰다.

다만, 기분 나쁘지는 않았다. 모든 것을 얼려버리는 얼음의 마녀라는 별명을 가지고, 왕궁에서도 홀로 떨어져 사는 레파에게 스스럼없이 말을 거는 이는 로제린뿐이다. 이 널따란 나라에서 레파가 어리광부릴 수 있는 단 한 사람.

로제린은 일찍이 은밀 부대를 이끌던, 군에서도 경의를 표하던 인물이었던 모양이지만, 자세한 이력까진 모른다. 깊게 캐묻고 싶은 생각도 없었다. 건드릴 필요가 없는 과거는 누구에게나 있다. ──물론, 자신에게도.

레파는 그런 시중인이 손에 하얀 종이를 들고 있다는 사실을 깨달았다.

"로제린, 그건 뭐야?"

"아아, 맞아요. 이 문제로 찾아뵀습니다. 이건 레파 님 앞으로 온 편지입니다. 보낸 이는 에스키아국의 '플레임 로드'랍니다."

"어?!"

당황해서 편지로 손가락을 뻗으려고 했던 레파는 문득 손을 멈추었다.

"하지만 어째서? 정전 중이라고는 해도 지금은 전시이고, 에스키아 공화국과의 사이에 우편이 오가진 않잖아? 편지를 중계해줄 교회도 아직 재건되지 않았고."

"그러게요. 다만 이번엔 저택 현관 옆에 화살이 꽂혀 있었는데 거기에 묶여 있었습니다. 전에 맞선 볼 때 레파 님께서 저택의 대략적인 위치를 입에 담으셨으니…….."

"설마 화살에 편지를? 얼마 안 되는 정보에 기대, 에스키아에서 여기를 노려서 쏜 거야?"

"도무지 인간의 기술이라고는 여겨지지 않습니다만, 그 남자라면 가능할지도 모릅니다. 화살의 각인도 분명 에스키아의 것으로 보입니다. 그야말로 '최강', 무서운 실력입니다."

"보, 보여줘."

레파는 꿀꺽 침을 삼키며 편지를 받아들었다.

──설마…… 연애편지인가? ……그렇지는 않겠지.

서가의 이야기에도 있었다. 뜨거운 마음을 적은 편지를, 사랑하는 공주에게 화살에 묶은 편지를 전하는 기사의 이야기가. 기사는 적국의 병사였는데 규중의 소녀를 사랑하고 만 것이었다. 창가에서 밖을 바라볼 수밖에 없는 공주는 어느샌가 그 편지가 오기를 고대하게 된다. 이윽고 두 사람은──.

──이럼 안 되지.

레파는 자연스럽게 빨라지는 고동을 억지로 억눌렀다.

이 정도로 흔들려서야 연애 전쟁에서 승리를 할 수 있을 턱이 없다.

하지만──.

그녀는 몇 번이고 심호흡을 한 뒤, 떨리는 손가락으로 천천히 편지를 펼쳤다. 심장 소리가 들린다. 읽기 무섭다. 눈을 가늘게 뜨고 머뭇머뭇 편지를 노려보자, 거기에는 이렇게 적혀 있었다.

『오는 5월 말일. 9시. 에스키아국 샌드키아의 만에서 기다리겠다. 목을 씻고 오도록 해라.』

레파는 곧장 편지를 찢었다.

"난 아무것도 못 봤어."

억누른 목소리로 말하면서도 움켜쥔 주먹에 자연스럽게 힘이 들어갔다.

"그보다, 이게 뭐야? 아무리 봐도 결투장이잖아……!"

이야기 속 기사는 결코 공주에게 결투장을 보내지 않았다.

"분명, 그렇게 보이네요."

찢어진 편지를 주워 든 로제린도 동의를 표시했다.

레파는 열기를 띤 뺨에 손을 대고서 급속히 그것을 식혔다.

"정말. 대체 뭐냐고! 무슨 생각을 하는지 전혀 모르겠어, 그 남자는!"

"양국의 '최강'끼리 결투를 벌이면 볼만하겠네요."

"바보 같은 소리 하지 마. 이 시기에 그런 짓을 하면 동맹은 물 건너간다고."

"죄송합니다, 농담입니다. 다만, 어디까지 그건 편지 내용에 따른 것이죠. 내용만 보면, 만날 약속처럼 보이기도 하네요. 어쩌면 이건 데이트 신청일지도 모릅니다."

"……어?"

레파는 입을 떠억 벌리고서 망연하게 로제린을 바라보았다.

"데, 데이트?!"

"그럴 가능성이 있는 것 같습니다. 이런 내용을 쓴 의도는 헤아릴 수 없습니다만, 제 정보망에 따르면 이날 약속 장소인 에스키아의 해변 마을에서 축제가 열릴 겁니다."

"그래?"

레파는 갑자기 곤란한 표정을 지으며 찢어진 편지를 바라보았다.

"어, 어쩌지? 찢어버렸어……."

"그건 나중에 제가 수복해두겠습니다. 다만——."

"있지. 어, 어쩌면 좋아? 로제린. 데, 데이트래!"

"그럴지도 모릅니다, 하지만——."

"싫어, 안 돼. 데이트 따위에 당황하다니 '최강'의 마술사라는 이름이 울겠어."

그렇게 말하면서도 레파는 겁먹은 미아처럼 방 안을 어슬렁어슬렁 방황하기 시작했다.

"……난 할 수 있다, 난 할 수 있다, 난 할 수 있다, 난 할 수 있다, 난 할 수 있다, 난 할 수 있다, 난 할 수 있다, 난 할 수 있다……."

"레파 님. 자기 암시가 좀 무섭습니다만, 저기——."

"아아, 안 되지! 이럴 때가 아니야. 당장 입을 옷을 골라야 해!"

"잠깐, 사람 말 좀 들으라고!"

로제린이 갑작스럽게 뛰쳐나간 레파의 뒤를 잰걸음으로 쫓아갔다. 저택 안쪽에 있는 의상실에 다다르자, 속옷 차림을 한 레파가 옷으로 쌓인 산에 묻혀 있었다.

그녀는 반쯤 울상을 지으며 어쩔 줄 모르는 표정으로 무릎을 끌어안고 있었다.

"로제리인……, 어쩌지? 뭘 고르면 좋을지 전혀 모르겠어…….."

"대체 뭘 하시는 겁니까?"

로제린은 수북이 쌓인 옷의 산에서 질질 레파를 잡아당겨 빼낸 후 검지로 안경을 쓱 들어 올렸다.

"레파 님, 들뜬 와중에 송구스럽습니다만, 이번 외출은 허가할 수 없습니다."

"어, 어째서?"

"죄송합니다. 데이트 신청이라고 말씀드린 건 제 실언이었습니다. 이유야 어찌 되었든 간에 약속 장소는 에스키아국입니다. 이른바 적의 품속으로 뛰어 들어가는 거나 마찬가지지요. 상대가 무슨 짓을 꾸밀지 모르는 이상, 그런 위험을 감수할 수는 없습니다."

Illustrations copyright © Umiko

"난 '최강'의 마술사야. 설령 덫이라고 해도 내가 뒤처질 거라는 거야?"

"상대 또한 강자입니다. 만에 하나 레파 님의 신변에 무슨 일이라고 생기면 국왕 폐하께서도 크게 슬퍼하시겠죠."

"후……, 그건 전력 상실이라는 뜻이겠지?"

차갑고 메마른 음색과 함께 긴장감이 퍼졌다. 순식간에 실내에 서리가 내리고, 유리창에 몇 겹이나 되는 균열이 새겨졌다.

로제린은 얼얼한 냉기와 중압 속에서 잠시 말없이 레파와 마주 보았다. 숨조차 쉴 수 없는, 얼어붙은 침묵이 이어진 후, 사용인은 천천히 어깨를 움츠렸다.

"……곤란하게 됐네요. 꼭 가고 싶으시다면, 적 정보 시찰이라는 명목이라면 가능할지도 모릅니다."

"적 정보, 시찰?"

"네. 오랫동안 싸워왔던 것 치고는, 에스키아 공화국의 내정에 대해 거의 모릅니다. 만약 동맹이 실패로 끝나게 되면 다시 적이 될 상대죠. 이번 데이트 신청은 상대국의 실정을 파헤치기에 좋은 기회가 될지도 모릅니다."

레파가 단정하고 아름다운 얼굴을 굳혔다.

"……그렇구나, 적 정보 시찰. 그건 확실히 중요하지."

"좋은 구실이 생겨서 다행입니다."

"아, 아니야. 정말로 그렇게 생각한다니까."

"네, 네. 어쨌든지 간에 제가 위험하다고 판단하면 지시에 따라주십시오."

"나도 알아."

레파는 로제린을 머뭇머뭇 올려다보았다.

"그럼⋯⋯ 그, 저기 옷 고르는 걸, 도와줄래?"

로제린은 못 말리겠다고 한숨을 쉬고서 안쪽의 옷장에 다가갔다.

"남자 앞에서도 그 귀여운 눈 치켜뜨기를 할 수 있다면 좋겠는데요."

"정말, 심술궂어!"

"그럼, 이번 코디네이트 말인데, 제가 권하는 건 이쪽입니다."

장난꾸러기 같은 웃음을 띠운 로제린은 선반에서 꺼낸 의상을 건넸다.

그리고──.

⋯⋯.

"저기, 로제린. 이, 이건 안 돼⋯⋯."

전신 거울을 바라보는 레파는 쩔쩔매는 기색으로 응했다.

"어째서인가요?"

"그, 그야⋯⋯ 이상하잖아?"

"전혀 이상하지 않아요. 이번 약속 장소는 해변입니다. 바다라고 하면 이거죠."

레파가 입고 있는 옷은 비키니였다.

그러나 이상하게 천 면적이 적어서, 가슴도 허리 라인도 그 대부분이 노출되었다. 얇게 깔린 눈 같은 살결이 공기에 닿자 레파는 수치심에 얼굴을 붉게 물들였다.

"이, 이런 건 자른 천을 덧댔을 뿐이잖아. 왜 이런 파렴치한 옷이 저택이 있는 거야?"

"언젠가 레파 님께 입혀드리려고 제가 밤새 재봉해서 완성했습니다."

"너 의외로 한가해? 이런 걸 남 앞에서 어떻게 입어?"

"무슨 말씀을 하시는 겁니까? 이걸 입으면 에스키아의 '플레임 로드'도 간단히 함락할 수 있는데요."

"……함락할 수 있어? ……정말로?"

레파는 꿀꺽 침을 삼키며 거울 속에 비친 자신의 모습을 뚫어지게 쳐다보았다.

"네, 순삭입니다."

"그, 그래……. 그렇다면……, 아니, 안 돼, 안 된다고. 이런 건, 어떻게 봐도 색녀잖아. 구설에 오를 수는 없어. 무리, 무리, 무리, 무리."

"어……."

"무척 불만인 거 같네! 그렇게 원망스러운 표정을 지어도 안 입을 거야."

"곤란하게 됐네요. 이게 싫으시면 그다음은 끈으로 만든 수영복밖에……."

"그런 건 됐어. 역시 직접 고를래!"

"네, 네, 죄송합니다. 자, 제대로 골라 드릴 테니 기분을 푸십시오."

그 후 두 사람의 떠들썩한 이야기 소리는 한동안 멈추지 않았다고 한다.

* * *

때는 5월 말일, 9시.

장소는 에스키아국 북동부에 위치한 샌드키아.

바다의 정령에게 감사를 표하는 풍어제로 붐비는 도시의 외곽에서, 에스키아국 최강의 남자가 팔짱을 끼고서 서 있었다. 쾌청한 하늘 아래, 너울대는 파도 소리가 기분 좋았고, 바다를 달리는 바람이 그의 흑발을 흔들었다.

내리쬐는 태양.

어디까지고 펼쳐진 푸른 바다.

터질 듯이 활기차 보이는 축제.

그야말로 그림으로 그린 것처럼 데이트하기에 제격인 날에, 아그니스의 옆에 선 메이가 포니 테일로 묶은 머리카락을 쓱쓱 헤집었다.

"아, 정말 믿을 수 없어. 그런 편지를 보내다니, 오빠는 대체 무슨 생각을 하는 거야?!"

혼나고 있다. 이 문제로 아그니스는 벌써 30번은 혼나고 있었다.

"그, 그러니까, 마음을 담아서 썼다니까. 네가 서툴러도 좋다고 했잖아?"

"너무 서투르잖아! 그래서야 어떻게 봐도 결투장이잖아!"

"……진짜냐."

"자각이 없는 거야?! 뭐, 손을 써뒀으니까 괜찮겠지만……."

나중에 오빠의 편지 내용을 알게 된 메이가 황급히 아그니스에게 정정 편지를 쏘아 보내게 했다.

"앞으로는 반드시 먼저 내게 상담할 것. 알았어?"

"알았어……."

고개를 숙인 아그니스는 맥이 발라지는 감각을 느꼈다.

시야 안쪽에서는 모래 먼지가 떠다닌다. 달그락달그락 소리를 내면서 다가오는 한 대의 마차 안에는 아마 오늘의 상대가 타고 있으리라.

드디어 데이트가 시작되는 것이다.

샌드키아 마을은 이그마르와의 국경 근처에 있는데, 당연히 국경 경비대는 있지만 메이가 두 번째 편지와 함께 비공식으로 손에 넣은 하루 한정 국가 통행증을 첨부했다. 다가오는 마차의 앞 벽에는 그 통행증이 붙어 있다.

아그니스는 숨을 가늘게 내뱉고 허리를 살짝 낮췄다.

Illustrations copyright © Umiko

"왔구나……."

"오빠, 그건 전투태세야. 이건 데이트라고."

"안다니까."

그렇게 말해도 긴장되는 건 어쩔 수 없었다. 두 번의 맞선에서는 중개인이 있었지만, 이번에는 이 몸 하나로 데이트라는 큰 이벤트를 치러야 한다.

마차가 두 사람 앞에 멈췄다.

천천히 문이 열리고, 마차 안에서 흰 원피스 차림에 샌들을 신고 밀짚모자를 쓴 소녀가 나타났다.

바닷바람에 흔들려 반짝이는 연홍색 긴 머리카락. 살짝 젖은 푸른 눈동자. 원피스 자락에서 엿보이는 맨살은 청아함을 자랑하는 동시에 요염하기도 했다. 내리쬐는 햇살 아래에서 현기증이 날 것 같은 미모는 한층 돋보였다.

"예쁘다…………."

'블리자드 로즈'의 모습에 저도 모르게 넋이 나간 메이는 화들짝 정신을 차린 듯이 황급히 고개를 숙였다.

"앗, 죄송합니다. 전, 아그니스 레스터의 여동생인 메이라고 합니다. 이번에 입회를 맡게 되었습니다. 먼 곳에서 잘 찾아오셨습니다. 요전번에는 제대로 인사도 못 드리고……."

아그니스는 환영의 말을 입에 담는 여동생 옆에서 어렴풋한 초조함을 느꼈다.

──기분 나쁜 느낌이군…….

레파의 태연자약한 분위기는 역전의 강자를 연상시켰다. 이쪽은 상당히 긴장했는데 느낌이 전혀 다른 것이다.

얼음 공주는 밀짚모자의 챙을 올리고 여유 가득하게 이렇게 말했다.

"……안뇽."

──응?

"지금…… 혀가 꼬인 거야?"

"……어? 무슨 소리야?"

"아니, 하지만."

"어? 어?"

레파는 팔짱을 끼고 어째서인지 눈길을 피하면서 말투에 힘을 줬다.

"분명 파도 소리의 장난이겠죠. 멋진 날씨네요. 좋은 하루가 될 거 같아요."

얼음의 마녀 뒤에서 에이프런 드레스 차림에 안경을 낀 여자가 나왔다.

"초대해주셔서 감사합니다. 저는 레파 님의 시중인을 맡은 로제린이라고 합니다. 앞으로 잘 부탁드립니다."

여자는 전혀 군더더기 없는 동작으로 고개를 기울였다. 어깨선에 맞춰 자른 은발이 살랑 흔들렸다.

표정은 빈약하지만 인형처럼 정교한 이목구비엔 치밀한 아름다움이 깃들어 있었다.

"윽. 이그마르의 여자는 다들 미인이네……."

메이가 분하다는 듯이 말한 후, 아그니스의 등을 툭 밀었다.

"자, 그럼, 오빠. 제대로 에스코트해야 해."

"어, 어, 어, 그래."

메이는 우물거리는 오빠에게 "무슨 일이 생겼을 때는 지시를 내릴게"라고 작은 목소리로 말했다.

고개를 끄덕인 '플레임 로드'는 한 걸음을 내디뎠다.

"레파 님. 마음껏 즐기시기를."

"아, 아, 알았어."

레파는 로제린의 말에 몇 번이나 고개를 위아래로 끄덕이며 걷기 시작한 아그니스의 뒤를 따랐다.

그리하여 양국의 운명을 건 데이트가 막을 열었다.

"아니, 빠르잖아. 오빠!"

한눈도 팔지 않고서 축제 회장으로 돌진하는 아그니스는 모래사장에 발이 빠지면서 나아가는 레파의 한참 앞을 걷고 있었다. 아그니스는 메이의 말에 제정신을 차린 듯, 걸음을 멈추고 레파가 도착하기를 기다렸다.

마침내 두 사람은 옆으로 나란히 걷기 시작했지만, 양자 사이에는 이상하게 넓은 공간이 덩그러니 비어 있었다. 마치 현재 두 사람의 거리를 드러내듯이.

"아아, 불안해. 역시 내가 있어야겠어."

두 사람의 뒤를 따르려고 한 메이는 그 상황에서 기묘한 사실을 깨달았다.

──……어? 안 움직여?

발을 내딛으려 하는데 무릎이 들리지 않았다.

──이야기하는 것도, 그래.

입도 그렇다. 전혀 움직이지 않는다.

시야 끝에는 장식물처럼 조용히 선 메이드복 차림의 여자가 있었다.

"죄송합니다. 당신이 '플레임 로드'의 두뇌라고 판단해서, 실례되지만 그림자를 대지에 꿰매서 움직임을 봉했습니다. 메이 레스터, 최연소로 에스키아 공화국의 최난관 사관학교의 수석을 따낸 재원. 그 후, 어째서인지 셋째 오빠 '플레임 로드'와 함께 중앙에서 떨어진 변경에서 살고 계시죠."

"……."

로제린은 말을 못 하는 메이를 향해 담담하게 말하고서 느릿하게 고개를 기울였다.

"안심하십시오. 잠시 움직일 수 없을 뿐이지 몸에 전혀 해는 없으니까요. 이쪽은 오랫동안 적대 관계에 있었던 나라의 한가운데에 있는 몸. 당신을 확보하면 아마 에스키아의 지휘계통은 움직이지 않겠죠. 만약을 위해 주의하는 것뿐입니다."

안경을 쓴 여자는 멀리 축제의 떠들썩함에 눈길을 주고서

127

희미하게 미소 지었다.

"푸른 하늘. 하얀 모래사장. 가슴을 간질이는 것 같은 개방감. 그리고 이 떠들썩한 분위기 속에서는 다소 침묵이 이어져도 거북해지지 않죠. 오히려 둘이서 파도의 선율에 귀를 기울이면 여자는 손쉽게 농락당하고 말 겁니다. 후후. 멋져요. 첫 데이트에서 여자를 함락하기에는 더할 나위 없는 선택입니다. 하지만 설마 이쪽이 대책 없이 임하리라고는 생각지는 않으시겠죠."

"──으."

메이의 안색에 살짝 창백함이 섞였다.

"후후, 사령탑인 당신의 지원만 끊어버리면 오히려 이번 데이트는 이쪽의 것입니다. 제 주인의 독무대가 되겠죠. 그럼 실례하겠습니다."

로제린은 그런 말을 남기더니 옷이 스치는 소리조차 내지 않고서 매끄럽게 몸을 돌렸다.

──자, 잠깐.

떠나가는 등에 내던지려고 했던 목소리는 전혀 말을 맺지 않았다.

메이의 시점은 모래사장 멀리 보이는 축제 회장으로 고정된 채였다.

──방심했어. 오빠……!

* * *

풍어제는 바다의 정령에게 감사를 바치는 샌드키아의 명물이다.

"와아!"

회장 앞에 선 레파는 끓어오르는 것 같은 떠들썩함에 눈을 휘둥그레 떴다.

눈부시게 쏟아지는 햇빛 아래, 널따란 모래사장에 백을 가볍게 넘는 가게가 즐비하게 늘어섰다. 해산물을 파는 가게, 가면 등을 늘어놓은 가게, 오락거리를 제공하는 가게. 가게 여기저기에서 웃음과 환성이 오르고, 바다 내음을 두른 향기로운 연기가 피어올랐다.

회장에는 올려다볼 정도로 높은 망루가 몇 개나 세워져 있었는데, 그 위에서 악사들이 현악기나 타악기를 손에 들고 파도 소리에 맞춘 것 같은 기분 좋은 선율을 연주한다.

파도치는 해변 앞에는 보기에도 눈부신 널따란 바다가 펼쳐져 있다.

"이게 바다. 이게 축제……."

레파는 밀짚모자 챙을 올리고서 얼떨떨하게 말했다.

"본 적 없어?"

레파로부터 다섯 걸음 정도 떨어진 옆에서 아그니스가 물었다.

"……응, 그렇지. 우리나라는 숲과 호수와 산뿐이니까."

반짝반짝 빛나는 수평선. 돛을 넓게 펼친 배가 바람을 받으면서 웅대하게 흔들거린다.

레파가 그림 같은 광경에 눈을 빼앗기고 있노라니, 아그니스가 중얼거리듯이 말했다.

"이 풍어제는 3년 만에 개최하는 거야. 샌드키아는 다행히 전투 지역이 된 적은 없었지만, 요 몇 년은 전선의 전황이 혹독했으니까. 국가에서 자숙하라는 통보가 내려왔었어."

"……응. 혹독한 싸움이었어."

레파는 수평선 너머로 눈길을 주었다.

고고한 마녀로서 전장을 돌던 레파였다. 싸움터에 도착했을 때, 사체로 가득한 광경과 마주한 적도 드물지는 않았다.

거기에는 적도 아군도 없다. 그저 동등하게 말 없는 시체가 늘어져 있을 뿐이다.

"이르마르 왕국과의 일시 휴전을 받아들이지 않는 녀석도 많지만, 이런 축제가 재개된다면 난 나쁘지 않은 거 같아."

레파는 축제 회장으로 시선을 옮긴 아그니스를 조용히 바라보았다.

두 나라의 정전 기간은 앞으로 열 달. 계속 유지하려면 동맹을 체결할 필요가 있다.

조건은 '최강'끼리의 결혼.

다만, 상대를 농락해 뜻대로 움직이게 하는 임무를 달성

해야 한다.

아그니스는 끓어오르는 긴장감에 몸을 굳히는 레파에게 붉은 눈동자를 향했다.

"보라고, 왜냐하면 다들 즐거워 보이잖아?"

"……으."

불현듯 아그니스가 순진하게 웃는 얼굴을 드러내자, 레파는 빨려들어 갈 뻔했다.

그 순간, 뇌리에 로제린에게서 신물이 나도록 들은 충고가 되살아났다.

──잘 들으세요, 레파 님. 이번 만남은 상대편에서 준비한 무대에서 치러집니다. 마음을 놓으시면 단숨에 주도권을 빼앗길 테니 주의하십시오.

──그, 그랬었지. 이러면 안 돼!

이 상황에서 뒤숭숭해지면 어쩌나.

레파는 정신을 바짝 차리고 사용인이 한 말을 떠올렸다.

──'플레임 로드'가 경계할 테니, 저는 좀처럼 레파 님께 다가갈 수 없겠죠. 하지만 걱정하실 필요는 없습니다. 데이트에서 남자를 함락시킬 비책을 몇 가지 전수해드릴 테니까요. 이걸 완수했을 때, 자연스럽게 '플레임 로드'는 레파 님의 꼭두각시가 되고 말겠죠.

그렇다. 이왕 하려면 선수필승.

레파는 비책 내용을 가슴속에서 곱씹으면서 얼굴을 옆으

로 돌렸다.

"저기, 화제를 바꾸겠는데…… 네 데이트 신청 편지는 상당히 멋이 없네."

"……어?"

아그니스가 철렁한 표정을 보였다.

"그래서야 마치 결투장 같잖아. 좀 더 여자를 기쁘게 할 만한 편지 내용을 공부해야 하지 않겠어?"

"……으."

레파는 '플레임 로드'의 분한 표정을 바라보며 마음속으로 씨익 미소 지었다.

굳어진 분위기를 풀면서 넌지시 대화의 주도권을 쥠과 동시에, 그 자리에 익숙한 느낌을 연출함으로써 연애 계급을 상대에게 인식시키는 묘기.

비책 첫 번째——놀리기.

"넌 검을 드는 건 특기여도, 펜을 쥐는 건 쥐약인 모양이네."

"……무, 무슨 소리를 하는 거지?"

냉정한 음성으로 말했지만, 노골적으로 눈길을 피하는 에스키아 '최강'의 남자의 이마에 점점 식은땀 배어 나왔다.

레파의 가벼운 말투는 아그니스의 심지에 확실히 대미지를 주는 모양이었다.

어쩐지 할 수 있을 것 같은 기분이 든다——라고 레파는 생각했다.

"후후, 일단 검술 이전에 여자 마음이라는 걸 배워야만 하겠네."

"아니."

"애당초 목을 씻고 오라는 데이트 신청 내용은 처음 봤어."

"그건."

"그보다…… 설마, 여자에게 데이트 신청을 해 본 경험이 없다고는 안 하겠지?"

"커흑!"

토혈.

상대가 계속 내지르는 놀림의 토네이도에 타격을 입어, 마침내 아그니스가 한쪽 무릎을 꿇었다.

──굉장해. 비책 첫 번째 단계에서 이렇게까지 힘을 발휘할 줄이야. 역시 로제린이야!

저번 맞선에서는 마지막에 뒤처졌지만, 이번엔 벌써 완승의 예감마저 든다.

이 감각. 이 지배감.

밀려드는 압도적인 전능감에 레파는 저도 모르게 하늘을 우러르고 황홀한 표정을 떠올리며 생각했다.

──나는 사랑의 여신일지니, 라고.

그러나 그녀는 중요한 사실을 잊고 있었다.

여기는 야외라는 사실. 그리고 애당초 젊은 남자와 함께 처음으로 밖을 걷는다는 사실을. 많은 사람이 오가는 길에서 어느샌가 주위의 시선이 두 사람에게 모여들었다.

"이봐, 커플이 사랑싸움을 하고 있어." "어머, 풋풋하네."

——커플.

이 단어가 레파의 공세를 멈췄고, 동시에 아그니스에서 숨을 돌릴 시간을 주었다.

"커, 커, 커커커커커커커!"

듣기에 따라서는 악마의 웃음소리 같은 초조한 목소리를 내면서 레파는 몸을 굳혔다.

비슷한 나이 또래의 남자와 둘이서 축제 회장을 걷는다. 그것이 주변에서 어떻게 보일지 마침내 이해에 이르렀다. 지금, 자신은 남자와 데이트를 하고 있다는 사실과 그 무게가 불현듯 가슴을 짓눌렀다.

뺨에 붉은 기가 섞이고 호흡이 빨라졌다.

빨리. 다음 말을 꺼내야만 해. 하지만 머리가 새하얘져서 아무 말도 나오지 않았다.

비책 두 번째. 떠오르지 않는다. 비책 세 번째. 안 되겠다.

——어쩌면 좋지?!

초조한 와중에 문득 떠오른 기억은 이번 데이트에 임하며 로제린이 전수한 최종 오의였다.

——레파 님. 축제가 한창 무르익게 되면 은근슬쩍 손을 잡으십시오.

시중인은 안경을 빛내며 그렇게 말했다.

그렇게 하면 상대의 심장은 튀어 오르고, 혈관은 움찔움 찔 박동하고, 동공은 한계까지 확대된다. 완벽한 타이밍에 쓰면 지옥의 문지기조차 사랑에 빠지는 것을 막을 수 없는 마성의 연애기── '손잡기'.

그 이야기를 들었을 때는 수치심에 몸이 떨리는 심정이었 지만, 이 순간, 혼란의 극치에 다다른 레파에게 그 밖에 다 른 수단은 떠오르지 않았다.

──'손잡기', 바로 이거다!

레파는 힘껏 든 오른손을 목표── 아그니스의 왼손을 향 해서 내리쳤다.

한편 아그니스는 마침내 혼미 상태에서 부활하고 있었다. 그러나 흘러넘치는 초조함은 부정할 수 없었다. 손쓸 방도 도 없이 농락당하는 것은 확실했다.

그런 와중에 문득 여동생에게서 들었던 말을 떠올렸다.

──괜찮아, 오빠. 이번 데이트는 승산이 있어. 어쨌거나 이쪽의 홈그라운드인걸. 회장을 한 바퀴 돌고서, 맛있는 것 을 먹고, 저녁놀이 보이는 파도 치는 물가에 둘이서 가는 거 야. 가볍게 물이라도 서로 끼얹으면 완벽히 함락되는 건 시 간 문제야. 그리고, 마지막엔 말이지…….

몽롱한 의식 속에서, 메이의 대사가 천천히 재생된다.

──손을, 잡는 거야.

살기.

"오아아앗!"

음속으로 왼손을 뺀 아그니스는 그 기세에 몸을 맡겨 공중으로 날아올랐다. 3층 건물을 가볍게 뛰어넘는 높이로 날아간 몸은 공중에서 빙글빙글 돌더니 조금 떨어진 위치에 발바닥으로 착지했다.

"너…… 지금 뭘 하려던 거지?"

아까 전까지 아그니스가 있던 장소에는 이를 악문 레파가 헛손질한 자신의 오른손을 바라보고 있었다.

"……따, 딱히. 비틀거렸을 뿐이야."

거짓말이다.

이그마르의 소녀는 이쪽이 데이트 최종 국면에서 쓸 예정이었던 '손잡기'를 개시 단계부터 펼쳐왔다.

——이 녀석, 갑자기 끝장을 내러 왔어.

그야말로 선수필승. 일격필살, 연애의 저격수.

차가운 한기가 아그니스의 등줄기를 퍼져나갔다.

그러나 물러설 수는 없다. '최강'의 이름을 걸고서.

——미안하지만 신체 기술은 내가 위야.

아그니스는 뒤꿈치로 땅을 박차고 모래 먼지를 폭풍처럼 흩날리며 순식간에 레파와의 거리를 좁혔다.

이 자리에서 손을 잡히면 패배다. 즉, 상대의 포로가 되어 그 뜻대로 움직이기만 하는 미래가 기다리리라. 가혹한 전장을 헤쳐나온 직감이 명확히 그렇게 고했다.

그렇다면── 이쪽이 먼저 손을 잡으면 된다.

"잡았다!"

아그니스가 내민 오른손은 일반인의 눈으론 볼 수조차 없는 속도로 레파의 왼팔을 붙잡았다. ──그렇게 보였지만,

"이런!"

쩌억 소리가 울리자 아그니스는 반사적으로 손가락을 뗐다. 레파의 왼팔이 두꺼운 얼음으로 푹 뒤덮여있었기 때문이다. 절대 영도의 냉기가 아그니스의 손바닥을 얼린 것이었다.

"조금 더워서 마술로 식히고 있었어."

레파가 입꼬리를 살짝 올렸다.

"그보다 너, 지금 내 손을 잡으려고 하지 않았어?"

"……무슨 소리지? 벌레를 잡았을 뿐이야."

"훗."

"핫."

서로 마주 보는 두 사람 사이에서 찌릿찌릿 불꽃이 튀었다.

긴장감이 떠도는 아그니스의 표정에 문득 다른 경계심이 더해졌다.

"──응?"

재빠르게 주위를 둘러본 아그니스는 별안간 발길을 돌렸다.

"미안. 잠시 기다려줘."

그는 그런 말을 남기고서 왔던 길을 질풍처럼 되돌아가기

시작했다.

"어? 자, 잠깐!"

어안이 벙벙했던 레파는 반사적으로 그 뒤를 따랐지만, 모래에 발이 빠져서 앞으로 잘 나아갈 수가 없었다. 오히려 흘러넘치는 인파에 가로막히듯이 길의 끄트머리 쪽으로 질질 밀려 나가고 말았다.

"갑자기 왜 그러지?"

그래도 앞으로 나아가려고 했을 때, 발이 미끄러진 레파는 앞으로 꼬꾸라져 모래사장에 쓰러졌다.

"꺅!"

뜨거운 모래가 몸에 들러붙었다. 곧바로 몸을 일으켰지만 하얀 원피스에도 모래가 철썩 들러붙었다. 레파는 씁쓸한 표정을 지으며 모래를 탁탁 털었다.

"정말! 대체 뭐냐고. 내 에스코트를 내팽개치다니 배짱 좋은데."

'플레임 로드'는 발칙하게도 데이트 상대를 내버려 두고서 어딘가로 가버렸다. 과연 상상을 초월한다.

무슨 용건이 있는 기색이었지만 솔직히 의심스럽다.

분명 그거다. 이쪽이 놀린다는 수단으로 나가서 그에 보복하려는 속셈이리라.

내버려 두고 가서, 어딘가에서 레파가 동요하는 모습을 바라보는 것이다.

"흥. 꽤 어린애 같은 짓을 하네. 이 정도의 양동 작전에 걸릴 줄 알고?"

레파는 흥 하고 콧김을 뿜으며 팔짱을 끼고서 가슴을 폈다.

여유롭다.

여유.

여유로운 태도.

그렇다, 여유를 보이는 것이다.

"…………어?"

하지만 '플레임 로드'는 여전히 모습을 보이지 않았고, 마력의 망을 펼쳐 봐도 근처에 아그니스라 여겨지는 존재를 탐지할 수 없었다.

즐거운 듯이 팔짱을 낀 커플들이 몇 쌍이나 눈앞을 지나가는 와중에, 레파의 마음속에 불안함이 벌떡 고개를 들었다.

——혹시…… 정말로 방치하는 거야?

그런 형편없는 짓을—— 아니, 그 남자라면 가능할지도 모른다.

설마 너무 놀려서 화났던 것일까? 혹은, 손을 잡으려 든 시기가 빨랐나?

그러고 보니 이야기에도 나왔다. 왕자에게 끈덕지게 어프로치를 하다가 오히려 거리가 멀어지는 조연 악역 영애가.

——어, 어쩌지……?

여유로운 태도를 무너뜨리지 않았지만, 이마에 식은땀이 서서히 떠오르고 입매가 씰룩 움직였다.

"우어, 엄청난 미인이네."

길가에서 혼란에 빠진 채 서 있었더니, 바로 가까이에서 그런 목소리가 들렸다.

"우오오, 진짜다." "역시 귀여워." "너, 이 근처에 사는 애 아니지?"

햇볕에 그을린 젊은 남자들이 밀짚모자를 쓴 레파를 엿보듯이 우글우글 모여들었다.

"……뭐야?"

"있잖아. 너, 혼자야? 우리랑 놀자."

"뭐? 난 혼자가……."

"자자, 어차피 미인을 내버려 두는 남자는 변변치 못한 놈이야. 우리랑 가자."

"하지 마."

레파는 젊은 남자가 움켜쥐려고 하는 손을 뒤로 물렸다.

"쑥스러워하는 거야? 귀여운데."

……성가시다. 전원 얼음 속에 가둬버릴까?

하지만 망설임도 있었다. 어쨌든 여기는 적국 한가운데이다. 로제린에게서 그다지 눈에 띄는 행동을 해서는 안 된다는 말을 들었다.

전장에서는 베일로 얼굴을 가리고 있었기에 레파의 얼굴

을 아는 사람은 극소수다. 어지간해선 정체를 들키는 일은 없으리라. 그래도 섣불리 소동을 일으켜서 이그마르 사람이라고 의심 받으면 일이 복잡해진다.

──그렇지, 로제린은?

회장 어딘가에 있을 시중인의 모습을 찾자, 한순간 인파 사이에 그 옆모습이 보였다.

"로제……."

하지만 그 시중인은 머리에 고양이 가면을 동여매고, 양손 한가득 꼬치구이를 들고, 혼자서 온 힘을 다해 축제를 만끽하는 중이었다. 과자 가게를 찾아냈는지 로제린은 쏜살같이 그쪽으로 달려갔다.

──아아아, 저 애도 참!

"있잖아, 가자." "우리가 에스코트해줄게." "훨씬 재미있는 걸 하자, 응?"

"잠깐, 적당히──."

레파가 끝까지 자신의 손을 잡으려고 드는 남자들을 뿌리치기 위해 반사적으로 마력의 발산을 높였을 때, 그들의 등 뒤에서 목소리가 났다.

"아아, 미안. 그 앤 내 일행이야."

"어엇?" "네 놈은 뭐냐?"

남자들이 뒤를 돌아본 앞에 선 이는 흑발에 날카로운 붉은 눈동자를 한 남자였다.

달려왔는지 이마에는 한줄기 땀을 흘리고 있었다. 흥분한 남자들이 불청객을 에워쌌다.

"이거 봐, 방해하지 말아주시지?"

"우리는 바쁘다고. 아니면, 이 인원을 전부 상대할 셈인 가아?"

그 인물은 반쯤 웃으며 위협하는 남자들에게 태연자약한 태도로 답했다.

"별로 상관없지만…… 모처럼의 축제니까 시시한 일은 그 만두지 않겠어? 오랜만에 열리는 풍어제잖아? 즐겁게 즐기자."

그가 겁먹기는커녕 오히려 감개무량하게 회장을 둘러보자 남자들이 얼굴을 마주 보았다.

한 사람이 히죽 웃은 다음, 입가를 일그러뜨리며 그 남자—— 아그니스를 때리려고 덤벼들었다.

"정의의 편인 척하는 거냐? 방해된다고 했잖아!"

내지른 주먹이 아그니스의 복부에 직격했고——,

"으아아아아아악!"

소리를 지른 이는 덤벼들었던 남자였다.

"손이, 손이 부러졌어, 손이이이!"

남자는 엉덩방아를 찧고서 눈물을 머금은 채 손을 억눌렀다.

"이봐, 괜찮아?!"

"젠장, 배에 철판이라도 끼워 넣은 거냐?! 비겁하다고!"

"아니, 비겁하다기보다…… 아무 짓도 안 했는데."

아그니스는 긁적긁적 머리를 긁고서 복부의 옷을 들췄다.

옆구리에 육망성 같은 화상 흉터. 철판은 없었지만 그것을 대신하는 강철 같은 복근을 보고 남자들이 명백히 겁을 먹었다. 이윽고 한 사람이 새파란 얼굴로 꿀꺽 침을 삼키며 말했다.

"이봐, 기다려. 이 녀석, 아니, 이분은…… '플레임 로드' 아니야?"

"…………진짜로?"

남자들이 순식간에 안색이 새파래졌다.

"나, 군에 있었을 때 본 적이 있어. 이 붉은 눈, 부, 분명 본 기억이……."

"'플레임 로드'라니, 전장에서 이름을 떨친 에스키아 '최강'의 남자 말이야?"

"삼대공 필두, 레스터가의?"

"검 싸움에서 불꽃을 일으킨다는 그?"

"뭐, 맞기는 한데."

아그니스가 그렇게 대답하자 남자들은 휙 소리를 내며 일제히 뒷걸음쳤다.

"이, 이분이 태어났을 때 이마에 뿔 세 개가 있었다고 하는?"

"배가 고프면 살아 있는 소를 통째로 한 마리 먹는다고 하는?"

"혀, 혈관에 용암이 흐른다고 들었는데?"

"그건 아니야. 대체 무슨 소문이 돌기래?"

아그니스가 저도 모르게 반론하자 남자 중 한 사람이 창백한 얼굴로 입을 열었다.

"내, 내가 들은 건, 열 살이 될까 말까 한 나이에 흉악한 마수가 들끓는 마경 이솝니아의 안쪽에서 살아 돌아왔다는 이야기야. 그런 바보 같은 이야기가……."

"아, 그건 맞아."

"히, 히이이익, 진짜다!"

한 사람이 외치자 공포는 한순간에 전파됐다. 그들은 "시, 실례했습니다!"라는 겁먹은 목소리를 남기고 맥없이 떠나갔다.

남자들의 등을 바라보며 긁적긁적 머리를 긁은 아그니스는 레파 쪽으로 방향을 틀었다.

"미안, 불쾌하게 했구나. 저 녀석들도 오랜만에 열린 축제로 지나치게 흥이 오른 거겠지."

그가 사과하면서 다가오자 레파는 불만과 안도가 뒤섞인 표정을 보냈다.

"어디 갔었어?"

"아니, 여동생이 부르는 소리가 들린 기분이 들었거든. 아니나 다를까 저쪽 모래사장에서 발이 빠져서 꼼짝 못 하고 있더라. 잡아당겼더니 움직일 수 있게 되었지만."

"여동생? 그럼 그렇다고 말을 해. 갑자기 사라져서 놀랐잖아."

"잠깐 기다려 달라고 했잖아?"

"잠깐이 아니었어."

"어머나, 커플이 말다툼하고 있어." "부럽다, 청춘이네."

""……으!""

다시 통행인이 꺼내는 커플 발언을 듣자 두 사람의 얼굴은 순식간에 빨개졌다.

몸이 굳은 채 서로 바라보다가, 이윽고 레파가 눈동자를 내리깔고서 툭 말했다.

"갑자기 기다리라는 소리를 들어도 몰라. 그…… 아마, 그렇다고나 할까, 살짝, 지극히 미묘한 상태로, 거의 제로라고 해도 좋을 만큼, 아주 조금이긴 하지만……."

"무슨 말을 하고 싶은 거야?"

"……불안했으니까."

두근.

심장이 작게 뛰는 소리를 들은 아그니스는 당황한 듯이 머리를 긁었다.

"아니, 그게, 미안해……."

자신의 손을 빤히 바라보고 레파에게 천천히 내밀었다.

"그럼, 손을 잡아줄게. 너는 느리니까 금세 떨어지잖아."

"——으!"

이번엔 레파가 당황한 기색으로 아그니스의 손가락에 푸른 눈동자를 향했다.

"뭐라고? 그, 그렇게 내 손을 잡을 속셈이구나. 이 남자는 참 놀라운 책사야!"

"아마, 마음의 소리가 그대로 흘러나오고 있어. 시, 싫으면 상관없지만."

아그니스가 내민 손은 굳은살이 가득했다. 게다가 피부까지 몇 겹이나 벗겨진 모습이었다. 몇 번이고 몇 번이고 몇 번이고 검을 계속 휘두른 끝에 생긴 것이리라. 오랫동안 주저하는 기색을 보인 레파는 머뭇머뭇 손을 뻗어서, 아그니스의—— 옷자락을 움켜쥐었다.

"이, 이러면 됐지? 이러면, 떨어지지 않을 거야."

"그……, 그렇군."

딱딱한 표정을 띠운 두 사람은 천천히 길을 따라서 걷기 시작했다.

살짝 고개를 숙이고, 하지만 손가락은 단단히 옷자락에 휘감고서.

"……뭐야, 이 풋풋한 커플은……."

가게 그늘에서 두 사람의 '최강'의 모습을 바라보던 로제린이 조용히 중얼거렸다.

"뭐, 좋습니다. 이번엔 무승부로 치죠. 거리가 가까워진 건 좋게 평가해야겠죠. 전 이렇게 되리라 예견했습니다. 결 코 맛있어 보이는 먹거리에 동해서 잊은 건 아니라고요."

로제린은 꼬치구이를 한 손에 들고 우물우물 입을 움직이 면서 '플레임 로드'에게 눈길을 주었다.

──그건 그렇고, 가벼운 것이라고는 해도 손쉽게 내 마 술을 깨고 여동생을 구할 줄이야. 역시 그 힘은 진짜인 모 양이네요.

당사자인 아그니스는 푸른 하늘을 올려다보며 눈썹을 살 짝 찌푸렸다.

아까 전엔 메이의 목소리가 들린 기분이 들어서 서둘러 향했지만, 동시에 무언가 다른 기척도 느낀 것 같은 기분이 든 것이다.

──꺼림칙한 게 아니라면 좋겠는데…….

소금기를 머금은 바람이 뺨을 까끌까끌하게 쓰다듬었다.

한편, 축제 회장 너머 모래사장에서는 포니 테일 모습의 소녀가 큰 보폭으로 걷고 있었다.

"정말, 그 메이드녀!"

메이는 아까 전까지 마술로 그림자가 꿰매져 움직일 수 없었지만, 질풍처럼 나타난 아그니스 덕분에 술을 풀 수 있 었다.

메이는 오빠에게는 모래에 발이 빠졌다고 설명한 다음, 먼저 '블리자드 로즈'의 곁으로 돌아가라고 재촉했다.

로제린의 짓이라고는 알릴 수 없었다. 어차피 증거는 없는데다, 동맹을 앞에 두고 쓸데없는 불씨를 만들게 될 우려가 있기 때문이다. 그 메이드는 거기까지 읽고 있었으리라.

아마도 단순한 사용인이 아닐 터. 그 분위기에는 목숨이 걸린 수라장을 몇 번이고 넘어온 사람 특유의 처절함이 감돌았다. 군 관계자일까, 그것도 상당히 높은 직위의.

이 승부는 단순히 '최강' 두 사람이 벌이는 꼬드기기 대결이 아니다. 정보 누설 방지를 위해 현재는 서로 최소인원만이 관여하는 안건이었지만, 조만간 국가 상층부를 끌어들이는 총력전으로 번질지도 모른다.

"질 수는, 없겠지."

손톱을 까드득 깨문 메이의 등 뒤에는 웅대한 바다가 펼쳐져 있다.

그 아득히 먼 바다에서 검은 그림자가 천천히 흔들렸다.

* * *

"이건…… 뭐야?"

축제 회장. 레파는 한 가판대 앞에서 눈을 휘둥그레 떴다.

가판대 앞에 몇 개나 되는 꼬치가 늘어져 있었고, 꼬치마다 기묘한 생물이 꽂혀 있었다.

푸르고 흰 반점이 난 몸체에 빨판이 달린 몇 개나 되는 촉수를 가진 물체.

"반점 오징어 꼬치구이로군. 먹어볼래?"

"어, 이거 먹는 거야?"

"꽤 맛있어. 두 개 줘."

아그니스는 점주에게서 오징어구이 두 개를 받아들더니 그중 하나를 베어 물었다.

"응, 맛있어."

"맛있다고? 정말?"

다른 하나의 꼬치를 손에 든 레파는 오징어를 빤히 바라보며 주저했다.

확실히 맛있는 냄새는 나지만. 그래도 이 구불구불한 촉수를 보니 도저히 사람이 입에 댈 만한 물건이라 여겨지지 않는다. 레파가 망설이고 있노라니, 등 뒤에서 누군가의 기척이 느껴졌다.

──레파 님.

──로제린.

사용인이 레파의 그림자에 포개지듯이 서 있었다.

──지금까지 어디서 놀고 있었어? 이쪽은 힘들었다고!

──죄송합니다. 레파 님을 위해서 독의 유무를 확인하느라 분주했습니다. 이 주변을 가게에서 파는 물건은 대체로

감별을 마쳤습니다. 드셔도 문제없을 겁니다.

　──그랬어? 노는데 정신이 팔려서 날 잊은 줄 알았어.

　──그렇지 않습니다. 그럴 리가 없고 말고요, 네. 너무 오래 머무르면 '플레임 로드'가 눈치챌지도 모르니, 전 다음 독의 유무를 판별하러 가겠습니다.

　로제린은 그렇게 말하더니 곁눈질도 하지 않고서 남국 후르츠가 늘어진 가게로 향했다.

　"분명히 즐기는 거겠지……?"

　"왜 그래?"

　"어, 아니, 아무것도 아니야."

　레파는 황급히 그 자리를 수습하더니 손에 든 오징어구이를 딱 응시했다.

　천천히 눈을 감고서 큰맘 먹고 입에 머금어 보았다. 그리고──.

　"맛있어!"

　탱글탱글한 식감. 매콤달콤한 소스가 탄력 있는 몸에 잘 배어들었고, 코를 빠져나가는 탄내는 강렬히 식욕을 돋웠다.

　눈 깜짝할 사이에 다 먹은 레파는 이어서 두 개째를 홀라당 해치워 버렸다.

　그러고 보니 오늘은 긴장한 탓에 아침부터 아무것도 입에 대지 않았다.

　"이건 오징어구이라고 해? 맛있어."

"먹어본 적 없어?"

"응. 우리나라의 생선 요리는 민물고기가 중심이야. 이런 생물은 처음 봤어."

"음, 잠깐 기다려. 소스가 묻었어."

아그니스는 손가락을 뻗어서 레파의 입가에 묻은 소스를 닦았다.

"……."

잠시 침묵이 흐른 뒤, 레파는 목까지 새빨갛게 물들었다.

"너, 너, 너, 너! 지, 지, 지, 지금금금금금금금금."

"아, 아니, 항상 여동생에게 해주니까."

"여여여여동생과, 이, 이이이이이런 파렴치한 짓을!"

"자, 잠깐 기다려! 닦았을 뿐이지 딱히 이상한 짓이 아니 잖아."

"오빠!"

한창 대화하는 도중에 메이가 뛰어들었다.

그녀는 서둘러 왔는지 어깨를 헐떡이면서 '블리자드 로즈'에게 눈길을 보냈다.

"레파 씨, 방해해서 미안해요. 저기, 시중인은 어디 있나요?"

"음……, 그러고 보니 어디에 있을까?"

레파는 문득 제정신을 차리고서 주변을 둘러보았다.

"로제린에게 무슨 용건 있어?"

"어, 아니요. 없으면 됐어요. 그보다 저쪽 유희 구역에 가 보실래요?"

메이는 앞장서듯이 걷기 시작했다. 이에 따르듯이 두 사람의 '최강'도 발걸음을 옮겼다.

"살았어, 메이. 덕분에 자리가 수습됐어."

"됐어. 그보다 오빠도 제법인데. 저런 기습은 여자에게 잘 통해."

"그런가. 어렵네……."

오빠와 여동생이 소곤소곤 말을 나눴다.

세 사람은 먹거리를 파는 구역을 빠져 나와, 남국 의상을 입은 소녀들이 노래하는 무대를 곁눈질로 보면서 유희 구역에 발을 들였다. 유희 구역에는 열대어 뜨기나 풍선 터뜨리기 등을 즐기며 흥겨워하는 가족 단위 참가자들이 많아 보였다.

"자, 싸다, 싸! 거기 세 사람, 사격 어때?"

두건을 두른 까무잡잡한 피부의 귀여운 소년이 손뼉을 치며 두 사람을 불렀다.

"오빠. 무슨 유희를 하든지 좋아. 즐거운 시간을 공유하는 게 중요하니까. 난 도중까지 지켜보고 나서 빠질게."

아그니스는 메이가 작은 목소리로 해주는 조언에 고개를 끄덕이고서, 레파와 메이를 데리고 가게로 들어갔다.

"손님, 활 한 자루!"

안내하는 소년에게 이끌려서 가게 안쪽으로 들어가자, 카운터에 걸터앉아 있는 여자가 있었다.

탱크톱에 육감적인 허벅지가 드러난 쇼트 팬츠. 햇볕에 그을린 맨살에 잘록한 허리, 상아색 쇼트커트가 흔들린다.

"……아니, 루시아나?"

"단장님? 메이?"

군의 부장을 맡은 루시아나가 놀란 듯이 쩌억 입을 벌리고서 이쪽을 보았다.

"어째서, 네가? 아, 휴가 중이지?"

"네, 남동생인 론을 도우러 왔습니다. 론은 나라 안을 돌며 가게를 내고 있거든요."

루시아나는 호객행위를 하던 소년을 손가락으로 가리켰다.

그러고 보니 장사꾼 남동생의 동료가 다쳐서 도우러 간다고 말했었다. 생김새도 어쩐지 닮았다.

"단장님. 호, 혹시나 절 만나러……!"

한순간 부장은 부끄러운 기색을 보였지만, 갑자기 그 눈썹이 쑥 찌푸려지며 말꼬리에 험악함이 실렸다.

"아니요, 아니겠군요. 설마 전에 말씀하셨던 데이트인가요? 당신이 '블리자드 로즈'?"

"뭐, 뭐야……?"

루시아나가 아그니스를 뒤따라 가게로 들어온 레파에게

날카로운 시선을 보냈다.

"왜 이런 우연이⋯⋯."

이마에 손바닥을 대고서 어깨를 늘어뜨린 메이와 신기하다는 양 루시아나를 바라보는 레파.

"어쩐지⋯⋯ 날 노려보는 거 같은데 기분 탓일까?"

"기분 탓이 아니야. 단장님을 홀리는 도둑고양이."

"⋯⋯도둑고양이? 네가 누구인지는 모르겠지만, 초면인 상대에게 쓸 말은 아니야. 예의를 좀 배워야 하지 않을까?"

"적에게 차릴 예의는 없다."

"난 딱히 널 적이라고 생각하지 않았지만, 이젠 그러고 싶어지네."

등줄기도 얼릴 것 같은 서늘한 분위기가 두 사람 사이를 뒤덮었다.

"저기⋯⋯?"

아그니스가 전혀 상황을 이해하지 못하면서도 자리를 수습하려고 발을 내디뎠다.

"아, 잠깐, 잠깐. 사정은 모르겠지만, 여기는 즐기는 장소라고. 승강이는 금지야."

론이라 불린 소년이 그 옆을 스르륵 빠져 나와서 여자 두 사람 사이에 끼어들었다. 상당히 눈치 있는 소년인 모양이다.

"자, 그쪽에 있는 피부가 흰 누나. 미인이 그렇게 무서운 표정을 지으면 미모가 아까워."

"미, 미인?"

레파는 갑자기 그런 말을 듣자 당황한 듯이 얼굴을 붉혔다.

"그리고 루시아나 누나도. 웃는 얼굴, 웃는 얼굴. 그런 건 접객의 기본이잖아."

"무리야."

"그럼 방해가 되지 않게끔 구석에 가 있어. 내 생활의 양식을 빼앗을 셈이야?"

"……큭. 론 주제에 건방져."

차마 동생의 장사를 방해할 수는 없다고 생각했는지, 루시아나는 레파에게 날카로운 시선을 번뜩 보내면서도 자신의 의자를 안쪽으로 옮겼다.

"자, 미안해, 다시 시작할까. 놀이 방법은 간단해. 거기 있는 활과 화살로 표적을 노리는 것뿐. 조금 폐를 끼쳤으니까 깎아줄게."

론이 발랄한 목소리로 말했다. 카운터에 장난감 활과 화살이 놓여 있었고, 거리를 둔 위치에 크고 작은 다양한 표적이 설치되어 있었다. 20개 정도 있는 표적에는 각각 숫자가 그려져 있으니 몇 점을 얻을 수 있는지를 다투는 유희이리라.

"자, 만점을 따서 축제의 정점을 목표로 힘내."

"……정점?"

론은 고개를 기울인 아그니스에게 또랑또랑한 눈동자를 보냈다.

"어, 몰라? 샌드키아 풍어제는 여기저기에 있는 유희장에서 점수 팻말을 나눠주고 있어. 저녁까지 모은 점수 팻말을 합산한 뒤, 상위에 오른 사람이 바다 스테이지에서 치르는 최종 경기에 참가해서 명예로운 축제 '최강'을 정한대."

공기가 움찔 흔들린 기분이 들었다.

──큰일이야.

메이가 뒤를 돌아보자 자타 공인 '최강' 두 사람이 입매를 끌어 올렸다.

"……축제 '최강'이라. 상당히 재미있어 보이는군."

"……그러게. '최강' 결정전이라니 흥미 깊은 행사야."

"저기…… 오빠? 레파 씨? 오늘은 데이트니까, 즐기자?"

"알고 있어. 이 정도로 정색할 리가 없잖아."

"정말이야. 어린애 놀이를 진지하게 할 리 없잖아."

"응, 그렇겠지, 다행……. 아니, 두 사람 다 눈빛이 무서운데요!"

다음 순간, 빨판 달린 화살이 선반에 늘어진 표적 모두를 꿰뚫었다.

"형, 만점! 굉장해, 전부 조금도 어긋나지 않고 한가운데에 꽂혔어!"

"뭐, 이 정도라면 자면서도 맞출 수 있어. 실제로 지금 반쯤 졸았고."

득의만만하게 레파에게 시선을 보내는 아그니스. 그 옆의 공중에 작은 마법진이 몇 개나 나타났다.

그것은 희미한 빛을 뿜으면서, 천천히 떠다니면서 회전했다. 레파가 각각의 마법진에 화살을 던져넣자 바람 가르는 소리가 휘잉 울렸고, 정확히 겨눈 것처럼 화살은 표적의 중심을 꿰뚫었다.

"누나도 만점! 굉장해, 그거 '투사(投射)'의 마술이야?"

"어머, 너도 마술에 대해서 알아?"

"고향 마을에 있던 마술사 할아버지가 축제에서 쓰는 걸 본 적이 있어."

론은 감탄한 기색으로 표적에 꽂힌 화살을 바라보았다.

"하지만 그때 할아버지는 사흘쯤에 걸쳐서 준비한 데다 굉장히 고등 기술이라고 엄청나게 자랑했는데……."

"고등 기술? 이 정돈 세 살 때부터 할 수 있었는데."

레파는 옅게 미소 지으며 이겼다고 우쭐대듯이 아그니스를 흘겨보았다.

"큭……."

작게 이를 깨문 아그니스는 만점 팻말을 론에게서 받아들더니 재빠르게 몸을 돌렸다.

"아직 동점이야. 다음은 열대어라도 뜰까?"

"나쁘지 않은 제안이야."

"자, 잠깐, 둘 다 좀 기다려."

메이가 잰걸음으로 걸어가는 두 사람을 필사적으로 뒤쫓았다.

다음 가게에는 수조가 몇 개 놓여 있었고, 안에는 수많은 아름다운 물고기가 헤엄치고 있었다.

가게 안에 발을 들인 아그니스는 숨을 후우우 내뱉고, 눈으로도 알아볼 수 없는 속도로 뜨개망을 수면에 세차게 내리쳤다. 밀려드는 강렬한 파동으로 기절한 물고기들이 일제히 수면으로 떠 오르자, 아그니스는 어려움 없이 모든 열대어를 떠올렸다.

"형, 만점!"

한편, 옆에 있던 수조에서는 물이 아래부터 얼기 시작하고, 모든 물고기가 수면으로 밀려 올라왔다.

"누나도 만점!"

두 사람은 무슨 일이 일어났는지 모르겠다는 기색을 보이는 점주를 거들떠보지 않고 상쾌하게 가게를 나섰다.

"다음은 풍선이라도 터뜨릴까?"

"배짱 좋은데."

"그러니까, 둘 다, 기다려⋯⋯!"

두 사람은 바싹 뒤따르는 메이를 아랑곳하지 않은 채 전진했고, 유희 구역의 가게에서 차례차례 만점 선언이 울려 퍼졌다.

"어쩐지 밖이 소란스러운데, 누나."

광장에서 나는 갈채 소리를 들은 론은 누나를 뒤돌아보며 동의를 구했다.

"얼레······?"

그러나 그곳에는 빈 의자가 남아 있을 뿐이었다.

바닷바람이 머금은 열기가 조금씩 가시고, 어린이들의 떠들썩한 목소리가 살짝 차분해지기 시작했을 무렵.

수평선 위에는 붉은 저녁놀이 모습을 드러냈다.

──라스트 게임(결승전).

무대가 되는 바다 스테이지 부근에는 이미 수많은 사람이 몰려들었다.

"자, 드디어 축제도 대단원! 선택된 자들의 제전! 샌드키아 풍어제 '최강' 결정전 결승 스테이지를 보내드리겠습니다!"

바닷가에 세워진 망루 위에서 아나운서의 목소리가 울렸다.

"사회는 불초, 저 론이 맡도록 하겠습니다! 그리고 해설은 어느샌가 옆자리를 차지한 안경 쓴 숙녀분입니다. 성함은?"

"로제린입니다."

"로제린 씨. 수많은 유희를 이기고서 결승에 진출한 것은 열여섯 명. 그중에는 지난번 축제에서 완전 우승을 달성한 번호 3번 바르보넬라 선수도 남아 있는 모양입니다. 전직 군인이라는, 놀이의 장에서는 반칙스러운 경력입니다만, 승패의 행방을 어떻게 보십니까?"

사회자인 론이 비좁은 스테이지 위에 선 근육과 골격이 우람한 중년 남성에게 눈길을 주면서 말했다.

결승 종목은 '밀어붙이기 씨름'. 열여섯 명이 서로 뒤섞여서 밀어제치고, 수상 스테이지에 마지막까지 남는 자가 우승하게 된다. 험악한 얼굴의 스킨헤드남도 있거니와 검은 천을 뒤집어쓴 얼굴조차 모르는 자도 있다.

어쨌든지 간에 결승전의 독특한 긴장감이 자리에 가득 차 있었다.

로제린은 안경을 들어 올리며 담담히 대답했다.

"뭐, 우승 후보를 거론한다면 두 사람이겠죠."

"과연. 그건 바르보넬라 선수랑 누구죠?"

"바르보넬라? 그게 누구인데요?"

"이런! 이건 의외로군요, 의외! 지난번 패자를 경시하는 발언입니다!"

"지난번 패자 따위는 문제가 되지 않겠죠. 어쨌거나 그 두 사람은――."

메이드복의 소녀는 번호 6번과 8번 참가자를 바라보며 웃음을 쿡 흘렸다.

"――'최강'이니까요."

개시.

소라고둥 피리 소리가 저녁놀에 비친 해안에 울려 퍼졌고 결승 무대가 막을 열었다.

"이야아아아아압!" "으랏차아아아아!" "야아아아아압!"

스스로 제 실력을 인정하는 자들이 함성을 올리면서 단련된 육체를 서로 부딪쳤다.

노호. 비명.

요동치는 근육과 뿜어져 나오는 땀.

"이러언! 지난번 패자인 바르보넬라 선수! 곧바로 세 사람을 바다로 튕겨 날렸습니다아아!"

"가벼워, 가볍다고오, 마치 종이 같아아아아!"

바르보넬라는 부풀어 오른 근육을 꿈틀꿈틀 경련시키며 다음 표적을 노렸다.

번호 6번.

흑발에 붉은 눈동자를 가진 아직 어린 소년. 유연한 육체를 가지고 있기는 하지만 너무 가늘다.

힘 조절을 잘못하면 와지끈 찌부러뜨리고 말리라.

입술을 할짝 핥은 바르보넬라는 "우아아아아아앗! 날아가라아아아!"라고 포효하면서 그 상대를 향해 갔다. 그렇지만——.

——이럴, 수가?

움직이지 않았다. 돌멩이처럼 날아가리라 생각했던 그 소

161

년은 꿈쩍도 하지 않은 채 서늘한 얼굴로 선 상태였다. 맞닿은 어깨에 모든 체중을 실었지만 상대는 미동도 하지 않았다.

그렇다고 해야 할지, 지금, 하품을 했다.

바르보넬라의 이마에 송글송글 땀이 배어 나왔다. 대체 무슨 일이 벌어지는지 알 수 없었다. 전장에서 중전차라 불리며 두려움을 받던 자신이 소년 하나를 튕겨 날릴 수 없을 줄이야.

"이건 어찌 된 일입니까아아? 바르보넬라 선수, 번호 6번 소년에게 어깨를 맡긴 채, 움직임을 멈추고 말았습니다! 봐주는 걸까요오오?"

바보 같은 소리를. 이게 전력이다.

하지만 소년의 가느다란 몸에서는 마치 거대한 바위산 같은 압력이 느껴졌다.

그때와 비슷하다――고 생각했다.

일찍이 전장에서, 바르보넬라가 속한 부대는 얼굴을 가린 이그마르의 마술사 단 한 사람에게 완패했다. 막대한 준비와 훈련으로 임한 싸움이었지만, 인식할 수 있었던 것은 마술사가 가볍게 손을 휘두를 때까지였다. 모든 것이 얼음에 갇힌 후 정신을 차렸을 때는 이미 군의 장수는 붙잡히고 전투는 끝나 있었다. 승리를 위해서 소비했던, 온갖 고생과 시간을 한순간에 무로 돌리는 상식 밖의 괴물.

그 싸움을 계기로 바르보넬라는 군을 그만두기로 했다.

어째서인지 그때의, 모기가 거인에게 도전하는 것 같은 절망감을 떠올리고 말았다.

"뭐 하는 거냐아아!" "너한테 돈을 걸었다고오오!" "전직 군인의 기개를 보여라!"

차례차례 날아오는 야유가 바르보넬라의 고막을 때렸다.

——제기랄.

바르보넬라는 살짝 주먹을 쥐었다. 구타행위는 금지되어 있지만, 이 상황에서는 큰일을 위해 사소한 것에 신경 쓸 수 없다. 그런 굴욕은 이제 지긋지긋하다. 혼잡한 틈을 타서 소년의 턱에 일격을 넣어주겠다.

"으으으으으으으으으으아아아아아아아아아아아아아!"

바르보넬라는 힘껏 주먹을 휘둘러 올렸고——,

툭.

"흐어어어어어억!"

어깨를 가볍게 떠밀려서 먼지처럼 공중을 날았다.

"이럴 수가아아아! 지난번 패자인 바르보넬라 선수가 번호 6번 소년에게 손쉽게 밀려나 버렸습니다! 대체 무슨 일이 일어난 걸까요오오!"

"당연하지. 오빠가 흔해 빠진 근육 괴물에게 질 리가 없는걸."

"아니, 사회자석에 누군가 왔습니다!"

어느샌가 포니 테일의 소녀가 망루 위에 설치된 사회자석에 모습을 드러냈다.

메이는 해설자석에 앉은 로제린을 번뜩 노려보았다.

"아까 전엔 신세 졌습니다."

"후후, 감사합니다. 앉으시는 게 어떤가요? 한창 경기 중이니 소란을 피우는 건 멋이 없겠죠."

"그렇게 할게."

여자 사이에 보이지 않는 불꽃이 파직파직 튀었다.

사회자인 론이 천천히 자리에 걸터앉은 메이에게 말을 걸었다.

"그러니까, 새로운 해설자라고 받아들이면 될까요? 성함은?"

"메이입니다."

"그럼, 메이 씨. 딱 잘라 우승 예상은?"

"번호 6번. 하나만 택합니다."

"지금 막 바르보넬라 선수를 밀어낸 소년이로군요. 다른 한쪽인 로제린 씨는 우승 후보가 두 명 있다고 했습니다만, 굳이 언급한다면 누구일까요?"

"번호 8번이겠죠."

"이건 의외인 답변이군요. 8번은 밀짚모자를 깊게 눌러 쓰고 있습니다만, 어떻게 봐도 가녀린 소녀입니다. 그러나 신기하게도 지금까지 바다에 빠지지 않고서 남았습니다!"

하얀 원피스 차림을 한 소녀를 덮치려던 남자들은 어째서인지 주륵주륵 발을 미끄러뜨리며 스테이지에서 굴러떨어지고 마는 것이다.

참가자가 줄어들 때마다 박수와 갈채가 터져 나왔고, 회장의 흥분은 점점 정점에 다다르고 있었다.

그리고 혼전 끝에 스테이지에 선 이는 단 세 사람이 되었다.

"자자, 슬슬 승부는 막바지입니다! 지금 대회의 우승은 번호 6번, 번호 8번, 번호 12번 세 사람으로 좁혀졌습니다아아!"

사회자 론이 몸을 앞으로 들이밀며 외쳤다.

"바르보넬라 선수를 밀어낸 번호 6번 소년! 대치한 상대가 어째서인지 스테이지에서 미끄러져 떨어지는 번호 8번 소녀! 그리고 또 한 사람 얼굴을 검은 천으로 감은 번호 12번은…… 아니, 루시아나 누나?"

론이 저도 모르게 높은 소리를 냈고, 턱을 괸 메이의 머리가 추욱 기울었다.

머리에 검은 천을 둘렀던 인물이 그것을 벗어던지자, 상아색 쇼트커트를 찰랑거리는 소녀가 나타났다.

스테이지 위에 선 아그니스가 루시아나의 곁으로 다가갔다.

"뭐야, 역시 너였나."

"눈치채셨습니까, 단장님?"

"그 정도는 동작과 기척으로 알아. 너도 축제에 참여하고 싶었던 거구나."

"아, 네, 네. 요즘 몸이 굳어서, 시, 시간 때우기입니다."

루시아나는 얼버무리듯이 말한 후, 갑자기 눈동자에 날카로운 빛을 담았다.

"단장님께선 손대지 마십시오. 저 여자는 제가 상대하겠습니다."

그녀는 아그니스의 앞을 천천히 막아서며 '블리자드 로즈'와 대치했다.

"난 단장님의 오른팔인 루시아나다. 단장님의 행복이 바로 나의 행복. 단장님에게 걸맞은 상대라면 난 응원하겠다. 하지만 넌 적이다. 단장님에게 어울리지 않아. 여기서 시험해보겠다."

그렇게 소리를 지른 찰나, 루시아나가 속도를 높였다.

강렬한 내디디기에 스테이지의 바닥 판이 튕겨 날아가고 그 몸이 사라졌다.

물론 실제로 없어진 것은 아니었다. 그러나 루시아나는 그렇게 착각할 정도로 재빠르게 레파와의 거리를 좁혔다. 일반인의 상식을 뛰어넘은 몸놀림을 보자 회장에 술렁임이 번졌다.

밀짚모자를 쓴 소녀는 초속으로 덮쳐오는 갈색 피부의 소녀를 멍하니 바라보며 문득 나지막한 목소리로 말했다.

"……날, 시험하겠다고?"

루시아나의 피부에 오싹 소름이 끼쳤다.

차갑다. 마치 얼음 칼날로 심장을 직접 희롱당하는 공포가 몸 안을 기어 다녔다.

'블리자드 로즈'의 얼어붙은 시선을 받기만 했는데, 대기가 납처럼 무겁게 느껴지고 몸의 움직임이 둔해졌다. 발이 진흙에 빠진 것처럼 동작이 완만해지더니, 이윽고 루시아나의 걸음은 멈춰버렸다.

목표까지 앞으로 고작 세 걸음.

그런데 거기에 보이지 않는 벽이 놓인 것처럼 조금도 앞으로 나아갈 수 없게 되고 말았다.

루시아나는 강하다. 고만고만한 맹자 따위는 간단히 물리쳐버릴 만큼.

그러나 그렇기에 '블리자드 로즈'와 자신 사이에 가로놓인 압도적인 힘의 차이를 간파하고 말았다. 그 밑바닥의 어두운 심연 한구석을 엿보고 말았다.

──절대, 강자.

"으, 아……."

어째서? 움직일 수 없다. 단 한 걸음도.

휘이이잉.

싸늘한 분위기를 두른 레파는 루시아나에게 예리한 눈빛을 보내며 천천히 말했다.

167

"누구에게 그런 소리를 하는 거야?"

절망적일 만큼 거대한 압력. 루시아나는 투지가 얼어붙고 바스스 깨지는 소리를 들었다. 어금니가 부딪혀 나는 소리를 필사적으로 참으려고 하는 루시아나의 어깨 위에, 등 뒤에서 누군가가 손을 얹었다.

"……그만둬. 지금의 넌 이길 수 없어."

"단, 장님……."

그 순간, 루시아나는 그 자리에서 흐늘흐늘 무너져 내렸다.

"이럴 수가아아아! 갑자기 사라진 것처럼 보였던 루시아나 누나……가 아니라, 번호 12번이 어째서인지 주저앉고 말았습니다아아! 아무래도 전의를 상실한 것 같습니다! 우승은 번호 6번과 8번으로 좁혀졌습니다아아!"

우오오오오오오오 하고, 관중의 흥분은 최고조에 다다랐다.

땅거미가 지는 해안선. 냉기를 띤 바람이 두 사람 사이를 휘이잉 지나갔다.

"마침내 정상 결전의 시간이 찾아왔습니다! 해설자 두 분이 예상한 선수가 각각 남은 형태가 되었습니다! 그야말로 용호상박입니다!"

론은 흥분한 기색으로 해설자에게 말을 돌렸다.

"로제린 씨의 우승 예상은 번호 8번의 소녀였습니다. 그 근거가 무엇인지 들려주십시오."

"글쎄요……."

우수를 띤 눈동자로 로제린은 입을 열었다.

"그녀는…… 천재입니다. 그것도 초특급의. 신의 장난이라고 할 수밖에 없겠죠. 몇 명이고 그녀와 같은 영역에는 설 수 없습니다. 타고난 것이 다릅니다. 그것이…… 행복한 일인지는 모르겠습니다만."

음량을 줄이며 마지막에 그렇게 덧붙였다.

"과연. 번호 8번 소녀는 그야말로 신에게 선택된 존재라는 거군요. 그럼 메이 씨가 민 번호 6번 소년은 어떻습니까?"

"그건……."

메이는 이를 깨물면서 천천히 이렇게 말했다.

"그는…… 노력의 귀재, 아니 귀신입니다. 얼핏 보면 초연하게 서 있는 걸로 보이겠지만, 뒤에서는 상식을 아득히 뛰어넘은, 보는 사람이 공포를 느낄 만큼 부단히 노력해 실력을 키웠습니다. 문자 그대로 비가 내리든지 창이 내리든지, 그는 검을 계속 휘두르겠죠. 어떤 고난을 앞에 두고도 결코 포기하지 않고 오로지 눈앞의 일에 열중하는 겁니다. 그래요, 어떤 고난이라고 해도요."

말끝에 확고한 열기가 실렸다.

"번호 6번은 이른바 노력의 철인이라는 거로군요. 두 분 다 멋진 해설을 해주셔서 고맙습니다. 천재 소녀 대 노력 소년. 자, 그럼 '최강' 결정전. 최후의 승부를 지켜보도록 하죠!"

사회의 호령에 온 회장의 시선이 스테이지 위의 두 사람에게 모였다.

팽팽하게 긴장된 분위기.

피처럼 붉게 타오르는 저녁놀을 배경으로, 두 사람의 그림자가 천천히 가까워졌다.

"미안하지만 진지하게 하겠어. '최강'의 이름을 걸고서."

"'최강'을 꺼내 들면 나도 물러설 수는 없지."

그 상황에서 마침내 깨달았다는 듯이 메이가 일어섰다.

"……아니, 잠깐 기다려! 그러고 보니 이건 데이트지? 어느샌가 완전히 결투가 되었는데!"

메이는 결투 그 자체인 전개를 보고 해설자석에 있는 로제린에게 바싹 다가갔다.

"저, 저기, 곤란해. 단순한 축제 최강 결정전 따위에서 양국 대표가 진심으로 싸우려고 들면 국제 문제가 될 거야."

"그 정도로 저 두 사람에게 있어서, '최강'은 양보할 수 없는 칭호인 거겠죠."

"그렇지……. 아니, 그런 말을 할 상황이 아니야. 당신도 어떻게 좀 해봐!"

"이번엔 이미 포기했습니다. 다음을 기대하죠. 후후후."

"왜 달관한 표정으로 웃는 거야? 빨리 막아야 해!"

메이는 로제린의 어깨를 짤짤 흔들면서 바다의 스테이지로 시선을 옮겼다.

그리고 그제야 깨달았다.

"……저게 뭐지?"

그림자가.

스테이지 안쪽 해면에서 거대한 그림자가 흔들린다.

불온하게, 천천히, 그 그림자는 크기를 늘려간다. 지금 메이가 있는 망루 정도라면 한입에 삼킬 수 있을 만큼 거대하고 섬뜩한 칠흑의 윤곽.

메이의 뇌리에 오빠의 폭포 수행 때 루시아나가 입에 담은 말이 되살아났다.

그것은 분명 에겔해에서 마수를 목격했다는 정보가 들어왔다는 내용이었다.

그림자는 서서히, 그러나 확실하게 모래사장 쪽으로 다가오고 있었다.

그리고――.

첨버어어어어어어어어어어어어어어어어어어어어어어어어어어어엉!

고개를 들어 올린 그것이 바다 위로 모습을 드러냈다.

끈적끈적 희미한 빛을 뿜는 검푸른 비늘. 꿈틀거리는 거대한 체구에 저녁놀이 가려지자 모래사장은 갑자기 밤이 찾아온 것처럼 어둠에 휩싸였다. 몸체는 말뚝 같은 돌기가 몇 개나 난 딱딱한 등딱지로 덮였고, 길고 가는 냉혈한 눈동자는 관중을 잡아먹을 듯 노려보고 있다. 일그러진 송곳니가 즐비하게 늘어진 입안에서는 질질 점액이 흐른다.

해수—— 후류게스트.

"마, 마수……!" "해수다아아!" "도망쳐, 도망쳐, 도망쳐, 도망쳐어어어어!"

화려한 축제 회장은 한순간에 아비규환의 지옥도로 바뀌었다.

"이러어언! 이게 어찌 된 일입니까! 흉악한 마수가 바다에서 나타났습니다아!"

거미 떼가 흩어지듯이, 도망치려고 우왕좌왕하는 사람들. 사회자 론이 큰소리로 해설자 두 사람을 불렀다.

"이거 안 되겠습니다! 우리도 빨리 도망치죠! 아니, 얼레? 두 분 다 상당히 차분하신데요?"

메이와 로제린은 자리에 느긋하게 몸을 기댄 상태였다.

"딱히 도망갈 필요는 없어."

"동의합니다."

"어, 어떻게 된 겁니까?"

한편, 거대한 해수는 공황에 빠진 인간들을 만족스럽게 바라보았다.

두려워하라. 우왕좌왕 도망쳐라. 그 외침조차도 내 극상의 공물. 마치 그렇게 말하는 양 가학적으로 입매를 끌어올린다.

그러나 마수 후류게스트의 동작이 한순간 멈췄다. 그 핏발선 눈동자는 바다 위에 만들어진 스테이지── 그 위에서 서로 마주 보는 두 사람의 인간을 향했다.

그 두 사람은 바로 곁에 흉포한 마수가 나타났는데도 후류게스트를 거들떠보지도 않았다. 오히려 서로를 최대의 경계 상대로 삼아 전혀 눈을 떼지 않고 있었다.

즉, 무시하는 것이다.

후류게스트의 몸은 소용돌이치는 내면의 분노를 드러내듯이 거무튀튀하게 물들었다.

"어쩐지 저 마수도 무척 화난 거 같은데, 괜찮을까요?"

"괜찮아." "괜찮습니다."

메이와 로제린은 걱정스러워하는 론에게 목소리를 맞춰서 담담해 대답했다.

"왜냐하면 그들은 '최강'이니까요."

으르르르르르ㅇㅇㅇㅇㅇㅇㅇㅇㅇㅇㅇㅇㅇㅇ응!

후류게스트가 하늘과 땅을 뒤흔드는 포효를 발하며 두 남녀를 덮쳐들었다.

랭크 7로 분류되는 흉악무도한 마수. 최대 가속 속도를 실은 일격이 명중하면 뼈 한 조각조차 남지 않으리라.

그러나 들이닥치는 해수를 한순간도 돌아보지 않은 두 사람은 조금도 표정을 바꾸지 않은 채 이렇게 말했다.

""───방해돼.""

폭염. 남자가 마도구로 불러낸 검을 한 번 번뜩이자 해일

같은 불꽃의 충격파가 마수에게 향했다.

결빙. 여자가 오른손을 한 번 휘두르자 솟아난 해수가 몇 줄기나 되는 거대한 얼음의 쐐기로 바뀌어 마수를 덮쳤다.

'최강' 두 사람이 펼친 연속 공격은 최고 경도를 자랑하는 등껍질을 압도적인 충격으로 꿰뚫고 그 안에 있는 핵을 산산이 파괴했다.

——…….

무슨 일이 일어났는지, 그것마저 이해할 틈도 없이.

해수 후류게스트의 의식은 어둠에 잠기고 거대한 물기둥을 세우며 바다로 쓰러졌다.

두 사람은 그 마지막을 지켜보지도 않고서 서로의 거리를 단숨에 좁혔다. 거대 마수가 쓰러져서 생긴 커다란 파도는 이 나약한 수상 스테이지를 당장에 삼켜버리리라. 그러니 그 전에 결판을 내야만 한다.

"간다!"

"받아들이겠어!"

높은 파도가 밀려든다. 휘몰아치는 물보라를 아랑곳하지 않은 채, 두 사람은 상대를 밀쳐내려고 돌진했다.

그 상황에서 갑자기 아그니스가 멈춰섰다.

"——왜 그래?"

아그니스는 살며시 눈썹을 찌푸린 레파를 손가락으로 조심스럽게 가리켰다.

"너, 그……."

"뭐야? 이제 와서 목숨을 구걸해도 안 들을 거야."

"아니. 그게 아니라……."

"그럼 뭔데? 이 상황에서 흥정은 소용없어. 승자는 나야!"

레파는 오른손에 마력을 싣고 돌진했다. 그리고──.

"저기…… 옷이, 비치는데."

"……뭐?"

그 말을 들은 레파가 반사적으로 아래로 눈길을 주었다.

바닷물에 젖은 하얀 원피스가 몸에 찰싹 달라붙었다.

그 위로 떠오른 것은 굴곡 있는 몸의 곡선과 쓸데없이 천의 면적이 적은 비키니.

"뭐랄까, 그거…… 사이즈가 작지 않아?"

"아, 아니야……. 이, 이건 아니라고……."

갑자기 멀거니 멈춰선 레파는 양손으로 몸을 끌어안으면서 울음 섞인 목소리로 말했다.

"아니라니까아아……."

그 직후, 근처로 밀려든 높은 파도가 스테이지를 통째로 삼키고 말았다.

* * *

"오늘은 정말로 먼 곳까지 와주셔서 고맙습니다."

연회의 끝. 저녁놀에 감싸인 해변에서 메이가 정중하게 감사 인사를 했다.

배웅하는 이는 에스키아의 오빠와 여동생.

배웅받는 이는 이그마르의 공주와 메이드.

결국, 풍어제 '최강' 결정전은 스테이지가 큰 파도에 파괴되어 중지되고 말았다. 해수가 나타난 시점에 거의 대부분의 사람이 바닷가에서 피난한 덕분에 인명 피해가 없어서 다행이었다.

'최강' 두 사람은 무난하게 파도에서 탈출하기는 했지만, 그 후 레파가 어째서인지 혼자 돌아가려고 드는 것을 로제린이 달래서 지금에 이른다.

"마지막은 좀 이상한 느낌이었지만…… 저기, 무척 즐거웠어요."

분위기를 누그러뜨리려는 듯이 웃은 메이는 안경 낀 메이드를 흘낏 흘겨보았다.

"빚은 갚을 거야."

"기대하겠습니다."

메이는 매끄러운 동작으로 고개를 숙인 로제린의 모습을 보고 가볍게 뺨을 부풀리며 오빠의 등을 두드렸다.

"자, 오빠도. 무슨 말 좀 해."

"아아, 그게……."

아그니스는 헛기침을 하고 나서 앞에 선 레파에게 눈길을 주었다.

뭐라고 해야 할지, 무척 불쾌해 보이는 표정이었다. 레파는 째려보는 눈빛을 보내며 나지막한 목소리로 말했다.

"넌 아무것도 못 본 거야. ……알겠지?"

"어, 그래……."

자연 건조한 것인지, 무언가 마술을 쓴 것인지, 레파의 원피스는 이미 비치지 않는 모양이었다. 그러나 밀어붙이기 씨름이니 후류게스트 퇴치니 일련의 이벤트에 휘말린 결과, 상당히 더러워지고 말았다.

바닷바람을 맞은 것도 더해져서 하얀 맨살에도 모래가 붙어 있었다.

그 상황에 문득 깨달은 사실이 있었다.

"저기…… 넌…… 혹시……."

"……뭐야?"

"어, 아니……, 아무것도 아니야."

아그니스는 긁적긁적 머리를 긁었다.

"어쨌거나 오늘의 승부를 뒤로 미루겠어."

"해산! 오늘은 해산입니다!"

오빠의 등을 걷어찬 메이가 강제로 끼어들자 배웅 의식은 끝났다.

파도에 젖은 루시아나가 떠나가는 마차를 바라보는 아그니스의 등 뒤에 슬쩍 섰다.

"단장님. 저 여자는 강합니다. 헤아릴 수 없을 만큼요."

"……그렇겠지."

"분하지만, 저는, 아무것도…… 할 수 없었습니다."

"그렇게 생각한다면 너는 더 강해질 거야."

루시아나는 입술을 깨물고서 눈물이 번진 얼굴을 똑바로 들었다.

"……네. 저는 좀 더 강해지겠습니다."

황혼으로 물들어가는 풍경.

세 사람은 바닷바람의 소리를 들으면서 떠나가는 마차를 바라보았다.

한편, 로제린은 이그마르로 향하는 마차 안에서 주인에게 물었다.

"레파 님."

"……왜?"

레파는 그 부름에 언짢다는 듯이 응했다.

"아니요. 별 건 아닙니다만……"

"별 게 아니면 나중에 해. 난 기분이 좀 안 좋아."

"그러십니까. 저는 그저 원피스 아래 입은 수영복이 잘 어울렸다고 말씀드리려 했는데──."

"윽!"

레파가 놀란 듯이 푸른 눈동자를 크게 떴다.

"보, 보였어?"

"네. 멀리서 핥아대듯이 관찰했습니다. 하지만 놀랐어요. 그렇게나 입기를 싫어하셨으면서 청초한 복장 아래에 외설적인 수영복을 두르고 은밀하게 흥분하셨을 줄이야. 레파 님께 그런 성벽이 있었다니 슬프고도 기쁩니다."

"하, 하하하지 마. 그게 아니니까!"

"그럼 어째서입니까?"

사용인이 묻자 레파는 조금 쑥스러운 듯이 고개를 숙이며 말했다.

"그야, 로제린이 밤새워서 만들었다고 했으니까. 한 번 정도는 입어야 미안하지 않잖아?"

"……."

허를 찔린 느낌의 로제린은 쿡 미소 지으며 대답했다.

"죄송합니다. 그건 거짓말입니다. 천을 적당히 작게 잘라서 꿰맸을 뿐이라 5분 만에 완성했습니다."

"이제 안 입어! 절대로 안 입을 거라고!"

로제린은 잔뜩 뿔이 난 레파를 유쾌하게 바라보며 화제를 바꾸었다.

"그보다 첫 데이트는 어떠셨습니까, 레파 님?"

"끔찍해."

부루퉁한 목소리로 대답한 레파는 다시 언짢아져서 고개를 옆으로 휙 돌렸다.

"시작하자마자 두고 가고, 덕분에 이상한 남자들이 들러붙고. 뭐, 오징어구이는 좀 맛있었지만. 어느샌가 밀어붙이기 씨름 따위를 하는 처지가 되었고. 그것도 모자라서 마수라고. 저주받았다는 생각밖에 안 들어. 이런 건 데이트가 아니야."

대체 어느 연애 소설에 데이트 상대와 일기토를 하며 열을 올리는 이야기가 있을까?

창에서 보이는 바다가 조금씩 멀어졌다.

크게 기지개를 켠 레파는 의자에 등을 기대 몸을 맡기며 숨결을 후 흘렸다.

"……후훗. 그 남자는 필사적인 표정으로 열대어를 떴어. 정말이지 바보야."

"질투 나네요."

레파는 문득 놀란 표정으로 그런 말을 흘린 로제린을 보았다.

"뭐, 뭐가?"

"아니요, 그런 표정으로 웃는 레파 님은 오랜만에 보니까요."

"──으."

당황한 듯이 눈을 깜빡이던 레파는 마차 창을 열고서 에스키아의 땅을 우러러보았다.

수평선은 이미 보이지 않았고, 짠맛을 머금은 바다가 남긴 향만이 코끝을 간질였다.

제4장 셰리스 호반 회담

에스키아 공화국의 변경. 마수의 보고인 마경 이솜니아를 노려보는 탑을 등지고, 검은색 검을 머리 위로 치켜든 남자가 있었다.

그는 에스키아 공화국 '최강'의 남자 아그니스 레스터였는데, 그에게서 조금 떨어진 거리에 거인이 끌어안을 수 있을 만큼 거대한 바위가 있었다. 이마에 송글송글 땀이 맺힌 부대 병사들이 총출동해 지렛대의 요령을 이용해서 거대한 통나무로 그 커다란 바위를 굴렸다.

"단장님, 이러면 어떠십니까?"

선두에 있던 루시아나가 아그니스에게 물었다.

"거기면 돼. 고마워."

"아, 아닙니다! 애들아, 물러서자."

병사들이 와글와글 바위로부터 거리를 벌렸다.

애검 제무스의 날 끝을 푸른 하늘 쪽으로 든 아그니스는 눈을 감고 깊게 숨을 내뱉었다.

주위의 분위기가 정숙과 긴장감으로 가득 찼다.

호흡은 가다듬었다. 적안을 살짝 뜬 아그니스는 흑도를 세로 일자로 내리쳤다.

──옥파참(獄破斬).

대기가 찢어졌다.

피처럼 붉은 균열에서 작열의 덩어리가 튀어나와 열풍을 흩뿌리면서 유성처럼 표적인 커다란 암석 쪽으로 향했다. 그 모습은 흡사 날뛰는 화룡 같았다.

구우웅! 열 덩어리의 직격을 받은 산처럼 커다란 바위가 파열음과 함께 네 조각으로 흩어졌다.

"으효! 엄청나네, 한 방이다! 이 내기는 우리가 이겼군."

"젠장. 이 바위로도 안 되나. 이쪽에 걸 걸 그랬어!"

병사들 사이에서 갈채가 터져 나왔다.

메이가 분쇄된 바위를 앞에 두고 선 아그니스에게 종종걸음으로 다가왔다.

"오빠, 들었어. 병사님이 커다란 바위를 찾아와서, 오빠가 일격에 파괴할 수 있는지 내기를 건다고. 뭘 놀고 있는 거야?"

"놀이가 아니라 단련의 일부라니까. 내기를 걸면 모두 기꺼이 도와줄 마음이 들 테지. 가끔은 큰 기술을 연습해두고 싶어. 힘을 모으려면 상당한 시간이 필요하니까 난전에서는 쓰기 힘든 기술이지만."

"……단련? 그러려고 일부러 저렇게 큰 바위를?"

"그래, 언제 저 정도로 큰 거대 마수와 대면하게 될지 모르잖아. 유비무환이지!"

득의양양하게 엄지를 세우는 오빠의 모습을 보고, 메이는 어이없는 표정으로 한숨을 쉬었다.

"정말, 이런 건 이상하게 완벽주의라니까. 연애에도 그 정도로 노력하라고. 단련에만 기합을 넣다니, 설마 맞선에서 현실도피 하는 건 아니겠지?"

"……그럴 리 없잖아."

"아, 눈 피했다."

"아니라니까. 내가 목표로 하는 건 항상 '최강'. 그러기 위해선 단련을 빼놓을 수 없을 뿐이야."

"정말로 '최강'에 연연한다니까."

메이가 탄식하자 아그니스는 스스로 타이르듯이 온화하게 대답했다.

"약속했으니까."

"……약속?"

저도 모르게 메이가 물었을 때, 등 뒤에 사람의 기척이 났다.

"아그니스. 이 상황에 네놈은 뭘 느긋하게 지내는 거냐? 문제의 건은 대체 어떻게 진척되고 있지?"

느슨하게 묶은 갈색 머리카락에 길게 찢어진 눈동자. 교차하는 두 자루의 검 문양이 새겨진 갑옷에 진홍의 망토를 상쾌하게 나부끼는 그 인물은 나지막하게 울리는 목소리로 그렇게 말했다.

메이가 놀란 듯이 그 인물의 이름을 불렀다.

"랄프 오빠……."

"──네놈은 대체 무슨 생각인가?"

에스키아 공화국 역대 수많은 국가 원수를 배출해온 삼대 공 필두인 명문 레스터가의 장남이자, 현재는 정규군 장군을 역임하는 랄프 레스터의 목소리가 탑에 있는 방 한 칸에서 울려 퍼졌다.

집무석에 깊게 허리를 기댄 랄프의 앞에 아그니스가 똑바로 서 있었고, 방구석에서는 메이가 불안하게 두 오빠를 바라보고 있었다.

"아그니스. 네놈의 임무는 맞선을 통해서 이그마르의 '블리자드 로즈'를 농락해 동맹을 유리한 조건으로 끌고 가는 거다. 그럼에도 불구하고, 맞선 자체가 중지되다니 무슨 속셈이냐?"

아그니스는 압력을 머금은 음성을 듣고 목덜미를 벅벅 긁었다.

"그건 불가항력이랄까……."

"시시한 변명은 됐다."

랄프가 아그니스를 번뜩 노려보더니 그 시선을 방구석에선 메이에게 돌렸다.

"메이. 이건 네 책임이기도 하다."

"……미안해."

"형. 메이는 잘못 없잖아."

"나를 부를 때는 계급으로 불러라. 네놈이 날 형이라고 부르면 내 존재가 더러워진다."

랄프는 말에 험악함을 싣고, 오른손을 집무실 책상을 두드렸다.

표면에 삐거덕 균열이 갔고, 기묘한 긴장감이 공간을 채웠다.

"……역시 이번 임무는 네놈 같은 무뢰한에게 책임이 너무 무겁다. 숙부님께선 왜 이런 영문 모를 동맹 조건을 받아들이신 건지."

랄프는 이마를 손으로 누르며 깊게 한숨을 쉬더니 목소리 톤을 낮췄다.

"잘 들어라. 서방의 강국 기르강디아 제국의 위협은 이미 코앞까지 닥쳤다. 윗선에서는 한시라도 빨리 이그마르와 동맹을 맺어야 한다고 생각하고 있어. 그렇다고 해서 북쪽 오랑캐 따위와 우리가 대등할 리가 없지. 최대 전력인 '블리자드 로즈'의 신병만 네놈이 진압할 수 있다면, 이후 진행되는 교섭을 우위로 끌고 갈 수 있다고 본다. 하지만——."

앉아 있던 랄프는 서 있는 아그니스를 깔보듯이 차가운 시선을 보냈다.

그리고 품에서 봉투 한 장을 꺼내 들어 아그니스의 발치에 내던졌다.

"설마, 네놈이 농락당하는 건 아니겠지?"

"……?"

아그니스는 말없이 그것을 주워들었다.

봉투를 열자 그 안에는 편지 같은 것이 들어 있었다.

——요전 날에는 샌드키아 풍어제에 초대해주셔서 감사합니다. 공과 사 모두 흥미 깊은 풍경이나 먹거리, 문화의 일부를 접할 수 있어서 기쁘게 생각합니다. 삼가 감사 인사를 드립니다.

이국의 향기가 감도는 편지지에 유려한 문자로 적혀 있었다.

"이건……?"

"신성교회를 거쳐서 이그마르에서 보내온 편지다. 말라드리아구의 성당도 마침내 재건의 목표가 섰으니까 말이지."

랄프는 무기질 하게 대답하더니 손가락 두 개를 세웠다.

"문제는 두 가지다. 우선 이그마르의 '블리자드 로즈'를 에스키아로 불러들인 걸 내가 몰랐던 일이다. 메이, 네 생각이냐?"

"그치만 맞선은 중지됐으니 데이트라면 문제없을 거 같아서. 랄프 오빠에겐 만났을 때 보고 하려고……."

"변명은 필요 없다고 했을 텐데. 오랑캐 따위가 우리나라의 영토를 밟게 할 줄이야."

랄프는 오른손으로 또 한 번 책상을 세게 쳤고, 메이는 어깨를 움찔 떨었다.

"……흥. 뭐, 좋다. 변경의 항구도시 따위로는 이쪽 내정을 시찰하기에는 부족하겠지. 최종적으로 상대를 수중에 넣을 수 있다면, 불문에 못 부칠 것도 없다. 그리고 또 다른 문제는 두 번째 편지다."

아그니스는 두 번째 장을 넘겼다.

──그러니 답례의 의미도 담아서 부디 당국으로도 와주시면 좋겠습니다. 6월 말일 정오 전에, 세리스호 연안에 있는 저택에서 기다리겠습니다. 레파 엘드리트.

아무래도 초대장인 모양이다.

아그니스가 문자를 눈으로 좇고 있노라니, 랄프가 날카로운 시선을 보내왔다.

"아그니스. 이쪽과 마찬가지로 북쪽 오랑캐들도 아마 네 놈을 수중에 넣으려고 생각하겠지. 놈들은 깨작깨작 책모를 짜는 것만큼은 뛰어난 나라다. 섣부르게 찾아가면 널 기다리는 여자들의 농간에 농락당하지 않으리라고 장담 못 한다. 필요하다면 놈들은 얼마든지 여자의 무기를 쓰겠지."

"여자의, 무기?"

그 순간 메이가 얼굴을 붉히며 외쳤다.

"아그니스 오빠는 그런 거에 안 걸려! 설령 결혼하더라도 오빠의 정조는 평생 내가 관리 할 거야!"

"메이. 지금 무척 불온한 소리를 입 밖에 낸 거 같은데……?"

"잠시 입 다물고 있어라."

강렬한 위압으로 분위기를 조인 랄프가 아그니스에게서 편지를 빼앗았다.

"그러니 묻겠다. 아그니스, 네놈은 어떠냐? 설마 아니겠지만 '블리자드 로즈'에게 마음이 기울지는 않았겠지."

"나는……"

아그니스는 이그마르 공주의 얼굴을 떠올렸다.

얼음 조각처럼 허무하고 차가운 미모. 그 누구의 접근도 허락지 않는, 야무지고, 고상하고, 고고한 존재. 그러면서도 때때로 친근한 표정을 짓는 소녀.

그와 동시에 떠오르는 모습은 훨씬 이전의——.

"이봐, 아그니스."

자신의 이름을 부르자 정신을 차린 듯이 아그니스가 고개를 들었다.

"형……, 아니, 장군. 이건 임무잖아. 내 주관은 관계없을 텐데."

"흥. 잘 이해했군. 요구되는 건 성공이냐 실패냐 그 결과뿐. 사악한 이그마르의 '블리자드 로즈'를 네놈이 포로로 만들 수 있느냐 없느냐다."

"물론 성공시킬 거야. 다만——."

"다만?"

"'블리자드 로즈'는——, 그 녀석은 딱히 나쁜 녀석이 아닌 거 같지만."

종이를 세로로 찢는 소리가 났다.

랄프의 손가락이 이그마르에서 온 편지를 가늘게 찢긴 종잇조각으로 바꾸어갔다.

"이봐. 찢으면 못 읽잖아, 형."

"형이라 부르지 말라고 했을 텐데. 이그마르의 우민을 칭찬하다니, 네놈이야말로 농락당하기 직전 아니냐. 그래서 난 처음부터 반대했다. 네놈 따위에게 맡기면 이 나라에 재앙이 찾아올 거라고."

"……."

두 사람 사이의 긴장감이 한껏 올라갔다.

그러자 방구석에서 비난의 말이 툭 새어 나왔다.

"랄프 오빠가 잘못했어."

"……뭐라고?"

"모처럼 온 편지를 찢어버리다니 실례잖아."

"덫으로 이끄는 유혹이다. 빤히 알면서 불 속으로 뛰어들 필요는 없지."

"그렇지 않은걸. 분명 '블리자드 로즈' 씨의 첫인상은 좀 무서웠지만, 그렇게까지 나쁜 사람은 아닌 거 같아."

랄프는 과장되게 어깨를 으쓱였다.

"메이. 너도냐. 대체 어떤 게 된 거지? '블리자드 로즈' 한 사람에게 얼마나 많은 부대가 전멸당했는지 잊은 거냐?"

"그건, 그렇지만……."

"'블리자드 로즈'를 만난 병사는 공포가 몸에 새겨져 두 번 다시 전장에 나갈 수 없게 된다. 명확한 위협이야."

"그럼 나도 말하겠는데, 이번 결혼은 두 나라의 동맹에 얽힌 중요한 행사지. 그런데 상층부에서 전혀 지원을 안 하잖아. 맞선 자리에 젊은 외교 담당관이 올 뿐이고. 실컷 방치해 놓고 갑자기 그런 소리 하지 마."

"제국의 위협에 대비해 이그마르와 협조할 필요성은 이해한다. 하지만 오랫동안 적대하고 멸시해온 상대와의 동맹을 관계자 전원이 받아들이는 건 아니다. 기회만 있으면 방해하려고 드는 자마저 있다. 원로원의 결속도 단단하지는 않다는 거지. 그렇기에 국가 중핵에서 떨어진 너희에게 이 문제를 맡기는 거다. 내가 반대파에게 반드시 유리한 상황에서 동맹을 끌고 가겠다고 설득하면서 말이지."

메이는 나지막한 목소리로 말하는 랄프를 똑바로 바라보며 말했다.

"중핵에서 떨어져 있다고? 오히려 일부러 멀리 떼어 놓는 거잖아?"

"……하."

의자에서 일어선 랄프는 신발 소리를 울리며 아그니스의 옆에 섰다.

그리고 아그니스의 윗옷을 휙 잡아 올렸다. 드러난 옆구리에는 피부가 오그라든 화상 흉터가 있었다. 지렁이처럼 표피를 기는 화상 자국은 검은 육망성을 연상시켰다.

"그 말이 맞다. 이 녀석은 레스터가의 저주받은 각인으로 정해진 재앙의 사도지. 변경이라 하더라도 살아서 국가에 공헌할 수 있는 것만으로도 고맙게 생각해라."

"랄프 오빠!"

"메이. 진정해."

아그니스는 여동생에게 손을 치켜들고 랄프에게 방향을 틀었다.

"옷을 들추면 추운데."

"……흥."

랄프는 내던지듯이 손을 놓더니 진홍의 망토를 크게 나부꼈다.

"잘 들어라. 이그마르의 방문 건은 불허한다. 앞으로 맞선은 내가 지휘하겠다. 이건 상관 명령이다. 알겠나, 아그니스 레스터 **대위**."

집무실 문이 필요 이상으로 큰 소리를 내며 닫혔고, 딱딱한 신발 소리는 그대로 복도 안쪽으로 사라졌다.

방에 남겨진 메이가 바닥에 찢어져서 버려진 편지를 슬픈 표정으로 바라보았다.

"어쩌지, 오빠? 한동안 '블리자드 로즈' 씨를 만날 수 없겠어."

"뭐, 가면 되잖아."

"어, 가려고? 이 상황에? 오히려 대단해."

"아니, 상대가 이쪽 초대에 응한 이상, 이쪽도 응하는 게 순리랄까."

"그런가……. 그렇겠지……. 하지만 국경은 랄프 오빠의 지시로 전부 통행 불가일 거 같은데. 내 힘으로는 빠져나가기 힘들 거야."

"마경 이솜니아를 지나가면 돼."

평원 오지를 빠져나가 똑바로 북쪽으로 향하면 이그마르에 도착한다. 그곳은 흉악한 마수의 보고라서 감시의 눈이 닿지 않으리라.

"역시 그렇게 되는구나……."

"싫으면 나 혼자 가도 상관없는데."

"안 돼! 혼자 이그마르에 가다니, 다양한 의미에서 그런 위험한 짓을 하게 둘 순 없어. 나도 따라갈래. 난 오빠의 보호자니까."

거침없이 떠들어댄 메이가 오빠의 팔에 매달렸다. 그리고 아그니스의 옆구리에 빤히 시선을 쏟으며 거기에 손바닥을 댔다.

"있잖아, 오빠. 난 항상 오빠 편이야."

"알고 있어."

아그니스는 메이의 머리에 손을 얹고서 다정하게 쓰다듬었다.

* * *

이그마르국 왕도 남쪽.

메이드복을 입은 로제린이 벽돌로 세운 저택 방 한 칸에 얼굴을 내밀었다.

"레파 님. 잠시 전해드릴 말씀이……. 음, 뭘 하시는 겁니까?"

"아아, 로제린. 마침 잘 왔어."

이그마르 '최강'의 마술사 레파 엘드리트는 목부터 아래를 푸욱 뒤덮는 칠흑의 로브를 두르고서 사용인에게 응했다.

레파의 앞에는 질척거리는 검푸른 물질이 점액을 흩뿌리면서 꿈틀거렸다. 방에는 보라색 연기가 모락모락 피어오르고, 강렬하고 자극적인 냄새가 콧구멍을 찔렀다.

로제린은 코를 막으면서 레파에게 다가갔다.

"새로운 마술 연구입니까? 보아하니 독을 이용한 마술이군요. 과연 레파 님이십니다. 어지간한 인간이라면 이 냄새를 제대로 맡기만 해도 틀림없이 즉사하겠죠."

레파는 경악한 듯이 푸른 눈을 부릅뜨고서 나약한 목소리로 대답했다.

"로제린. 나는, 요리를 만들고 있는데……."

"……그럴 줄 알았고 말고요. 네. 즉사라는 건 즉 승천입니다. 또한 독이란 약과 종이 한 장 차이입니다. 이걸 한번 먹으면 묘약처럼 만병이 사라지고, 동시에 하늘로 올라갈 만큼 엄청난 맛의 쾌감을 맛보게 되겠죠."

"어쩐지 능숙하게 얼버무리는 거 같은 기분이 드는데……."

로제린은 교묘하게 코를 막은 채로 주인에게 물었다.

"그런데 어째서 갑자기 요리를? 제가 만든 음식이 입에 맞지 않으셨습니까?"

"그게 아니야. 로제린은 요리를 잘해. 하지만 나 역시 진지하게 하면 분명 맛있는 음식을 만들 수 있을 거야."

"진지하게……."

로제린은 도마에 괴이하게 꿈틀거리는 수수께끼 물체 X를 바라보며 말했다.

그 물체 X가 갑자기 도망치기 시작했다!

"도망쳤는데요, 레파 님!"

"어머, 안 되겠네."

레파는 순식간에 그 무언가를 얼리고 그 끄트머리를 붙잡아 칠흑의 액체로 넘실넘실 가득 찬 큰 솥에 쳐넣었다. 공간을 찢는, 악마가 내지르는 것 같은 비명이 울렸지만, 사용인은 굳이 모르는 척하고 질문을 이어갔다.

"레파 님. 그럼, 왜 요리를?"

"그, 손님을 접대하려면 초대한 주인이 요리를 대접하는 게 도리인 거 같아서……."

"아……."

로제린은 손뼉을 짝 쳤지만, 그 순간 무심코 코에서 손을 떼서 숨이 성대하게 막혔다.

"어머, 감기야? 괜찮아?"

"네, 아마도……. 즉, 레파 님은 이번에 초대하려는 에스키아 남자에게 손수 만드신 요리를 대접하시려는 거군요."

"으, 응……."

에이프런이라기보다 흑마법사의 로브 같은 복장을 한 레파는 살짝 고개를 숙이며 끄덕였다.

그러나 그 귀여운 몸짓과는 정반대로, 등 뒤의 거대한 검은 솥이 부글부글 지옥의 마그마처럼 부자연스럽게 끓기 시작했다.

"이건 다시 전쟁이 일어날지도 몰라요……."

"응, 뭐라고 했어, 로제린?"

"아니요……. 확실히 요리 실력은 남자를 함락시키기 위한 중요 포인트죠. 남자는 혀부터 사로잡으라는 게 고대부터 전해져 내려오는 격언입니다."

"그래. 그렇겠지."

로제린은 자신을 이해시키듯이 몇 번이고 고개를 끄덕이는 레파에게 못을 딱 박았다.

"들뜨시는 건 좋습니다만, 어디까지나 목적은 에스키아 '최강'의 남자를 농락해서 동맹 교섭을 유리하게 만드는 것에 있다는 사실을 잊지 마시길."

"따, 딱히 들뜨지 않았어. 적을 요리로 농락한다는 심오한 작업이니까. 이걸 먹으면 어떤 남자라도 한 방에 넘어갈 거야."

아마 물리적으로는 옳으리라. 그러나 로제린은 아무 말하지 않았다.

이러쿵저러쿵해도 완성품에 자신이 있는지 경쾌하게 콧노래를 흥얼거리던 레파는 국자로 솥을 저으며 먹처럼 질척질척한 액체를 두 개의 그릇에 폈다.

"그럼, 함께 먹을래?"

"네?"

"괜찮아, 사양할 필요는 없어. 난 네 몫을 준비하지 않을 만큼 매정하지 않은걸."

"아니요, 저기……."

"게다가 맛을 볼 필요도 있잖아. 실전에 대비해서, 응?"

로제린은 '그것은 독을 감별하는 걸 잘못 말씀하신 게 아닌가요'라는 말을 꾹 삼켰다.

레파가 부끄럽게 웃으며 건네준 그릇에서는 이 세상 것이라고는 여길 수 없는 썩은 내가 감돌았다.

"……레파 님. 이건 대체 무슨 요리인가요?"

"후후, 오리지널 스파이스를 뿌린 검은 용암 수프야. 재료는 사전에 잔뜩 준비해둔 만드라고라를 그대로 넣고 찐 거."

"만드라고라라면 마술 연구에 곧잘 쓰는 식물 말입니까……?"

"그래. 그 단말마를 들으면 사흘 밤낮 지옥의 고통을 맛보고 죽어버린다고 하는."

"아니, 이것 좀 봐! 아까 잔뜩 들었는데!"

"식초로 절였으니까 괜찮아. 귀중한 연구 자재를 쓴 호화로운 요리인걸. 모처럼이니까 즐겁게 먹자."

"즐거운 마음이 안 듭니다만……."

로제린은 크게 한숨을 쉬고서 스푼을 그릇에 찔러 넣고 내용물을 퍼 올렸다. 그녀는 자신과 마찬가지로 스푼을 손에 든 레파와 한순간 마주 보며 침을 꿀꺽 삼켰다.

조금이라면 분명 괜찮으리라. 아마. 어쩌면. 그러기를 바란다. 스스로 그렇게 타이른 로제린은 머뭇머뭇 혀를 내밀어 스푼의 끄트머리를 할짝 핥았고——.

시간이—— 멈추었다.

찰나가 영원으로. 한순간이 무한으로.

고무처럼 늘어난 시간은 이윽고 급속한 기세로 역행하기 시작했다.

이변은 그 직후에 덮쳐왔다.

식은땀이 폭포처럼 흘러나오고 마치 지진이 덮친 것처럼

온몸에 어질어질 떨림이 퍼졌다.

오한. 메스꺼움. 전율.

춥다. 몸의 심지부터 얼어붙어 버릴 것 같다.

검은 날개를 단 타천사들이 땅 밑바닥에서 찾아와, 로제린 주위에서 저주의 찬미가를 부르면서 빙글빙글 즐겁게 춤춘다.

아득히 멀어져 가는 의식은 몇 가닥이나 되는 어두운 빛에 삼켜졌고, 그것은 이윽고 하나의 커다란 방류가 되어 로제린의 몸까지 휩쓸었다.

스쳐 지나가는 주마등.

어린 날의 추억. 만개한 꽃밭. 화병을 깨서 엄마에게 혼났던 날.

그때는 잘못했어요, 엄마.

울음이 터질 것만 같은 푸른 하늘이었다.

몸을 에워싸는 바람의 향기와 촉촉하고 따스했던 엄마의 손.

그때, 로제린은 확실히 보았다.

저것이———— 유토피아(이상향).

————.

————.

…….

몇 시간 후. 부엌에는 낮은 신음소리를 내면서 사지를 추욱 늘어뜨린 두 사람이 있었다.

빙글빙글 도는 시야 속에서, 로제린은 신음하면서 말했다.

"레파 님……. 식사모임에서…… 요리는…… 제가 준비……하겠…… 쿨럭…… 습니다."

"으, 응……. 부탁……할게……."

옆에서 엎어진 레파가 입가에 푸른 점액을 흘리면서 힘없이 대답했다.

"그런데…… 로제, 린, 내게 뭔가…… 용건이 있었던 거…… 아니야?"

"아아……, 그랬었죠……. 왕궁에서, 연락이 왔는데…… 이자벨라 님께서, 레파 님을 만나고 싶다……고."

"──으!"

반송장 같았던 레파가 갑자기 벌떡 몸을 일으키고서 긴장한 표정으로 중얼거렸다.

"……이자벨라 언니가……?"

이그마르의 왕도 펜리르는 깎아지른 산으로 둘러싸인 분지에 위치한다.

이른바 자연의 요새라고 할 수 있는 견고한 도시에서, 왕궁은 한층 더 큰 위용을 자랑했다.

몇 겹이나 삐져나온 장엄한 첨탑. 정교하고 미려한 갖가지 벽 장식. 투명한 색을 띤 푸른 벽돌로 만들어진 성벽은 밤이 되면 희미한 빛을 뿜어내서 신비로운 자태로 국민을 매료시킴과 동시에 왕족의 신성을 높게 연출한다.

저마다 1의 궁부터 7의 궁까지 이름 붙여진, 유사한 구조를 한 궁전 일곱 동이 왕의 거처를 둘러싸듯이 나선형으로 배치되어 있는 모습 또한 장엄했다.

분홍색 긴 머리카락은 나부끼는 '블리자드 로즈'가 그중에서도 가장 왕궁에 가까운 1의 궁 복도를 잰걸음으로 걷고 있었다. 일찍이는 지나다니는 데 익숙했던 길. 그러나 지금은——.

"힉!"

"얼음 공주다."

"뭘 하러 왔지……?"

궁정 여기저기에서 속삭이는 목소리가 들렸다. 어떤 자는 손에 든 서류를 떨어뜨렸고, 어떤 자는 새파란 얼굴로 뒷걸음질 쳤고, 어떤 자는 겁먹은 표정으로 멀찍이서 바라봤다.

"……"

레파가 말없이 한 번 흘낏 보자 궁정의 술렁임이 뚝 멈추었다.

마치 처음부터 아무도 없었던 것처럼, 어스름한 복도에 정숙이 내려앉았지만 끈적거리는 시선은 떨어질 줄 몰랐다.

복도를 똑바로 나아간 레파는 가장 안쪽에 있는 방 앞에 다다랐고, 이윽고 문을 밀어젖혔다.

"무슨 용건인가요, 이자벨라 언니."

널찍한 방은 숨 막힐 것 같은 달짝지근한 향으로 가득 차 있었다.

가죽 소파에 느긋하게 등을 기댄 여자가 손에 든 가늘고 긴 파이프로 담배 연기를 피웠다.

"어서 오렴, 레파. 잘 지냈니? 가끔은 귀여운 여동생과 이야기를 하고 싶구나. 너는 왕도에서 떨어져 사니까 어떻게 지내는지 무척 걱정돼."

오른쪽이 비취, 왼쪽이 호박. 좌우 눈동자 색이 다른 오드아이. 도자기처럼 하얀 피부. 핏빛 입술이 선명하고 강렬한 인상을 준다. 공포를 느낄 만큼 대단한 미모의 소유자.

이그마르 왕가의 장녀이자 제1왕위계승권자인 이자벨라 엘드리트.

이자벨라의 주위에는 아리따운 용모의 남자들이 종자처럼 늘어서 있다. 그들은 깃털이 달린 부채로 여주인에게 부채질을 하고, 등 뒤에서 어깨를 주무르고, 즉시 재떨이를 내놓을 수 있도록 똑바로 서 있다. 그들은 다른 궁정인이 보이는 반응과는 다르게 레파에게는 눈길도 주지 않은 채 황홀한 표정을 하고 있다. 이자벨라의 기쁨을 위해서라면 온몸을 불사르는 것도 마다하지 않을 기색이었다.

"이쪽은, 딱히 할 말이 없습니다."

이자벨라는 딱딱한 목소리로 응하는 레파를 보고서 파이

프를 재떨이에 놓았다.

"어머, 미안해. 이런 상황에서는 이야기하기 힘들겠지. 배려가 부족했구나."

그리고 그녀는 우아하게 팔을 흔들더니 남자들에게 방에서 나가라고 지시했다. 종자들은 아쉬운 듯이 그 자리를 뒤로했다.

"자, 이제 됐겠지. 오랜만인데 여자끼리 이야기를 즐기자."

이자벨라는 들썩들썩 미소 지으며 소파에서 몸을 앞으로 내밀었다.

"있잖아, 에스키아의 '플레임 로드'와의 맞선은 어떻게 되고 있니?"

"특별할 건…… 순조로워요."

"어머, 잘됐구나. '플레임 로드'는 어떤 남자야? 멋져? 다들 에스키아 사람은 머리가 모자란 바보뿐이라고 그러지만, 멋진 남자라면 별개겠지이."

"그건……."

레파의 뇌리에 아그니스의 수많은 소행이 떠올랐다.

만나자마자 살의를 가득 실어 베기 공격을 펼쳤다. 박치기로 탁자를 때려 부쉈다. 샌드키아의 밀어내기 씨름은 어느샌가 진검 승부의 장이 될 뻔했다.

"뭐……, 바보라면 바보 같네요."

"그러니? 유감이네."

"다만——."

"다만?"

"나쁜 사람은…… 아닌 거 같아요."

그 말을 들은 이자벨라는 손가락을 입에 대고서 자못 우습다는 듯이 쿡쿡 웃었다.

"어머나, 그럼 안 되지이. 이번 맞선은 어디까지나 제국의 위협에 대항하기 위한 정략적인 행동이잖아. 에스키아 남자를 칭찬하다니, 네가 농락당하는 거 아니니? 남자 열 명이나 백 명쯤은 가볍게 손바닥 위에서 굴리는 게 여자의 기량이라는 거란다."

"아, 아니에요. 농락당하지는……."

"맞선, 잘 안 풀리지?"

이자벨라가 새빨간 입술을 씨익 끌어올렸다.

"무슨 말씀을……."

"다 안단다. 중지됐잖니, 맞선. 그래서야 쓰겠니? 에스키아까지 데이트하러 가선, 마지막엔 결투까지 벌이다니 바보 같구나."

"그건……."

멀거니 선 레파의 하얀 피부가 더욱더 창백해졌다.

"우후후. 그래서 이번엔 에스키아 남자가 이쪽으로 온다며? 네가 손수 만든 요리 같은 걸 먹이면 그 자리에서 동맹이 파기되어 버릴 거야아. 아하하, 우후후훗."

"……일부러 비웃기 위해서 여기로 부른 거라면 돌아가겠습니다."

"어머, 무서운 표정이네. 하지만 말투가 돼먹지 못했어. 배가 다르다고는 해도, 난 네 언니이자 정통한 제1왕위 계승자란 사실을 잊었니? 이 몸이 말하고 싶다고 하니까 넌 바보처럼 그저 질문에 답하면 돼."

이자벨라는 인형처럼 차가운 시선을 여동생에게 보냈다.

"네가 남자를 함락하는 건 무리야. 다른 사람에게 사랑받아 본 적도 없잖니. 단 한 사람에게도 말이야."

"……."

레파가 말없이 주먹을 움켜쥐자 방에 냉기가 서렸다.

끝이 가늘게 쪼개진 예리한 얼음 기둥이 팔방에서 천천히 이자벨라에게로 덮쳐들었다.

"후후후, 설마 언니인 나를 공격할 셈이니? 네 어머니와 마찬가지로, 나에게서 소중한 걸 빼앗아 갈 생각이야? 응?"

부릅뜬 이자벨라의 오드아이는 위협을 아랑곳하지 않은 채 레파만을 응시했다.

"……."

레파가 입술을 깨물자 그 직후 얼음의 창이 흩어졌다.

이자벨라는 잔잔한 바람처럼 기묘하게 온화한 모습으로 이렇게 선언했다.

"넌 행복해질 수 없어. 행복해지게 놔두지 않을 거야. 절대로."

"실례하겠습니다."

레파는 발길을 돌리고 문을 밀어젖혔다. 쫓아오는 조소를 떨쳐내듯이 복도를 달음박질하는 기세로 빠져나가면서 지끈지끈 쑤시는 이마에 손을 댔다.

항상 그렇다. 여기에 오면 좋든 싫든 간에 **그 시절의 기억**이 억지로 열린다.

그래서일까? 레파는 경망스러운 에스키아 남자를 몹시 만나고 싶어졌다.

이자벨라는 활짝 열린 문을 바라보며 매력적으로 미소 지었다.

"아, 재미있었다. 기억해두렴. 네 편 같은 건 없단다. 단 한 사람도."

그렇게 말을 내뱉고 재떨이에서 파이프를 들어 올렸다.

"이제 나와도 돼."

안쪽 커튼 뒤에서 인영이 모습을 드러내고 한쪽 무릎을 꿇었다.

이자벨라는 메이드복 차림에 안경을 낀 그 인물을 향해 요염한 목소리로 말했다.

"앞으로도 이것저것 가르쳐주렴, 로제린."

"……분부대로 하겠습니다, 나의 주인이시여."

"후후, 널 암부에서 빼내길 잘했어. 이렇게 재미있는 여흥은 없는걸."

이자벨라는 공손하게 고개를 조아린 사용인을 만족스럽게 바라보며 입매를 싱글거렸다.

그리고 잔혹한 장난을 생각해낸 어린아이처럼 쿡쿡 웃었다.

"그렇지, 좋은 생각이 났어. 만약 내가 먼저 '플레임 로드'를 빼앗는다면…… 그 앤 어떤 표정을 지을까?"

* * *

말 한 마리가 에스키아국 변경에 펼쳐진 마경 이솜니아를 달려갔다.

"오빠, 오른쪽에서 와!"

"나도 알아."

메이를 뒤에 태운 아그니스가 오른손을 휘둘렀다. 그러자 작열의 충격파가 사마귀 같은 거대한 마수를 없애 재로 만들었다.

두 사람이 더듬어 온 길을 표시하듯이 평원에는 마수의 시신이나 사체가 겹겹이 굴러다녔다.

"덥네. 물이라도 마실래, 메이?"

"굉장히 상쾌하게 말하는데, 사방에서 마수가 밀려들고

있다고!"

"아직 조금 거리가 있잖아. 물 한 잔쯤 마실 여유는 있어."

"하아……. 오빠는 어째서 그렇게 데스 로드에서 태연할 수 있는 건데?"

등에 매달린 메이가 새삼스럽게 물었다.

"뭐, 어린 시절부터 왔으니까. 정원 같은 거랄까."

"물어본 내가 바보였어."

"분명 한 번 죽을 뻔한 적도 있었지. 지금 와서는 좋은 추억이야."

"그립다는 듯이 눈을 가늘게 뜨고 죽을 뻔한 추억을 말하지 말아줄래?"

아그니스는 메이의 어이없는 목소리를 등 뒤에서 들으며 시원하게 탁 트인 푸른 하늘을 올려다보았다.

그건 과연 언제였을까?

어쨌거나 강해지려고 기를 쓸 무렵. 평원 안쪽 깊숙한 곳으로 들어갔다가, 사소한 실수로 상대에게 깊은 상처를 입었다. 가까스로 적을 처리하기는 했지만, 의식은 몽롱했다.

그리고 눈을 뜨자――.

――그 화상은…… 안 아파?

귀 안쪽에 문득 되살아나는 목소리가 기억 속에 떠오르는 샌드키아의 파도 소리와 겹쳐졌다.

아그니스는 말을 탄 상태로 자신의 옆구리에 손을 댔다.

거기에 있는 것은 검은 육망성 같은 화상 흉터이다. 레스터가의 남자가 열 살 전후쯤 되었을 무렵에 드물게 나타나는 각인인데, 그 인을 가진 자는 언젠가 커다란 재앙을 가져온다고 전해진다.

이전에는 옛날이야기나 마찬가지였지만, 증조부 대에 그것은 명확한 위협이 되었다.

그에게도 같은 모양의 각인이 있었다고 한다. 누구에게나 사랑받던 이름난 기사였던 그는 어느 날 갑자기 폭주했다. 눈에 띈 자를 닥치는 대로 베어 넘기며 살육의 화신으로 변한 것이었다. 일족이 총출동해서 그를 물리쳤고, 전승은 명문 레스터가의 치부로써 어둠에 묻혔다.

아그니스는 목에 건 펜던트를 움켜쥐었다.

──저주의 각인이라.

"오빠, 마수가 오고 있어!"

"그래!"

아그니스는 인지를 뛰어넘은 속력으로 기어오는 마수들을 단칼에 베어 넘겼다.

두 사람을 태운 말은 그저 일직선으로 북쪽에 있는 이그마르를 향해 돌진했다.

침엽수가 늘어선 숲. 레파는 바닥이 비쳐 보일 높은 만큼 높은 투명도를 자랑하는 호숫가에서 안절부절 걸어 다녔다.

"······아직 멀었을까, 로제린?"

"아직인 모양입니다."

"편지는 제대로 도착했을까?"

"교회는 확실히 에스키아쪽에 건네줬다고 했습니다."

"혹시 길을 헤맸다던가······?"

"셰리스호를 이정표로 삼으면 오는 길은 그다지 복잡하지 않을 겁니다. 널따란 호수니까요."

"오는 도중에 배탈이 났을 가능성도 있어."

"어쨌든 거기에 앉으실까요, 레파 님."

로제린이 레파의 어깨를 붙들고 호숫가의 벤치에 앉히자, 때마침 숲속에서 말 울음소리가 울렸다.

"왔다!"

레파는 한순간 뛰어오르듯이 일어섰지만 금세 생각을 고친 듯이 자리에 앉았다. 들뜬 기색을 보이다니 자존심이 용납 못 한다.

에스키아의 두 사람이 도착했을 무렵에는, 레파는 반듯하게 벤치에 누워 있었다.

"오래 기다리게 했군."

레파는 말의 등에서 내리는 아그니스를 거들떠보지도 않은 채, 유유히 책의 페이지를 넘겼다.

"······그러고 보니 오늘이 약속일이었네. 완전히 까먹었어. 독서하느라 바빠서."

그녀가 쌀쌀맞게 말하자, 아그니스는 긁적긁적 머리를 긁었다.

"나무 그늘에서 독서를 하다니 우아하군. 그러니까,『절대 성공, 너무 효과 있어서 위험한 연애 테……』."

"아, 아니야! 잘못됐어! 이건 환각 마술이야!"

레파는 아그니스가 책 표지를 읽는 도중에 빠른 어조로 말하고서 무시무시한 기세로 책을 호수에 내던졌다.

아뿔싸. 가까이 있었던 책을 적당히 골라 버렸다. 다행히 '플레임 로드'는 희한하다는 표정을 지을 뿐, 어떤 책인지는 깨닫지 못한 모양이지만.

아그니스의 옆에 선 메이가 먼지를 털면서 고개를 숙였다.

"레파 씨. 초대해주셔서 고맙습니다. 이렇게 지저분한 차림이라서 죄송해요. 좀 목숨을 건 행군을 하고 왔거든요."

"……목숨을 건?"

메이의 시선은 고개를 갸웃거리는 레파의 옆으로 비껴갔다.

"요전번에는 고마웠어요, 로제린 씨."

"잘 찾아오셨습니다."

로제린은 한 치의 틈도 없이 사의를 되돌리더니 오른손으로 숲을 가리켰다.

"자, 식사 준비가 되었으니 이쪽으로 오시죠,"

"──우와, 대단하다!"

레파의 별장이라 여겨지는, 벽돌로 지은 저택 3층에는 숲과 호반이 내다보이는 테라스가 있었다. 떡갈나무 테이블에는 호화로운 레이스로 장식된 새하얀 천이 깔렸고, 그 위에는 형형색색의 요리가 늘어져 있었다.

싱싱한 산나물과 허브를 듬뿍 넣은 샐러드. 몽실몽실 갓 구운 향초 빵. 가지와 토마토, 저민 고기가 들어간 파테에 햄과 치즈를 곁들인 당근 라페. 호박과 돼지 갈비를 넣은 밀크 수프. 달군 돌로 끓인 스튜도 있거니와, 흰살생선과 뿌리채소를 반죽에 싸서 구운 파이에, 빵가루를 묻힌 치킨 향초 구이, 먹음직스러워 보이는 그릇이 몇 개나 늘어서 있다.

이그마르 요리는 향초를 듬뿍 사용하는 것이 특징인지 각 접시에는 잘게 썬 허브가 뿌려져 있었고, 덕분에 식욕을 돋우는 향긋한 냄새가 여기저기에 떠돌았다. 식탁 중앙은 계절 꽃을 활용해 장식되어 있었고, 은색 촛대에는 마법의 양초인지 푸르스름한 빛이 흔들린다.

눈이 아찔해질 만한 진수성찬에 메이가 눈동자를 빛내며 양손을 맞댔다.

"굉장해, 맛있겠다! 이거, 혹시 레파 씨가 만든 건가요?"

"그, 그렇지. 이 정도는 누워서 떡 먹기야. 뭐, 로제린도 아주 조금 거들었지만."

"……네. 아주 조금 거들어드렸습니다."

어째서인지 사용인의 목소리가 낮아졌지만, 분명 좀처럼

볼 수 없는 요리로 가득하다. 순수하게 기뻐하는 메이와는 반대로, 아그니스의 마음속에는 어렴풋이 서늘한 기운이 퍼졌다. 레파는 실력 좋은 마술사일 뿐만이 아니라, 요리 실력도 가볍게 궁정 요리사를 뛰어넘는 것이다.

"큭……."

"왜 이를 가는 거야, 오빠?"

"어, 아니야."

어쨌거나 아그니스는 메이의 곁에 걸터앉았다.

그리고 다 함께 정령에게 기도를 바친 후 식사하게 되었다.

"마시써어어어어어!"

한입 먹을 때마다 메이의 절규가 산 사이로 메아리쳤다.

"이게 뭐야아아. 겉은 바삭바삭, 속은 촉촉. 자극적인 향초와 스파이스의 맛 속에, 희미한 단맛이 숨어있어. 이로 맛보고, 혀에서 녹고, 목까지 행복한 여운을 남겨. 그야말로 맛의 삼중주야. 입안에서 연주하는 하모니, 그건 절대적인 심포니. 불러들이자, 숨겨진 맛, 알고 싶어, 아이러니. 갱장해애애. 이런 건 처음이야아아."

"……메이, 밥은 조용히 먹어."

"그치만 어쩔 수 없잖아. 이렇게 맛있는 건 전장에서 절대 맛볼 수 없는걸. 오빠랑 있으면 항상 커다란 도마뱀 통구이나 잡초를 끓인 것뿐이고."

성급하게 포크를 입으로 나르는 메이의 모습을 흐뭇하게

바라본 레파가 별안간 푸른 눈동자를 이쪽으로 향했다.

"저, 어, 어때?"

한순간 떠도는 긴장감.

하지만 솔직한 감상에 거짓말을 할 수는 없었다.

"…………맛있어."

"미안해. 숲에 사는 새가 시끄럽게 우나 봐. 잘 안 들렸으니까 다시 한번."

"크."

주먹을 움켜쥔 아그니스는 심호흡을 후우후우 한 다음, 어금니를 깨물면서 대답했다.

"마, 맛있어."

"……후. 후후후. 하하하. 그래. 그렇지! 맛있겠지! 푹 빠질 거야! 제시간에 돌아오고 싶어지겠지! '최강'의 갖가지 요리에 어쩔 도리 없이 입맛을 다시도록 해!"

"크으윽!"

레파는 주먹을 움켜쥐는 아그니스를 바라보며 우쭐거리듯이 높다랗게 웃었다.

"레파 님."

로제린이 옆에 앉은 '블리자드 로즈'에게 귀엣말을 했다.

찻잎이 떨어져서 창고에 다녀오겠다는 모양이었다. 레파가 고개를 끄덕였고, 로제린이 "부디 계속 즐기십시오"라고 말하며 자리에서 일어섰다.

세 사람이 남은 식탁에서 메이가 만족스럽게 배를 문질렀다.

"와아, 정말. 진짜 맛있었어요. 레파 씨, 부탁을 좀 해도 될까요?"

"뭔데? 뭐든지 물어봐."

기분 좋아진 기색의 레파는 너그러운 태도로 말했다.

"괜찮으면 만드는 법을 가르쳐줬으면 좋겠어요. 특히 이 녹색 무스요."

레파가 한순간 표정을 굳힌 듯이 보였지만 금세 진지한 표정으로 돌아왔다.

"응, 아아, 그거 말이지……."

"달걀과 설탕과 으깬 푸르대콩을 썼다는 것 정도는 알겠는데, 그 밖엔 전혀 모르겠거든요. 아하핫, 수준 낮은 질문이라서 죄송해요."

메이가 쑥스러운 양 이마에 손을 가져댔다.

레파는 형태 좋은 턱에 손가락을 대고서 생각에 잠기는 몸짓을 했다.

"으음……, 가르쳐주고 싶은 마음은 굴뚝같지만, 말로는 설명하기 힘들어."

"뭐, 그렇겠죠. 상당히 손이 많이 갔을 거 같으니까요. 저기, 하다못해 재료만이라도 가르쳐주실래요?"

"그것도…… 좀."

"재료도 안 되나요?"

"아니……, 내 수준쯤 되면, 재료 선정부터 거의 감각으로 해. 확 하고, 팍 하면 완성되어 버리니까 잘 기억 안 나."

"우와, 그야말로 요리의 천재로군요. 그렇구나, 유감이네요."

"미안해. 나도 이 재능이 얄미워. 좋든 싫든 간에 사람들의 위장을 행복하게 만들어버리는 이 재능이……."

어째서인지 찾아오는 침묵.

그것을 깨듯이 메이가 밝은 목소리로 말했다.

"그럼 하다못해 한 그릇 더 먹어도 될까요? 조금이라도 혀로 기억해서 돌아가고 싶거든요. 오빠도 좀 더 먹고 싶지?"

"설마 일부러 그러는 거야?"

"네?"

"어, 아니! 더 달라고? 알았어. 잔뜩 있어."

레파는 허둥지둥 자리에서 일어섰다.

──위험할 뻔했어.

주방으로 돌아간 레파는 혼자서 이마의 땀을 닦았다.

이번 요리는 전부 로제린이 준비했으니, 그릇을 날랐을 뿐인 레파로서는 당연히 만드는 법 따위 모른다. 다만 더 먹을 것을 상정해서 많이 만들었으니 남은 게 있을 것이다.

그러나 무스를 놓아둔 선반을 엿본 레파는 얼떨떨하게 그 자리에 못 박혀 섰다.

없다.

분명 남았을 터인 무스 그릇이 사라졌다.

그뿐만이 아니다. 다른 요리도 전부 깨끗하게 정리되어 있었다.

"어, 어어어어어째서?!"

초조함에 시달린 레파는 도움을 청하듯이 주변을 둘러보았다. 그러자 조리대 위에 한 장의 종이가 놓여 있었다. 아마도 이런 사태를 상정한 로제린이 만드는 법을 써서 남겨 두었으리라.

"과연 대단해. 로제린!"

레파가 서둘러 메모를 집어 들자 거기에는 커다랗게 이렇게 적혀 있었다.

──자력구제.

"아아아, 그 애도 참!"

스스로 사흘에 걸쳐서 만든 요리를 레파가 만들었다고 주장한 탓에 심통이 났을까? 분명 자기가 잘못했을지도 모르겠지만, 어쨌거나 지금은 눈앞에 닥친 문제를 해결해야만 한다. 메모를 움켜쥔 레파는 앞으로의 대책을 고민했다.

남은 것이 없었다고 말할까? 그렇지 않으면 창고까지 로제린을 부르러 갈까? 어느 쪽이든지 간에 이대로는 소용이 없다.

주방에서 나가려고 한 레파는 문득 다리를 멈추었다.

——네가 남자를 함락하는 건 무리야. 다른 사람에게 사랑받아 본 적도 없잖니.

이자벨라의 말이 머릿속에서 반향을 일으켰다.

그렇다. 사실은 자신도 안다.

남이 한 요리를 자랑해 봤자 아무 의미 없다는 사실을.

역시 자기가 한 요리로 맛있다는 말을 듣고 싶다.

"……."

꿀꺽 침을 삼킨 레파는 천천히 부엌칼을 손에 들었다. 그리고——.

"——오래 기다렸지?"

접시를 한 손에 든 레파가 3층 테라스로 돌아왔다.

"미안해. 무스가 다 떨어졌었어. 대신 이건 어때?"

레파는 에스키아의 남매에게 접시를 불쑥 내밀었다.

보라색이 감도는 진흙 같은 물체였다. 강렬하고 자극적인 냄새가 뿜어져 나오자 메이가 불안하게 중얼거렸다.

"저기, 발효요리……인가요?"

"응, 뭐, 뭐어, 그렇다고 할 수 있지."

"오빠, 이 지방의 진미일까?"

"응?"

아그니스는 접시에 담긴 물체를 집어서 목으로 휙 집어넣

219

었다. 그 직후——.

"으흑!"

구강 내에 파괴적인 자극이 휘몰아치고 혀의 점막이 찌릿찌릿 마비됐다.

——설마, 독살인가?

손으로 입을 막은 채 레파를 봤지만, 거기에 있었던 것은 명백히 낭패와 초조한 감정을 띤 얼굴이었다.

"자, 자자자잘못 가져왔어. 이건 애완동물인 가고일의 먹이였어. 가고일의."

"오빠, 괜찮아?!"

"우어어어어억!"

안절부절못하고 얼버무리려는 레파와 달려오는 메이를 무시한 채, 아그니스는 기합 소리와 함께 그것을 꿀꺽 삼켰다.

"먹었……어?"

가슴을 손으로 누른 레파가 어깨를 들썩이는 아그니스를 들여다보았다.

"괘……, 괜찮아……?"

"……그래. 좀 별난 맛이었지만 나쁘지 않아."

"나쁘지, 않아?"

"아니, 아까 요리도 맛있었지만 지금 먹은 건 가고일을 향한 자애가 느껴졌어. 그러니까 토해내기도 미안한 마음이 들었거든. 독특한 맛이기는 했지만."

"……으."

레파의 푸른 눈이 크게 뜨이고 어째서인지 뺨에 살짝 붉은 기가 돌았다.

얼음 공주는 빈 접시를 보며 작게 말했다.

"고, 고마……워……."

"아니, 이쪽도 가고일의 먹이를 먹어 버려서 미안해. 그건 전설의 생물이야. 소중하게 대해."

"어, 으응, 나, 난 접시를 치우고 올게……!"

레파는 아그니스에게서 눈길을 피하면서 대답했다. 그리고 이번엔 목까지 새빨개져서 도망치듯이 복도로 가버렸다.

"혹시……."

레파의 뒷모습을 바라본 메이가 툭 중얼거리더니 아그니스에게 시선을 옮겼다.

"제법이잖아, 오빠. 이번 건 고득점이야."

"……그래?"

"역시 노리고 한 게 아니구나……."

아그니스는 긁적긁적 이마를 긁었다.

"노렸다고 해야 할지…… 입에 넣었을 때 느낀 충격은 대단했지만, 공을 들여서 만들었다는 건 금세 알았으니 진심은 받아들이는 게 예의잖아. 게다가 요리에 자애를 느낀 건 정말이고."

"……."

"왜 그래, 메이?"

"……이 천연 난봉꾼."

"뭐?"

"아무것도 아니야."

메이는 손바닥 위에 턱을 괴고서 하늘을 올려다보았다.

"어쩐지 두 사람을 보고 있으면, 이것저것 머리를 굴리는 내가 바보 같아질 때가 있어……."

메이가 그렇게 툭 말했을 때, 테라스에 사용인의 목소리가 울렸다.

"늦어서 죄송합니다. 차를 준비했습니다."

아직도 조금 얼굴이 빨간 레파를 끌고 온 로제린은 모두를 둘러보고서 이렇게 제안했다.

"해가 지려면 아직 시간이 남았습니다. 차를 마시고 산책하시는 건 어떠신가요?"

저물기 시작한 해가 흔들리는 호면을 비스듬히 비췄다.

일동은 널따란 원형 호수의 호를 따르다시피 해서 정숙으로 둘러싸인 숲을 천천히 나아갔다.

"저녁이 되니 조금 쌀쌀하네요."

메이가 노출된 팔을 비비면서 말했다. 여름도 가까워졌는데 숲의 대기는 싸늘했다. 멀리서 엿보이는 산들의 정상도 아직 하얀 눈 화장으로 덮여 있었다.

마침내 차분함을 되찾은 기색인 레파가 숲의 나무들을 둘러보면서 대답했다.

"에스키아 공화국에 비하면 이 나라는 추울 거야. 겨울이 되면 완전히 눈으로 갇혀버리지. 물이 금세 얼어버리니까 얼굴을 씻는 것도 고생이야."

"하지만, 오히려 부럽네요. 우리나라는 일 년 내내 덥고 눅눅하니까요. 피부는 타고, 이상한 벌레가 들끓고, 요전번엔 오빠가 막 벗어놓은 속옷이 곰팡이투성이가 됐다니까요."

"메이. 그걸 지금 말할 필요가 있어?"

"흐응. 막 벗어놓았던 거 말이지……."

"잠깐 기다려. 그 눈빛은 뭐야?"

"후훗."

갑자기 웃음을 터뜨린 메이에게 일동의 시선이 쏠렸다.

"아니, 죄송해요. 그게…… 에스키아 공화국과 이그마르 왕국은 전쟁하지 않은 시간이 없을 만큼 견원지간이라서, 이그마르 사람이라는 이유만으로 도깨비나 악마처럼 여기는 사람도 많아요. 저도 처음엔 좀 무서웠지만, 얘기해보니 레파 씨는 의외로 나쁜 사람이 아닌 거 같아요."

"나쁜 사람이라고 생각했어?"

"그야 그렇죠. 전장에서 '블리자드 로즈'라고 하면 악명 높으니까요."

"으, 그, 그럴지도 모르겠네……. 하지만 이그마르에서는 '플레임 로드'도 같은 평가를 받아."

"맞아요. 하지만 실제로는 팬티에 곰팡이가 스는 오빠랍니다."

"메이, 그 화제를 또 끌어들이기야?"

"아니, 무슨 말을 하고 싶으냐 하면, 그만큼 오래 싸웠으면서도 우리는 결국 서로에 대해서 잘 몰랐던 거 같아요. 물론 국가 사이의 관계니까 선을 그을 수 없는 일도 잔뜩 있겠지만, 이 인연이 무언가를 바꿀 계기가 될 수 있다면……."

"상당히 멋진 말솜씨네요."

온화한 대화에 갑자기 딱딱한 음성이 끼어들었다.

홀로 뒤에서 걷던 로제린이 안경다리를 밀면서 말을 이었다.

"사소한 대화에서 우호적인 분위기를 만들어내다니요. 속옷 이야기를 꺼낸 것도, 분위기를 만드는 일환이었겠죠. 적국의 '최강'에게 에스키아에 대한 우호의식을 품게 하면, 설령 동맹이 실패하더라도 전황에 유리하게 작용하리라고 생각해서 한 일인가요?"

"어?"

"그래?"

아그니스와 레파의 시선을 받은 메이는 허둥지둥 팔을 내저었다.

"어머, 지나친 생각이에요. 그런 어려운 건⋯⋯."

"저는 당신을 그 정도로 경시하지 않습니다. 메이 레스터 씨."

"⋯⋯."

메이는 가볍게 한숨을 쉬고서 뒤에 선 메이드를 돌아보았다.

"⋯⋯당신은 정말로 얄미운 메이드네. 다만 절반 이상은 진심이야. 싸우지 않고 끝난다면 그보다 좋은 건 없는걸. 우호의식을 부정해서는 안 된다고 생각하는데."

"진심을 증명할 방법은 없습니다만, 뭐 상관없겠죠. 하지만 그렇다면 조금 비현실적이지 않은지요? 에스키아 공화국 역시 동맹에 전원이 쌍수를 들고 찬성하지는 않겠죠. 그건 당국도 마찬가지입니다. 어떤 함정이 도사릴지 모릅니다. 그 정도로 안온하게 있을 상황이 아니지요."

"설정해야 할 이상은 현 상태에 구애받아서는 안 돼."

"실현성을 고려해야만 합니다. 이그마르는 눈과 얼음으로 갇힌 나라죠. 밖으로 나가지 않으면 사람의 의식은 안쪽으로 향합니다. 깊고 깊은 새까만 심연으로요. 우리나라가 마술과 모략에 뛰어나다고 평가받는 건 그게 인간의 내면 작용에 깊게 관련되기 때문입니다. 무심코 신용하면 발목을 잡히게 될 겁니다."

"스스로 믿지 말라고 하는 거야?"

"단순한 충고입니다."

"그건 우호의 증거로써일까?"

"상당히 재미있는 분이시네요, 메이 씨."

"당신도."

메이와 로제린은 표면적으로 웃는 얼굴을 들러 붙이고 마주 웃었다.

"너희, 어쩐지 무서운데……."

"로제린. 지금은 산책 중이지 담론 시간이 아니라고."

"이거 주제넘은 짓을 했습니다."

로제린이 사죄하고 산책이 다시 시작됐다. 아까 전까지와 분위기가 완전히 뒤바뀌어 무거운 침묵이 이어지는 와중에, 다음으로 말을 꺼낸 이는 사용인인 여자였다.

"아아, 그러고 보니 건네드릴 선물이 있었다는 걸 깜빡했습니다. 창고에서 꺼내려면 남자의 도움이 필요하니 도와주실 수 있으신지요?"

"응, 그래."

이 자리에 남자는 한 사람뿐이다. 아그니스는 메이에게 "여기에서 기다려"라고 말하고, 숲 안쪽으로 향한 로제린의 뒤를 따랐다.

싸늘한 흙을 밟으며 나아갔다. 앞서가는 에이프런 드레스 차림의 여자는 무척 걸음이 빨랐다. 나무들은 무성했고, 주위는 묘하게 어스름했다. 시야를 가로막는 나뭇가지의 그림자는 짙어서 부자연스럽게 얽혀 있다는 기분이 들었다.

문득 로제린의 모습이 나무 그늘로 녹아들 듯이 사라졌다.

그 뒤를 쫓았다. 그러나 그 자리에 도착해도 에이프런 드레스의 뒷모습은 보이지 않았다.

대신 조금 앞에 있는 커다란 나무뿌리 근처에 누군가가 쓰러져 있었다.

여자다. 어두운 숲에 웅크리다시피 해서 누워 있었다.

"이봐, 괜찮아?"

곁으로 다가가자 그 여자는 가슴을 억누르면서 고통스러운 듯이 신음했다.

"아아, 다행이다. 도와, 주세요. 갑자기…… 가슴이…….."

숨이 곧 끊어질 듯한 상태로 이쪽으로 향한 눈동자는 좌우의 색깔이 달랐다.

불균등하고 지독히 불안정하지만, 동시에 완전한 조화가 거기에 있었다.

"부디…… 손을."

여자의 떨리는 음색이 고막으로 살며시 침입했다.

휘감기는 손가락은 매끄러워서 피부에 들러붙듯이 촉촉한 감촉을 띠었다.

"잠깐, 붙잡아."

"응……."

손을 잡아당겨 일으켜 세우자, 여자가 위에서 덮치듯이

몸을 기댔다.

밀착하는 몸. 조여진 허리. 가라앉듯이 부드러운 살결.

"……죄송해요. 아직, 제대로, 설 수 없어서."

닿을 것처럼 가까운 거리에 있는 새빨간 입술에서 숨결의 달콤한 향기가 감돌았다.

"저기……, 괜찮다면……."

여자는 신음하듯이 띄엄띄엄 말했다.

"함께 여기서 쉬어……."

그 상황에서 여자는 말을 멈췄다. 아그니스가 어느샌가 거리를 벌렸다.

"……어째서?"

"아니. 만져보고 알았는데 상처나 병은 아닌 거 같아. 오랫동안 전장에 있었던 덕분에 그런 걸 간파하는 건 빠르거든. 넌 이제 내 도움이 없어도 괜찮아. 이제 혼자서 설 수 있지?"

"……."

여자는 얼빠진 기색으로 입을 다물었다.

표정이 딱딱했다. 믿을 수 없는 것을 봤다는 느낌이었다. 다만 건강해 보이기는 하니까 아그니스는 그 자리를 떠나려고 했다.

"그게…… 그럼, 누가 기다리고 있어서."

"있잖아."

발길을 돌리려 했더니, 여자는 온화한 목소리로 불러세웠다.

"그럼. 어째서 나는 병에 걸린 척하고 여기에 쓰러져 있던 걸까?"

아그니스는 묘한 물음을 입에 담은 여자에게 미간을 찌푸리며 이마를 벅벅 긁고서 대답했다.

"으음⋯⋯⋯, 정신적 문제인가?"

"훗⋯⋯."

여자의 입매가 느닷없이 풀렸다.

"어떤 의미에서는 그럴지도 몰라."

"그럼 난 갈게. 정말로 도움이 필요할 때 말해줘."

"응⋯⋯, 그럴게."

아그니스는 발길을 돌렸다. 등에 기묘하게 진득한 시선을 느꼈다.

쓰러져 있던 여자에게 손을 내민 것은 옳은 일이었을까? 지침서를 다시 한번 읽어봐야 할까?

아그니스는 다시 로제린의 그림자를 찾으러 뛰기 시작했다.

"⋯⋯후후후,"

이자벨라는 떠나가는 남자의 뒷모습을 바라보면서 숨결을 흘렸다.

가볍게 가지고 놀 생각이었다. 여동생의 맞선 상대를 적당히 굴려서 비웃을 생각이었다. 네 맞선 상대는 이미 내 종복이라고.

에스키아 '최강'의 검사라고는 해도 어차피 남자다. 미녀의 유혹에 저항할 도리는 없다.

그런데 저 남자는 거리를 벌리고, 그것도 모자라 내버려두고 가려 한 것이었다.

이 나를――.

"우후후……, 이런 건 처음이야."

새까맣고 불길한 오라가 여자에게서 피어나자 주위에 있던 초목이 마치 생명력을 빼앗긴 듯이 메말라갔다.

"무척 재미있는 남자잖아. 잘 기억해둘게, 당신에 대해서."

여자는 죽음에 휩싸인 잿빛 세계의 중심에서 남몰래 웃었다.

"없네……."

아그니스는 원래 왔던 길로 돌아왔지만, 사방을 살펴도 메이드의 모습은 없었다.

울창한 숲을 나아갔지만 완전히 놓쳐버린 모양이다. 사람의 기척은 느껴지지만, 로제린의 것이 아닌 모양이었다. 다른 곳에 들렀다고 해도 표적을 잃어버리는 경우는 드물다. 혹시 그 여자는 기척을 지우는 것에 어지간히 능숙한 걸까?

다만, 그렇다면 대체 무엇 때문에 그런 짓을——.

파슈우웅.

공기를 가르는 소리가 귀에 잡혔다.

한 번. 아니, 두 번인가?

"이런."

아그니스는 손을 내밀어서 날아오는 무언가를 양손으로 잡았다. 납빛으로 빛나는 그것은 금속제 크로스보의 화살이었다.

"말도 안 돼! 맨 손으로 막았어!"

안쪽 수풀에서 경악을 머금은 목소리가 울렸다.

"물러서라! 이렇게 되면 불리하다. 이쪽은 포기한다!"

다른 목소리가 먼 수풀 속에서 울렸다.

——적, 기습인가?

문득 로제린의 말이 뇌리를 스쳤다.

——무심코 신용하면 발목을 잡히게 될 겁니다.

아그니스는 등줄기를 급속히 기어오르는 불길한 예감을 억지로 억누르고서 달리기 시작했다.

"…………메이!"

발끝에 힘을 실어 마치 날아가듯이. 흐르는 풍경을 한순간에 뒤로 남겨 두고서.

여기는 적지 이그마르 왕국이다. 위험을 예상하기는 했지만 실제로 습격당할 가능성은 낮다고 여겼다. 왜냐하면 한

창 동맹 교섭 중인 상대국의 손님을 암살했다간 두 나라의 균열을 돌이킬 수 없게 되기 때문이다.

그렇지만—— 오히려 그것을 바란다면——?

아그니스는 갑자기 찾아온 기묘한 느낌에 저도 모르게 숨을 삼켰다. 마치 보이지 않는 벽에 부딪힌 것처럼, 몸이 앞으로 나아가지 않았다. 두꺼운 공기층이 이쪽과 저쪽을 끊어놓은 감각.

더군다나 무성하게 우거진 나무가 시야를 가려서, 호숫가에 있을 여동생의 기척을 확인할 수가 없다.

멀리서 비명 같은 소리가 들렸다.

초조함. 목에 걸린 펜던트에 왼손을 뻗어 공중에 나타난 검은 도신을 움켜쥐고 치켜들었다. 신속의 베기 공격. 공간이 옥죄이듯이 불쾌한 소음이 울려 퍼지자 문득 몸이 가벼워졌다.

"바보 같은! 이렇게 빨리 돌파했다고? 대충격결계와 대화염결계를 중첩해서 걸었는데?!"

뒤쪽에서 초조함 섞인 외침이 들렸지만 상대할 틈은 없었다.

"오아아아아아아앗!"

앞으로 튀어나가면서 제2의 검 공격을 휘둘렀다. 홍련의 충격파가 아그니스를 중심으로 해 반원 형태로 퍼졌다. 해일처럼 넘실거리는 화염이 시야를 막은 나무들을 뿌리째 베어 넘겼고, 진행 방향 쪽 숲이 잿더미로 모습을 바꾸었다.

"일격에 숲을 초토로 바꾸다니, 이 괴물 놈! 물러서라, 물러서라, 물러서라!"

아득히 뒤에서 호령이 울림과 동시에 뚫린 시야에 여동생의 모습이 잡혔다.

"……메이!"

물가에서 방심한 듯이 주저앉은 '블리자드 로즈'.

그리고 그녀의 앞에 포니 테일의 소녀가 앞으로 꼬꾸라져 있었다.

널브러진 왼발이 흔들리는 수면에 잠겼고 가는 몸은 꿈쩍도 하지 않았다.

"메이!"

곁으로 다가가서 서둘러 안아 들었다.

얼굴은 창백했다. 숨이 붙어 있지만 의식을 잃고 추욱 늘어졌다. 출혈은 보이지 않지만 안심할 수 없다. 지면에 몇 개나 꽂힌 화살을 보아하니 자신을 습격한 것과 같은 무리의 소행이리라. 본 실력을 내면 따라잡을 수 있겠지만, 의식을 잃은 메이를 안고서 적을 쫓기는 망설여졌다. 그렇다고 해서 여기에는 두고 갈 수는 없다.

이 맞선은 양국의 명운이 걸린 전쟁. 주위에서 번번이 들은 말이 이제 와서 귀에 되살아났다. 알고는 있었다. 그렇지만 역시 몰랐던 것이다.

여기는 적대하는 이그마르 왕국이다. 자신이 곁에 있으면서 여동생을 위험에 노출시키고 말았다.

"젠장!"

아그니스가 주먹을 호면에 두드리자, 레파가 머뭇머뭇 손을 뻗어왔다.

"괘, 괜찮아……?"

"……."

곧바로 대답할 수는 없었다. 냉정하게—— 차분해질 시간이 필요하다. 어리석었다. 어딘가 들떠있던 자신을 억누르고, 전장에 있을 때처럼 마음을 급속히 식혔다. 습격이 누구의 사주인지 확인할 필요가 있다. 아그니스는 깊게 숨을 내뱉고서, 얼음의 마녀에게 눈길을 보냈다.

——주모자는, 너인가?

단도직입적으로 물어보려고 하다가 나온 말은 이랬다.

"……이게, 이그마르의 방식인가?"

"나, 나는……."

메이를 안아 올린 아그니스는 입술을 떠는 '블리자드 로즈'에게서 등을 돌렸다.

"미안하지만 돌아가겠어. 기다려, 메이. 금세 돌아가서 치료해줄 테니까. 반드시 구해줄게."

그 자리를 달려서 세워뒀던 애마 그라데우스 위로 올라탔다. 잠시 한순간, 레파의 표정이 눈에 들어온 것 같은 기분이 들었지만 금세 시야 끝으로 사라졌다.

 ──어째서…….

 씁쓸함이 가슴에 퍼졌다. 메이를 지키지 못한 것과 동시에 느끼는 커다란 상실감.

 이그마르는 오랜 원수이다. 하지만 분명 자신은 마음속에서 신뢰했던 것이다. 저 아름답고 고상한, 고고한 공주를.

 그래서 물을 수 없었다. 그렇다는 말을 들을까 무서웠다. 다른 사람도 아니고 '최강'인 자신이.

 고삐를 쥔 손가락에 자연스럽게 힘이 들어갔다. 아그니스는 복잡하게 뒤엉키는 마음을 가슴에 품으면서 곧장 에스키아로 향했다.

* * *

 ──어째서…….

 레파는 부드러운 침대 위에서 몸을 뒹굴 뒤척였다.

 창에서 은은한 달빛이 쏟아지고 벌레 소리가 조용히 울리는 밤. 몸에서 힘이 완전히 빠져나간 것처럼, 아무런 의욕도 일지 않았다. 생각이 끊임없이 이어져서 잠에 빠질 수도 없었다.

 무슨 일이 일어났는지 알 수 없었다. 로제린과 '플레임 로드'가 숲 쪽으로 향하고, 자신과 아그니스의 여동생이 그 자리에 남았다. 메이라고 하는 그 소녀와 하잘것없는 이야기를 하고 있노라니, 문득 그녀가 이런 말을 했다.

"레파 씨. 우리 오빠는 좀 이상하지 않나요?"

"아아, 응……, 이상하다고 하면 이상하지."

"그렇겠죠오. 단련만 하지, 여자 마음 같은 걸 전혀 모른다니까요. 하지만── 굉장한 오빠예요. 왜냐하면 제…….."

메이는 무언가 말을 하려다가 입술을 다물었다. 그리고 이번에는 진지한 표정으로 다른 질문을 입에 담았다.

"레파 씨. 오빠를…… 좋아하게 될 것 같나요?"

"……으."

허를 찌른 그 질문을 듣자 고동이 높게 울렸다.

수많은 화살이 날아온 것은 그때였다.

평소의 자신이라면 마력장의 흐트러짐을 감지해서 곧바로 수상한 자에게 반응할 수 있었을 텐데 그 접근조차 깨닫지 못했다. 들떠 있었던 것이다. 나라의 안녕을 위한 싸움에 대해서는 완전히 잊어버리고 어리석게도 평정심을 잃었다.

레파는 격렬하게 파도치는 자신의 심장을 움켜쥐어 얼려버리고 싶었다.

──이게 이그마르의 방식인가?

그때, 아그니스가 던진 말이 가시처럼 고막을 찔렀다. 갑작스럽게 들은 무거운 말에 동요해서 곧바로 대답할 수 없었다.

로제린이 말한 대로 국내에는 에스키아와의 동맹에 반대하는 세력이 있다는 사실도 확실해서, 권모술수가 소용돌이치는 궁정에는 자신을 방해하려고 드는 자는 얼마든지 있다. 맨 먼저 떠오른 이는 그 여자였지만 그런 것치고는 술수가 너무 직접적이라는 기분도 들었다. 그 언니라면 좀 더 에둘러서 레파가 서서히 대미지를 받을 수단을 선택할 것이다.

——모르겠어…….

머릿속이 엉망진창이라서 아무 생각도 할 수가 없었다.

레파는 이번 습격에 관여하지 않았지만, 손님을 초대한 주인로서의 책임은 뼈저릴 만큼 느꼈다.

"내가 초대하지 않았더라면 이렇게 되지는 않았을 텐데……."

레파는 들떴던 자신을 책망하듯이 베개에 얼굴을 푸욱 묻었다.

——어쩌면 좋지……?

로제린에게 조사하라고 지시했지만 진상에 다다를지는 미지수다.

이윽고 레파는 침대에서 느릿느릿 일어섰다. 로제린이 자리를 비운 저택은 차가운 정숙으로 휩싸여 깊은 움막에 오로지 홀로 남은 것 같았다.

책장에서 수기 한 권을 꺼내 들고서 베갯머리에 두었다.

237

그것은 세상을 떠난 어머니가 쓴 것이었다.

"——레파, 대단해. 넌 천재야."

아름답고 마술의 재능이 흘러넘쳐서, 여러 아내 중에서도 특히 국왕의 총애를 받았던 어머니.

레파가 배운지 얼마 안 되는 마법을 보여주면, 꽃이 피는 것처럼 활짝 웃는 얼굴로 손뼉을 치며 기뻐해주었다.

부드럽게 머리를 쓰다듬어주고 끌어 안아준, 다정했던 어머니.

그리고—— 변해 버렸던 어머니.

어머니는 언제부터인가 건물에 틀어박혀 수상한 마술 연구에 몰두하게 되었다. 눈 밑에 다크서클을 만들고, 매끄러웠던 머리카락도 흐트러지고, 무언가에 쓰인 것처럼 마술서를 탐독했다.

그리고 연구는—— 실패했다.

폭발과 섬광. 아비규환 속에서 우왕좌왕 도망치는 사람들의 모습이 지금도 눈에 선하다. 강대한 마력 에너지가 주위에 사방으로 흩어지고, 많은 자가 그에 휘말려 돌아올 수 없는 사람이 되었다. 이자벨라를 비롯한 형제자매와 결정적으로 사이가 갈라진 것도 이때다.

원한은 모두 남겨진 레파에게 향했다. 매도와 박해. 어머니의 행위에 당황해 탄식할 여유조차 주지 않았다. 몇 번이고 암살당할 뻔했지만, 이미 어머니를 능가하는 마술의 재능을 드러냈던 레파가 그것들을 전부 물리치자 주위의 눈에 한 층 멸시와 공포가 더해졌다.

몇 안 되는 사용인과 함께 이 저택에 오게 된 건 열 살을 조금 지났을 무렵이다. 이 장소에는 이따금 마경 이솜니아에서 흉악한 마수가 침입해서 많은 국경 경비병이 희생되었다.

경비 부대가 철수해 고립무원인 상황에서 부여받은 마수 퇴치 책무만이 점점 가혹함을 더해가자, 이윽고 레파는 다른 이들이 자신의 죽음을 바란다는 사실을 이해했다. 궁정은 자신을 쓰고 버릴 셈인 것이다.

──난…… 뭘 위해서 살아가는 걸까?

아무도 대답해주지 않았다. 차가운 저택의 창에서 잿빛 풍경을 바라보기만 하는 공허한 나날.

그러나 그것을 끝낸 이는 한 사람의 소년이었다.

어느 날 밤, 문득 모든 것이 싫어져서 혼자 맨발로 마경 이솜니아로 향했다.

눈에 띄는 마수를 닥치는 대로 얼리며 자포자기 상태로 미개척지 안쪽으로 나아갔다. 그러나 어차피 어린애다. 기력에도, 체력에도 한계가 있다. 다른 마수보다 두 배는 커다란 마수를 만났을 때는 마력이 거의 다 떨어진 상태였다.

이제 지쳤다.

죽어도 상관없다.

분노도 슬픔도 아닌, 그저 깊은 고독만이 그곳에 있었다.

마수가 팔을 크게 휘둘렀고, 레파는 천천히 눈을 감았다.

하지만―― 아무리 기다려도 세상에 이별을 고하는 순간은 찾아오지 않았다.

실눈을 뜨자 등이 보였다. 아직 작은, 소년이라 여겨지는 뒷모습이 자신의 앞을 가로막고 서 있었다. 아득히 커다란 마수를 향해 똑바로 검을 겨누고서, 소년은 말했다.

"괜찮아. 내가 구해줄게."

――으.

아무도 구해주지 않을 줄 알았다. 궁정에서 꺼리고 멸시받아, 오로지 혼자서 계속 싸우다 죽으리라고.

그런데도――.

소년은 믿을 수 없는 검 놀림으로, 깊은 상처를 입으면서도, 거대한 마수를 쓰러뜨렸다.

전투 후, 무릎부터 무너져 내린 그를 지탱해 서둘러 상처 자리를 열려서 치료해줬다. 찢어진 윗옷의 틈새에서 옆구리의 화상 흉터가 눈에 들어왔다. 아파 보이는, 검은 육망성 같은 형태였다.

"그 화상은…… 안 아파?"

그 후, 의식을 되찾은 그는 먼 곳을 보면서 태연하게 대답했다.

"안 아파. 오래전에 입었던 화상이고. 불길한 각인이라나 봐."

이 흉터를 가진 자는 국가를 위기에 빠뜨린다는 이야기가 일족에게 전해져 내려온다고 한다. 친족에게서 처형을 바라는 목소리마저 있었지만, 각인은 일족의 비밀이기 때문에 세간에 구실을 내세울 수 없다. 그래서 변경으로 멀리 보내지게 되었다고.

그 후로 매일같이 전선에 서서 적국의 대군과 흉악한 마수를 상대했다.

그것은 언제 죽어도 좋다는 조치였다.

"너도, 그렇구나."

레파는 신기한 우연의 일치를 느끼면서 말했다. 어쩌면 이 소년도 자신과 마찬가지로 될 대로 되라는 심정으로 평원 오지까지 찾아온 것일까?

그러나 그는 고개를 내저었다.

"강해지고 싶어."

"강해져……?"

"훨씬 더 강해지고 싶어. 내가 강해지면 모두를 지킬 수 있어. 여동생도 지킬 수 있어. 그러니까 난 잔뜩 단련해서 '최강'이 될 거야."

머리를 얻어맞은 것 같은 충격이 들었다.

소년의 무모한 꿈에? 아니다. 레파는 보고 있었다.

레파를 감싸고 막아섰을 때, 그의 무릎은 떨리고 있었다. 소년은 무서웠던 것이다.

당연하다. 아무리 강해도 아직 자신과 같은 어린아이이다. 강대한 마수를 앞에 두고 공포를 느끼지 않을 리가 없다.

그런데도 그는 앞으로 나아갔다.

친족에게서 차별받고, 박해받고, 격리되었는데도, 그는 앞만을 보고 있었다.

죽음의 공포를 견디고, 떨리는 무릎을 억누르고, 움츠러드는 몸을 고무시켜, 지금 막 만난 고독한 소녀를 지키기 위해서, 소년은 맞선 것이었다.

가슴 안쪽이 타오르는 듯이 뜨거워졌다. 식어버린 사지가 열기를 띠며 맥을 쳤다.

그것은 강인한 의지다.

고매하고 존귀하며 고고한 정신이다.

──강하다.

"……아하하."

갑자기 웃음을 터뜨린 레파의 모습을 보고 소년은 당황한 기색으로 응했다.

"왜 그래? 머리라도 부딪혔어?"

아니라며 레파는 고개를 내저었다.

눈꼬리에서 흘러넘치듯이 눈물을 흘러내렸다. 그것을 손등으로 몇 번이고 닦으면서, 레파는 자신이 아직 웃고 있다는 사실을 알았다.

아아, 그렇다――.

어머니가 저지른 짓으로 많은 희생이 나와서 모든 원한을 받고. 그렇지만 어째서 주위의 의도 대로 꿍얼꿍얼 고민하면서 남몰래 죽어줄 필요가 있을까?

자신도 가면 된다. 그들이 아무리 자신을 해치려고 해도, 결코 손이 닿지 않은 높은 경지로――.

"찾아냈어. 내가 살아갈 이유를."

레파는 눈동자를 닦고서 똑바로 일어섰다.

"――나도 강해지겠어. '최강'이 될 거야. 그 누구에게도 지지 않도록."

저도 모르게 그렇게 선언하자, 소년은 조용히 레파를 바라보았다. 마경 오지에 혼자 주저앉아 있던 소녀의, 그 말에 담긴 의미와 결의의 무게를 헤아리듯이.

잠시 시간이 지난 후 그는 무언가를 이해했다는 듯이 입매를 싱글거리며 진심으로 웃는 표정을 지었다.

"그렇구나. 그럼, 함께 '최강'을 목표로 하자. 어느 쪽이 강해질지 경쟁하는 거야."

"응. 약속이야."

"그래. 약속이야."

단단히 악수를 나누자, 그의 손은 검을 계속 휘둘렀던 건지 몇 겹이나 벗겨져서 두꺼웠다.

거칠고, 단단하고, 그리고—— 따스했다.

침대에 누운 레파는 어린 시절의 소녀로 돌아간 눈빛으로, 창에 보이는 달을 향해 손을 뻗었다.

그날, 세상 한구석에서 나누었던 작은 약속.

움켜쥔 손의 온기가 잠시 피부에 되살아났다가 밤공기에 사라졌다.

제5장 말라드리아 총력전

그 소식이 레파에게 도착한 때는 이그마르에서의 습격 사건으로부터 약 두 달이 지났을 무렵이었다.

"맞선, 재개라고?"

"네. 무너졌던 신성교회의 성당이 재건되었다고 합니다."

로제린이 건네준 편지에는 말라드리아구 신성교회의 인과 오랫동안 맞선이 중지된 점에 대한 사죄가 적혀 있었다.

"상층부의 허가도 떨어졌습니다. 제국의 위협이 닥쳐오는 와중에, 역시 에스키아와 협력체제를 구축하는 것이 중요하다고 판단한 모양입니다."

"하지만……."

망설이면서 편지를 눈으로 훑자 지면의 마지막에 신경 쓰이는 문언이 있었다.

"로제린. 여기 '숙박'이라는 단어가 있는데."

"그렇군요. 이번은 맞선이라기보다는 합숙인 모양입니다. 성당에 단둘이서 하룻밤 머물며 한층 더 친밀도를 올리라는 의도로요."

"합숙……?"

레파의 백자 같은 피부에 순식간에 붉은 기가 돌았다.

"무슨 그런 파렴치한 이벤트가……!"

"교회 측으로서는 동맹 성립이 늦어지는 것에 책임을 느끼는 모양입니다. 조금이라도 뒤처진 것을 만회하려고 오랜 시간을 설정했을 뿐입니다. 같은 성당에서 지낼 뿐이지 함께 침대에서 자는 건 아니겠죠. 레파 님께서는 대체 무슨 파렴치한 상상을 하신 겁니까?"

"저, 정말, 놀리지 마, 로제린."

"실례. 다만, 이게 남자를 농락하는 둘도 없는 기회라는 점도 사실입니다."

로제린은 무표정으로 책 한 권을 건넸다.

그 제목은——『절대 성교! 너무 효과 있어서 위험한 마성의 테크닉(밤일 편)』.

"흐아앗!"

레파는 넘긴 책장 첫 페이지에 실린 너무나 과격한 삽화를 보고서 반사적으로 책을 던져버렸다.

그것을 주워 올린 로제린은 표지에 묻은 먼지를 털면서 조용히 물었다.

"이 정도로 동요하시면 어쩌시려고요, 레파 님?"

"도, 도, 동요 같은 건 안 해."

허세를 부리며 말했지만 뺨이 달아오르고 두근거림이 진정되지 않았다.

"남자는 다들 짐승이야♪ '플레임 로드'도 남자라고♪"

"이, 이상한 노래 좀 부르지 마. 그 녀석 역시 딱히 그런……."

어린 시절 나누었던 약속 후, 양국에는 두 사람의 '최강'이 탄생했다.

그리고 운명은 두 사람을 전장이 아니라 맞선 자리에서 대면시켰다.

이야기를 받아들인 이유는 상대가 에스키아 '최강'의 검사라고 들었기 때문이었다.

고양되는 마음을 억누르고 맞선에 임하자 역시 그랬다. 자신은 붉은 눈과 특징적인 펜던트를 보고 금세 알아봤지만, 상대는 깨닫지 못한 기색이었다. 그것도 그럴 것이 어릴 적 자신은 지금과는 다르게 회색 머리카락을 하고 있었으니까.

그렇다고는 해도 전혀 못 알아채는 것도 좀 그렇지 않나 하는 생각에 울컥하면서도, 자신이 할 수 있는 일은 속마음을 숨기고 '최강'으로서 상대하는 것이다.

그날 나눈 약속을 이루는 것.

그러나 '플레임 로드'에게서의 연락은 습격 사건 이후 뚝 끊겼고, 편지를 매단 화살이 날아오지 않았을까 싶어 매일 문을 엿보러 갔지만 헛수고로 끝날 뿐이었다.

로제린에게 조사를 지시하기는 했지만, 아직 습격 사건의 주모자는 판명되지 않았다. 이그마르 궁정의 어둠은 깊다. 어영부영한 상태로 묻히는 것은 일상다반사이기는 하지만.

레파가 생각에 잠겨 있노라니, 로제린이 문득 묘한 표정을 지었다.

"레파 님, 실은 편지는 한 통 더 있습니다."

건네받은 물건은 단단하게 봉해진 편지였다. 레파는 내용을 보고서 할 말을 잃었다.

——이 기회에 '플레임 로드'를 확실히 농락하라. 만약 불가능할 경우—— 상대를 쳐라.

무기질한 문자로 그렇게 적혀 있었다.

그리고 말미에는 왕의 인장이 찍혀 있었다. 거스르면 반역죄를 묻겠다는 뜻이다.

"……어째서?"

레파는 희미하게 떨리는 입술로 말했다.

"위에서는 맞선의 진행이 솔직히 난관에 부딪혔다고 판단하고 있습니다. 만약 동맹이 실패로 끝날 바에야, 일대일로 만날 수 있는 이 기회에 상대의 최대 전력을 제거하겠다는 거겠죠. 그렇게 하면 우리나라는 에스키아를 상대로 유리한 위치에 설 수 있습니다."

"하지만 동맹은 기르강디아 제국에 대한 방위를 위해서잖아. 상대의 전력을 제거하면 본전도 못 찾는 거 아니야……?"

"위에서는 에스키아가 언제 우리나라에 이를 드러낼지 불안해서 몸 둘 바를 모르는 겁니다. 강 건너의 큰 화재보다 가까운 작은 불을 끄고 싶다는 거죠. 그것이 양국의 역사입니다."

로제린은 담담하게 말하고서 시험하듯이 레파를 보았다.

"어쩌실 겁니까?"

"나는……."

레파는 한번 말을 삼켰다.

암살을 지시해놓고서 지원 부대를 보내지 않는 이유는 아직 상대를 농락할 가능성이 남아 있기 때문이리라. 게다가 막상 전투가 벌어졌을 때, '플레임 로드'를 상대로 '블리자드 로즈' 이외의 전력은 방해가 될 뿐이다. 반대로 말하자면 이번이 그 남자와 둘이서 만날 수 있는 마지막 기회일지도 모른다.

레파는 자신을 이해시키듯이 천천히 말을 이었다.

"가겠어."

농락. 암살. 자신이 할 수 있을지는 모르겠다. 하지만 만나지 않으면 소용없다는 기분이 들었다. 습격 문제를 사과하고 싶고, 그의 여동생의 안부도 신경이 쓰인다. 더군다나――.

다시 한번 만났을 때, 자신은 그 남자에게 무슨 말을 전해야 할까?

* * *

마경 이솜니아를 바라보는 탑에서, 아그니스는 바람을 맞듯이 성벽 위에 서 있었다.

그는 편지 두 통을 품속에서 꺼내 들었다. 하나는 신성교회에서 온 것이었는데, 성당이 재건되었는지 '블리자드 로즈'와 단둘만의 숙박을 제안했다.

편지는 또 한 통 있었는데 국군 장군인 형 랄프가 보낸 것이었다.

교회 재건을 후원한 것은 형이었던 모양이다. 편지에는 모처럼 기회를 마련했으니까 확실하게 해내라는 글이 거침없이 쓰여 있었고, 밤일 지도 담당을 파견하겠다는 내용까지 적혀 있었다.

그 후, 묘하게 노출이 많은 여자가 찾아온 듯하지만, 루시아나가 한 번 째려보고서 쫓아내 버린 모양이었다.

편지의 맺음말은 이랬다.

──이 기회에 반드시 '블리자드 로즈'를 농락하라. 이게 마지막이다. 만약 실패할 거 같으면 상대를 없애라. 이 기회에 이그마르의 최대 전력을 없애고 싶다.

"……."

글의 마지막에 찍힌 국가 원수의 인장을 확인하고서, 아그니스는 마경 이솜니아에서 머나먼 곳, 이그마르 방향으로 눈길을 향했다.

* * *

에스키아와 이그마르의 중립 지대에 있는 말라드리아구

신성교회.

레파가 갓 지어진 성당에 도착한 건 열흘 후 저녁 시간이었다.

높직한 언덕에는 신축 고딕풍 건축물이 우뚝 솟았고, 이전 맞선에 입회했던 젊은 시제 중 한 사람이 마중을 나와주었다. 여사교는 '최강'인 두 사람의 얼굴을 떠올리면 심장이 두근거리는 모양인지 다른 장소에서 요양 중이라고 한다.

"어쩐지, 미안해요……."

"아니요, 신경 쓰지 마십시오. 사교님은 괜찮습니다. 분명, 아마도, 어쩌면……."

백발에 단발머리를 한 시제는 자신 없게 대답하고서 억지로 웃는 표정을 지었다.

"어쨌거나 오늘 밤엔 단단히 사람을 물릴 겁니다. 그러니 마음껏 친교를 다지십시오."

시제가 소곤소곤 귀엣말하자 하릴없이 얼굴이 뜨거워지고 말았다.

"레파 님. 그럼 뒷일을 맡기겠습니다."

여기까지 함께 온 로제린이 고개를 숙이고서 발길을 돌렸다.

이번에는 '블리자드 로즈'와 '플레임 로드' 단둘만 지내기 때문에 관계자는 동석할 수 없게 되었다. 시제를 따라서 성당에 들어가 정령에게 기도를 올리는 예배당을 빠져 나왔다. 3층 복도를 나아가 문 앞에서 멈춰섰다.

"이쪽에 방을 준비했으니 편히 지내십시오."

"설마, 같은 방은 아니겠죠……?"

시제는 레파의 마음을 꿰뚫어 본 듯이 후 소리를 내며 웃었다.

"아니요, 준비실은 각각 따로 마련했습니다. 두 분의 방 사이에 직접 통하는 대응접실이 있으니, 그쪽에서 면회하십시오. 아홉 시에 소리가 울리니 그 시간을 기준으로 응접실에 가시면 되겠지요."

"아홉 시……."

아직 시간은 남아 있지만 맥이 두근두근 빨라지는 감각을 느꼈다.

실내에 들어가자 새로 바른 염료의 냄새가 났다. 욕실과 침대가 있는 낙낙한 방이었는데, 열린 창에서 석양이 비치는 안뜰이 보였다. 또한, 지금 들어온 곳 말고도 또 하나의 문이 있었는데, 아마 면회 장소라고 들은 대응접실로 통하는 문이리라.

"그럼, 편히 쉬십시오."

"미안해요. 한 가지 물어봐도 될까요?"

레파는 떠나가는 시제를 불러세웠다.

"저기…… '플레임 로드'는, 이미 왔나요?"

"다른 시제가 마중하기로 되어있습니다만, 아직 도착하

지 않은 모양입니다."

"그래요, 고마워요."

문을 닫자 레파는 침대에 쓰러졌다.

상대는 아직 오지 않은 모양이다. 어째서인지 실망스러운 것 같으면서도 조금 안도한 것 같기도 한 묘한 기분이었다. 그래도 주위가 조용해지니 감각이 쓸데없이 예민해져서 신경이 날카로워졌다.

농락. 혹은 암살. 후자의 수단을 선택하지 않는다면, 고작 하룻밤 안에 그를 자신의 포로로 만들어야만 한다. 푹신푹신한 침대에서 몸을 움직이자 스프링이 삐걱거리는 소리가 났다.

——아, 안 돼!

레파는 묘한 망상이 부풀어 오를 것 같아서 황급히 몸을 일으켰다.

"딱히 함께 자는 건 아니야. 대응접실에서 이야기할 뿐이라고. 이야기만으로도 충분히 내 매력을 이용해 포로로 만들 수 있어."

억지로 자신에게 타이르며 먼저 상태를 보려고 대응접실로 통하는 또 하나의 문에 손을 댔다. 천장이 높고 널찍한 공간에 소파와 테이블이 놓여 있었다. 그렇지만——.

"어?"

어째서인지 투명한 유리 벽으로 구분된 욕조와 킹사이즈

침대가 중간에 떡하니 자리를 차지하고 있었다. 성냥에 이런 설비가 있는 이유를 전혀 모르겠지만, 레파의 뺨은 단숨에 열기를 띠었다.

——아, 안 돼, 안 되지!

살짝 문을 닫고서 자기 방으로 돌아갔다. 로제린이 신변 물품으로 건네준 꾸러미를 열자, 책 한 권이 바닥 위에 흘러 떨어졌다.

——『절대 성교! 너무 효과 있어서 위험한 마성의 테크닉 (밤일 편)』.

"안 돼, 안 돼, 안!"

레파는 그렇게 되풀이하면서 실내를 어슬렁거린 후 커다랗게 심호흡을 했다. 손바닥에 축축이 땀이 배었다. 마치 계산한 것처럼 창의 틈새에서 바람이 불어 들어와 바닥에 떨어졌던 마성의 테크닉집의 페이지가 팔락 넘어갔다.

【초급 편 세 번째】땀 냄새는 엄금. 거사를 치르기 전엔 목욕하자. (※주의: 군이 땀투성이로 도전하는 패턴은 상급 편에서 해설하겠습니다만, 초심자에게는 권하지 않습니다.)

"안 돼, 안 돼, 안 돼, 안 돼!"

오는 도중에 햇볕을 쬐서 피부는 땀에 젖었고, 흙먼지를 뒤집어써서 까슬까슬했다.

레파는 황급히 욕실로 들어가 마석으로 뜨거워진 물을 채웠다. 한 장 한 장 옷을 벗자 얇게 깔린 눈처럼 섬세한 피부가 드러났다. 잘록하게 들어간 허리를 불안하게 쓸고, 풍만한 두 언덕을 감추다시피 해서 뜨거운 물에 잠겼다.

열기에 둘러싸여 사지를 크게 뻗었지만 가슴의 고동은 잦아들지 않았다.

"괜찮아, 괜찮아! 이야기하는 것뿐이야, 이야기를."

그렇게 말하면서 조심스럽게 몸을 씻고 로제린이 준비한 침구를 걸쳤다.

"이게 뭐야……?"

그것은 눈을 가리고 말 만큼 과격한 검은 속옷이었다. 언젠가 입었던 수영복과 마찬가지로 천의 면적이 이상하게 작았는데, 아슬아슬하게 보일 듯 말 듯 한 느낌이 묘하게 요염했다. 전신 거울에 비친 자신은 참으로 음란했다.

"안 돼, 안 돼, 안 돼, 안 돼, 안 돼, 안 돼!"

머리부터 푸식푸식 뜨거운 김을 피우던 레파는 어째서인지 그대로 침대 위에 정좌했다.

바닥으로 눈길을 옮기자 마성의 테크닉집이 굴러다녔다. 꿀꺽 침을 삼키며 주워들고는 머뭇머뭇 표지를 넘겼다.

"흐아, 아아아아아아."

곧바로 책을 덮고서 심호흡을 반복했다.

레파는 이윽고 결심한 듯이 페이지를 넘기기 시작했다.

그리고, 얼마 후. 그곳에 넋을 놓고 침대에 앉은 레파의 모습이 있었다.

──무리. 무리무리무리무리무리무리무리무리무리무리!

아찔한 관능의 세계를 엿보자 머릿속 심지가 확 뜨거워졌다.

아홉 시를 알리는 종이 울린 것은 그럴 때였다.

"와와와와와와왔다……!"

침대에서 내려와 방을 돌아다녔다. 벌써 시간이 이렇게 되었다. 옆에 있는 대응접실로 향해야만 한다.

어쨌거나 속옷 차림으로는 곤란하니 위에 흰 로브를 걸쳤다.

몇 번이고 몇 번이고 심호흡한 다음, 떨리는 팔로 옆 방으로 이어지는 문고리에 손을 댔다.

"저기……."

"꺄아아악!"

갑자기 뒤에서 누군가가 말을 걸자, 레파는 그 자리에서 튀어 올랐다.

황급히 뒤를 돌아보자 작은 몸집의 소녀가 딱딱한 표정으로 서 있었다. 포니 테일과 눈꼬리가 살짝 올라간 고양이 같은 눈동자는──.

"어? 너는……."

틀림없다. 습격 사건으로 쓰러졌던, 메이라는 이름을 가진 아그니스의 여동생이다.

"다행이다. 무사했구나!"

레파가 저도 모르게 꺼낸 한마디를 듣자, 메이는 긴장이 조금 풀리는 느낌이 들었다.

"역시, 그 습격은 레파 씨가 의도한 게 아니었군요."

"물론이지. 난 그런 짓은 안 해."

"그렇구나, 그랬군요……. 전 분명히 화살을 맞았다는 기분이 들었어요. 하지만 의식을 되찾고 나니 아무 데도 다친 데가 없더라고요. 아마, 그건 레파 씨가 도와준 거겠군요."

그렇다. 갑작스럽게 습격해온 집단을 붙잡을 수는 없었지만, 즉시 두꺼운 얼음 방패를 만들어서 메이가 화살에 맞는 것은 가까스로 막았다. 다만 그때는 놀라서 어찌할 바를 몰랐던 데다 메이가 기절하기도 해서, 정말로 공격을 막았는지 계속 불안했던 것이었다.

메이는 고개를 꾸벅 숙였다.

"죄송해요. 전 그걸 확인하고 싶어서 방에 숨어들어온 거예요. 레파 씨와 느긋하게 이야기할 귀중한 기회라고 생각해서, 오빠에게도 비밀로 하고 여기까지 찾아왔어요."

"그, 그랬구나……."

안도의 숨을 내뱉은 레파는 그 상황에 중대한 사실을 깨달았다.

──응?

"참고로…… 언제부터 숨어들었어……?"

"그게, 낮부터……."

"낯?"

메이는 귀를 새빨갛게 물들이고 손을 붕붕 내저었다.

"어, 아니, 괜찮아요! 전 아무것도 못 봤어요! 레파 씨가 음란한 차림으로, 야한 책을 탐독하고 있어서 말을 걸 수 없었다든가 그런 일은 결코."

"으아아아아, 와아아아아아아아아아아아악!"

실내에 절규가 메아리쳤다.

"아, 아니야. 아니라고! 아니라니까. 그런 게 아니라……!"

메이는 울상으로 변명하는 레파의 모습에 아직 뺨을 살짝 물들이면서 말했다.

"저, 정말로 괜찮아요. 오히려 레파 씨도 그런 책을 읽는다고 생각하니, 조금 친근감을 품게 되었달지."

"치, 친근감?"

처음 듣는 말이었다.

"네. 이그마르 '최강'의 마술사도 의외로 말괄량이 기질이 있달까. 이번 습격의 주모자가 레파 씨가 아니라서 정말로 다행이에요."

"……."

레파는 놀라움을 품고서 가슴을 쓸어내리는 메이를 바라보았다.

경멸. 공포. 그것은 지금까지 국내에서 자신에게 향했던 여느 감정과도 다르게 여겨졌다.

레파는 머뭇머뭇 물었다.

"그, '플레임 로드'는 습격 건으로, 화났어?"

"으음……, 화났다기보다는 유감스러워했달까, 쓸쓸해 보이는 느낌이었어요. 그다지 표정으로는 드러내지 않았지만요."

가슴이 욱씬 미어졌다.

"미안해……."

"아니요. 레파 씨는 상관없었잖아요."

"하지만 상관없다고는 말할 수 없어. 이그마르에 초대한 이상, 내게도 책임이 있어. 그러니까 용서받지 못해도 어쩔 수 없겠지."

메이는 살짝 고개를 숙이고 입술을 깨무는 레파를 향해 온화하게 말을 걸었다.

"괜찮아요. 저는 레파 씨를 책망하지 않을 거고, 잘 설명하면 오빠는 반드시 이해해줄 거예요. 여차하면 저도 말하겠어요. 제가 하는 말이라면 오빠는 들어줄 거예요."

"두 사람은…… 사이가 좋구나."

남매의 인연이 어째서인지 무척 눈부셔 보였다.

메이는 싱긋 웃으며 대답했다.

"네. 여자 마음에는 정말 둔하지만, 저렇게 보여도 무척 다정한 오빠예요. 뭐, 친족 중에서는 오빠를 무서워하는 사람들도 있지만요."

"그건, 옆구리의 각인 때문이야? 일족의 저주라고 하는."

무심코 그 말을 입에 담자, 메이가 고양이 같은 눈을 번쩍 크게 떴다.

"어, 옆구리의 각인에 대해서 알고 있었어요? 서, 설마 벌써 육체관계를?!"

"아, 아니야, 아니라고! 전에 살짝 들었을 뿐이야."

아뿔싸, 말이 헛나왔다.

다만 들은 것은 일단 사실이었다. 어릴 적에 있었던 일이기는 하지만.

"그렇구나. 레파 씨는 이미 알고 있었군요⋯⋯."

메이는 그렇게 중얼거린 후, 갑자기 똑바로 눈동자를 향해왔다.

"레파 씨. 아까 오빠에게 용서받지 못할지도 모른다고 신경 썼죠?"

"응, 그야."

"괜찮아요. 오빠는 그렇게 그릇이 작은 남자가 아니에요. 게다가 각인 이야기는 에스키아에서도 거의 아는 사람이 없는 일족의 치부예요. 오빠가 그 얘기를 했다는 건 굉장한 일이라고 생각해요. 믿을 수 있는 사람이라고 여기지 않는 한 절대로 없는 일이니까요."

"⋯⋯."

메이는 숨을 삼키는 레파에게 몇 번인가 망설이듯이 입을 우물거리다 결의를 굳힌 표정으로 말했다.

"그러니까 저도 레파 씨를 믿고서, 오빠에 대해서 조금 더 명확히 전하려고 해요."

"명확히……?"

"네. 오빠의 화상은 일족의 남자에게 드물게 떠오르는 불길한 각인이라고들 해요. 일족의 전승에 따르면, 그 각인을 가진 자는 언젠가 국가를 위기에 빠뜨린다고 해요. 실제로 증조할아버지가 예언대로 폭발했거든요."

"어, 그래. 그건 들은 거 같은데."

"하지만 아니에요. 오빠의 화상은 그런 게 아니에요."

"아니라니? 그게 무슨……."

메이는 미심쩍어하는 레파의 앞서 자신의 윗옷을 스르스륵 걷어 올렸다.

그 옆구리에 검은 육망성 같은 화상 흉터가 있었다.

"……으!"

메이는 푸른 눈을 부릅뜨는 레파에게 담담히 말했다.

"사실, 각인이 있는 건 저예요. 열 살 생일이 되기 조금 전에 갑자기 나타났어요. 전승에서는 각인은 남자에게만 나타난다고 했지만, 지금까지 우연히 남자였을 뿐이지 여자에게도 나타나는 거였어요."

메이는 자신의 옆구리를 까끌까끌하게 쓸었다.

"오빠에게 상담했더니 무서운 표정으로 아무에게도 말하

지 말랬어요. 하지만 어느 날 탈의실에서 몸을 닦았을 때, 우연히 가정부에게 보이고 말았어요. 친숙한 가정부였으니까 전승에 대해서 알았는데, 마치 괴물을 보는 것 같은 눈빛이었어요. 저는 초조해져서 오빠에게 이야기했죠. 그랬더니 '걱정하지 마, 내게 맡겨'라고 했어요."

메이는 입술을 깨물고 이야기를 계속했다.

"그 후, 일족의 사람들이 안색을 바꾸고 찾아와서 화상 흉터를 보이랬어요. 그랬더니 오빠는 가정부가 본 건 자기였다며 손을 들었어요. '아아, 그거 나야'라고요. 그 시절의 오빠는 작고 귀여워서 저와 많이 닮았거든요. 그리고 오빠의 옆구리에는 육망성의 화상 흉터가 있었어요."

"설마……."

"네. 저를 감싸기 위해서, 오빠는 스스로 배를 지져서 비슷한 화상 흉터를 만든 거예요."

충격적인 대답이 가슴을 도려내고, 레파는 손가락을 움켜쥐었다.

"전승에서는 남자에게만 각인이 나타난다고 해서 다들 속은 거 같았어요. 오빠는 곧장 변경으로 보내졌죠. 저도 중앙에 있으면 화상을 언제 들킬지 모르니까 자기 곁에 있으랬어요. 친족에게는 저주받은 각인을 가진 오빠의 상태를 감시한다는 명목을 내세우고, 저도 변경으로 이동했어요."

"그게, 무슨……."

레파는 할 말을 잃고 멀거니 섰다.

그 남자는 일족 전체를 적으로 돌리게 된다는 사실을 알면서, 앞으로의 인생을 일족에게 미움받는 자로서 살아가리라는 사실을 알면서, 여동생의 저주받은 호칭을 대신 떠맡은 것이었다.

그래도 결코 타락하지 않고, 변명을 입에 담는 일 없이, 그는 오로지 강함 힘을 추구했다.

여동생을 지키기 위해서. 모두를 지키기 위해서.

메이를 곁에 둔 이유도 만약 그녀가 저주 때문에 폭주했을 때, 맨 먼저 자신이 그것을 막기 위해서이리라.

——……강해. 정말로.

그는 줄곧 그런 남자였다. 숨이 막힐 것처럼 가슴이 답답했다.

그 뒤로도 메이의 이야기는 이어졌다.

"레스터가의 남자는 무기를 불러내는 마도구를 대대로 물려받는데, 오빠가 목에 건 펜던트는 문제의 증조부가 쓰던 마도구였어요. 마도구로 불러낸 무기에는 보통 특수한 힘이 부가되어 있어서 주인의 능력을 끌어올리거나 마술을 만들어내는데, 오빠의 마도구는 저주받은 물건으로 봉인되어 있어요. 그래서 지금은 단순히 튼튼한 검으로써만 쓸 수 있어요."

그것은 여차해서 아그니스가 폭주했을 때, 강력한 무기를 가지고 있으면 위협이 되기 때문이리라. 그럼에도 불구하고 그 남자는 부단한 노력으로 '최강'까지 올라갔다.

──함께 '최강'을 목표로 하자.

그날 들었던 말이 귓가에 되살아나서 몸의 심지가 뜨거워졌다. 지금 당장 그를 만나고 싶었다.

레파는 옆의 대응접실로 이어지는 문고리에 손을 대고서 문득 메이를 뒤돌아보았다.

"하지만…… 적국 출신인 내게 왜 그런 중요한 말을 해?"

"저도 처음엔 이것저것 생각했어요. 어떻게 동맹에서 유리한 위치에 서야 할 지를요. 하지만 레파 씨랑 몇 번 만나고 생각이 바뀌었어요. 아니, 굳이 말하자면, 그런 오빠와 살고 있으면 세세한 책모를 짜내는 게 바보 같아질 때가 있어요. 그러니까 레파 씨는 적이 아니에요. 왜냐하면, 만약 레파 씨가 오빠랑 결혼하면 제 새언니가 되는걸요."

메이는 조금 수줍은 듯이 말했다.

"게다가 전 기뻤어요. 레파 씨는 오빠의 화상이 어떤 의미인지 알면서도 맞선을 함께해준 거군요. 그래서 제 나름대로 감사의 마음을 표현한 거예요."

"메이……."

"아, 이름으로 불러주는 건 처음이시네요. 기뻐요. 저한텐 추레한 오빠뿐이라서 예쁜 언니가 있었으면 했어요."

메이는 꽃이 피는 것처럼 활짝 웃으며 레파를 재촉했다.

"자, 오빠를 만나러 가세요. 전 몰래 돌아갈게요."

"으, 응. 고마워, 메이."

안개처럼 떠돌던 망설임이 개인 느낌이 들었다. 지금은 습격 사건 때문에 실망했을지도 모르겠지만 제대로 대화를 나누어서 오해를 풀고. 그리고 난——.

그야말로 문고리를 당기려고 했을 때, 레파의 뇌리에 한 가지 의문이 스쳤다.

결국—— 습격의 주모자는 누구였을까?

이그마르의 땅에서 '플레임 로드'와 그 여동생을 노렸다. 만약 두 사람의 목숨에 무슨 일이 생겼더라면, 에스키아 공화국과 이그마르 왕국 간에 새로운 전쟁의 불씨가 되었을지도 모른다.

범인은 그날, 그 장소, 그 시간에 '플레임 로드'가 온다는 사실을 알던 자이다. 이자벨라의 얼굴이 어른거렸지만, 그녀는 정치가로서 뛰어난 균형 감각을 가졌다. 사적인 원한으로 레파의 불행을 바란다 해도, 두 나라의 전면 전쟁을 일으키고 싶지는 않을 터였다.

——뭐, 됐어. 그건 나중 일이야.

지금은 눈앞의 일에 집중해야 한다.

'플레임 로드'는 이 앞에 있으리라. 레파가 기세 좋게 고리를 당기고, 손을 뒤로 돌려 문을 닫았다.

예상대로 옆방의 대응접실에는 기다리는 사람이 있었다.

높게 뛰는 고동을 억누르면서 똑바로 바라보자, 상대는 사제복을 두르고 있었다.

단발머리에 흰 머리카락. 실처럼 가는 눈을 가졌다.

"……뭐야, 시제님이었네."

자신을 방까지 안내해준 사람이었다. 레파는 기운이 빠지는 심정으로 입을 열었다.

"왜 그래요? 오늘 밤엔 저랑 '플레임 로드', 단둘이 있을 예정 아니었나요?"

"네. 그렇죠."

담담하게, 지독히 담담하게 시제는 대답했다.

"무슨 문제라고 일어났어요?"

"아니요. 문제 따위는 하나도 없답니다."

남자는 이번에는 싱긋 미소 지었다.

"오히려 준비는 전부 끝났습니다."

"——!"

갑자기 남자에게서 시꺼멓고 불길한 오라가 피어올랐다.

그에 호응하듯이 대응접실의 사각지대에서, 검은 옷을 몸에 두른 남자들이 열 명쯤 줄줄이 모습을 드러냈다. 호를 그리는 칼을 든 자. 검게 빛나는 활과 화살을 손에 든 자. 공통점은 전원이 흉악한 살기를 뿜고 있다는 사실이다.

"……무슨, 속셈이야?"

레파는 말투에 경계를 싣고 몸을 낮추었다.

"아시잖아요. '블리자드 로즈', 당신은 조금 방해됩니다."

"……뭐라고?"

태연한 말투였지만 남자가 뿜는 살기는 틀림없이 진짜였다.

검은 옷을 입은 남자들이 이쪽으로 들이대는 것은 금속제 크로스보였다.

"설마…… 숲에서 습격한 건 너희들이었어?"

습격범은 그날 그 장소에 '플레임 로드'가 온다는 사실을 알았던 자이다. 약속 장소는 레파가 에스키아국에 보낸 편지에 적혀 있었다. 편지는 로제린이 국가 외교부에 전달해 허가를 받은 후, 에스키아국 외교부를 거쳐 최종적으로 아그니스의 손안에 전해졌을 터.

철석같이 그중 누군가가 범인이라고 생각했지만, 그밖에도 편지를 볼 수 있는 자가 있었다.

교회 관계자.

아그니스가 화살로 쏘아 보낸 편지를 빼면, 양국 문서는 중립인 신성교회를 거쳐서 주고받는다.

"대체 왜? 어째서 이런 짓을?"

"물론 '최강'을 장사지내기 위해서죠. 그게 이그마르의 땅에서 일어나면, 좋든 싫든 간에 동맹은 중지되고 양국 사이는 더욱더 험악해질 겁니다. 뭐, 생각보다 더 괴물이라서 미처 못 처치하고 말았습니다만. 그러니 저도 물러설 데가 없습니다. 당신의 숨통을 확실히 끊지 않으면요."

"모르겠어. 어째서? 신성교회는 중립의 입장이잖아?"

남자는 어깨를 들썩이며 옅게 웃었다.

"제가 경건한 종교인으로 보입니까?"

"……설마."

레파의 심장이 벌렁 뛰었다.

두 나라 동맹을 바라지 않는 세력은 양국 내에도 많이 있으리라.

하지만 그밖에도 이 동맹을 달가워하지 않는 존재가 있지는 않던가.

"기르강디아 제국……?"

남자는 입매에 미소를 띠웠다.

"일단, 이름을 대두죠. 기르강디아 제국, 제1암살부대장 하이네스입니다. 대륙 동쪽 끝에 있는 소국이라고는 해도, '최강'이라고 칭송받는 전력을 가진 두 나라가 손을 잡으면 다소 눈에 거슬립니다. 설령 그게 길가의 돌 정도 되는 존재라고 해도, 황제 폐하의 패도에 방해가 된다면 확실히 제거해야만 하죠."

"제국 병사가 시제로 위장해서 교회에 잠입했었다는 거야?"

몸 안에 설핏 차가운 무언가가 침입해왔다.

대륙 최서단에 위치한 제국이 이렇게 빨리 손을 써올 줄은 상정하지 못했다. 생각 이상으로 위협은 코앞에 들이닥친 것이었다.

그러고 보니 이번에 단둘이서 숙박하라고 제안한 것도 교회였다.

"사교님도 제국의 첩자였어?"

"그 사람은 의심할 여지 없는 신성교회의 사교입니다. 지금은 별채 지하에 유폐되어 있습니다만, 이 건이 정리되면 쓸모가 없죠. 그나저나 다른 사람을 신경 쓸 여유가 없는 거 아닙니까?"

예리한 화살촉이, 검 끝이, 일제히 레파에게 향했다. 태연자약한 제국의 남자—— 하이네스를 향해, 레파는 오른손을 척 들었다.

"너, 누구에게 그런 소리를 하는 거지?"

몇백이나 되는 얼음 창이 동시에 공중에 생겨나 적을 모조리 배제——할 터였다.

"마술을…… 쓸 수 없어?"

레파는 갈라진 목소리를 억눌렀다.

동요를 들킬 수는 없다. 그러나 대기 중에 섞인 마나를 자신의 몸 안에 깃든 마력과 호응시켜 자유자재로 형태와 성질을 바꾸어 조종하는 힘—— 마술이 전혀 발동하지 않았다.

"제국의 기술 개발력을 우습게 보지 마셨으면 좋겠군요오. 성당 재건 단계에서 이미 각 방의 벽에 강력한 결계 발생 장치를 짜 넣었습니다. 특히 이 대응접실에는 공을 들여서 말이죠. 당신의 특기인 마력의 흐름을 이용한 탐지도 도움이 되지 않았겠죠?"

——밖으로도 나갈 수 없어?

옆방으로 이어지는 문에 손을 뻗었지만 보이지 않는 벽이 있는 것처럼 튕겨 나왔다.

"헛수고입니다. 이 결계가 발동하면 누구도 이곳엔 출입할 수 없습니다. 소리마저 외부에 닿지 않습니다."

옆 방에 있던 메이가 무사히 도망쳤다면 좋겠는데—— 그런 마음을 가슴에 품고, 레파는 하이네스 쪽으로 방향을 틀었다.

"어째서, 마술을 쓸 수 없는 거야?"

"질문이 많군요. 뭐, 상관없겠죠. 마술을 사용하려면 대기 중에 있는 마나가 필요합니다만, 이 방의 결계는 마나를 차단하고 흡수하는 특별 사양입니다. 기동이 조금 번거로운 게 난점입니다만, 아홉 시까지 착실히 기다려주신 덕분에 충분히 준비할 수 있었습니다."

"그런 걸……."

각 방을 격리하는 데다 마나의 사용까지 차단하는 결계.

성당 재건 단계부터 그것을 용의주도하게 준비했다. 제국의 철저한 작전 수행력과 기술력은 상상을 뛰어넘었다.

하이네스는 공손하게 한쪽 손을 앞으로 내밀었다.

"마술을 쓸 수 없다면 당신은 평범한 여자입니다. 그 가느다란 팔로 저항해 보겠습니까?"

등 뒤에 대기한 검은 옷 패거리가 소리도 없이 거리를 좁혀왔다.

"가까이 오지 마."

저항도 허무하게 레파의 팔다리는 눈 깜짝할 사이에 고정돼버렸다. 천천히 다가온 사제복 차림의 남자가 레파의 얼굴을 위에서 들여다보았다.

"구속 완료. '최강'의 마술사도 이렇게 되면 형편없군요."

하이네스는 실 같은 눈으로 레파의 온몸을 둘러보았다.

"그건 그렇고 아름다워요. 젖은 눈동자가 욕정을 부추기는군요오. 차라리 데리고 돌아가서 평생 병사들의 노리개로 삼는 것도 재미⋯⋯."

하이네스는 거기까지 말하다가 화들짝 경악한 표정을 보였다.

분위기가 싹 변해서, 눈동자를 굳게 감고서, 입술을 깨물며, 양손을 바들바들 떨었다.

"⋯⋯내가 대체 무슨 소리를! 황제 폐하의 패도를 가로막는 장애물을 살려서 데리고 돌아가다니!"

남자는 내심 황공한 음색으로 단단하게 주먹을 쥐었다. 그리고——.

"죄송합니다. 죄송합니다, 폐하!"

떨리는 목소리로 자신의 안면을 퍽퍽 때리기 시작했다.

검은 옷을 입은 무리는 그 광경을 조용히 지켜보았다. 고요한 공간에 둔탁한 타격음만이 울려 퍼졌다.

얼굴에 몇 개나 되는 멍 자국을 만든 하이네스는 레파에게 핏발 선 증오의 눈빛을 보냈다.

"네년은 용서받을 수 없는 짓을 저질렀다! 내게 황제 폐하의 뜻을 거스르는 사상을 품게 할 줄이야. 이 자리에서 지옥의 고통을 주고 죽여주마!"

"대체 뭐야, 너희들은……."

망념이라고 할 수 있는 충성심을 보자 설핏 차가운 감각을 느꼈다.

"……일단 손가락을 순서대로 잘라내죠. 다음은 손목. 다음은 팔꿈치. 어깨. 그런 다음 발가락. 발목. 무릎. 고문으로 하면 대체로 도중에 죽으니까 재미가 없어요. '최강'의 마술사는 어디까지 살아 있을 수 있을까요?"

갑자기 조용한 어조로 바꿔 말한 하이네스는 품에서 단도를 꺼내 들었다.

태도와 말투가 다채롭게 바뀌어 행동을 읽을 수 없다. 암살부대의 우두머리라고 했는데, 이런 남자를 거느린 제국은 과연 어떤 나라일까?

남자는 실 같은 눈을 더욱더 가늘게 뜨며, 칼날 끝을 레파의 검지로 가져다 댔다.

"나를 상처입히려 하다니 제정신이야?"

"……?"

레파가 예상 밖으로 냉정한 대답을 꺼내자, 하이네스의 움직임이 뚝 멈추었다.

"모른다면 가르쳐주겠는데, 난 이그마르의 정통한 왕위 계승자야. 바보가 아니라면 무슨 말을 하고 싶은지 알 거 같은데."

"……섣부르게 상처입히기보다 인질로 교섭에 이용하는 편이 유용하다는 겁니까?"

레파는 자문하듯이 나지막한 목소리를 낸 하이네스에게 차분히 말을 걸었다.

"이해했다면 정중히 대접해. 상처라도 나면 큰일이라고. 그게 아니면 제국이 목표로 하는 패도라는 건, 여럿이서 인질이 된 여자를 희롱하는 걸까?"

"히하하……, 제법 말을 잘하네요."

돌연 평소의 기색으로 돌아간 하이네스는 옅게 숨을 내뱉으며 어깨를 으쓱였다.

"확실히…… 조금 성급했던 모양입니다. 당신이 한 말에는 일리가 있어요. 본국의 확인을 받을 때까지 섣부른 행동은 삼가도록 하죠."

레파의 손가락에서 단도가 쓱 떨어졌다.

——하지만, 하이네스는 한쪽 입꼬리를 끌어올리며 웃었다.

"──그렇게 말할 줄 알았습니까?"

"윽!"

그는 단도의 날 끝을 레파의 푸른 눈동자의 바로 옆으로 들이댔다.

"시간을 벌 속셈이라는 게 훤히 보여요. 당신은 공간 내에 희미하게 남은 마나를 감지한 모양이로군요. 그 마도 파장을 통해 결계의 구조를 역탐지하고, 술식의 틈새를 찾아내 결계를 무너뜨릴 셈이겠죠. 몇 시간이나 있으면 정말로 결계를 붕괴시킬 우려가 있어요."

하이네스는 입술을 꾹 다문 레파에게 얼굴을 쑥 들이밀었다.

"역시 무서운 여자군요. 마술을 봉인 당하고 힘으로는 당해낼 수 없다. 상대는 압도적으로 다수. 이 상황에서 냉정하게 반격의 실마리를 찾는다. 다만, 절 우습게 본 거 아닙니까? 겉멋으로 황제 폐하께서 부대를 맡기신 건 아닌데 말이죠오."

미적지근한 숨결이 레파의 이마에 닿았다.

"게다가 교섭의 근간을 잘못 짚었습니다. 당신에게 인질로서의 가치 따윈 없잖아요?"

"무슨 소릴⋯⋯?"

잘게 눈동자를 떠는 레파. 하이네스는 의기양양한 기색으로 입술을 핥았다.

"후후, 처음으로 동요를 보였군요? 이미 조사해봤다고 요. 당신은 왕국의 높으신 분들에게 꽤 미움을 받는 모양이 군요. 듣자 하니 미쳐버린 어머니가 묘한 마술을 연구하다 가 폭발을 일으켜서 수많은 사람이 죽었다면서요?"

"——으."

"그 이후, 재앙의 아이라 미움받고, 멸시받으며 지내왔다 던데요? 불쌍하게도. 당신의 가치는 그저 전력일 뿐이죠?"

유열을 머금은 웃음소리가 응접실에 울려 퍼졌다.

"아하하하. 슬프군요! 적에게 사로잡혀 버리는 '최강'에게 이미 이용 가치 따위는 없어. 네가 죽어도 아무도 슬퍼하지 않을 거라고!"

"——."

레파의 푸른 두 눈이 크게 벌어지고 입술이 잘게 떨렸다.

하이네스는 그 시선이 문득 응접실 반대쪽 문으로 향한 것을 보고 기쁘게 웃었다.

"유감스럽게도 옆방의 '플레임 로드'가 이 대응접실에 도 착하는 일은 없을 겁니다. 이그마르에서 습격했을 때는 결 계를 파괴당했지만, 그건 즉석에서 만든 것이었죠. 이번엔 저쪽에도 여기와 같은 구조를 가진 단단한 결계를 준비했습 니다. 더군다나, 특별한 덫을 공들여서요."

레파는 갈라진 목소리로 응했다.

"그 녀석은……, '플레임 로드'는, 이미 도착했어?"

"두 사람이 마주하는 일은 더 이상 없겠지만요. 결계로 격리된 벽은 절대적입니다. 붙어 있으면서도 결코 통하지는 않아요. 마지막은 두 나라의 관계 그 자체겠죠."

"…………그렇, 구나……."

레파는 체념한 듯이 고개를 숙였다.

"아무리 위세 좋은 사냥감이라도 고문을 계속하면, 어딘가에서 마음이 뽀각 부러지는 소리가 들려요. '최강'이라고 이름 높은 당신이 어디까지 견딜 수 있을지 기대됩니다."

하이네스는 얼음 공주의 턱을 휙 들어 올리며 똑바로 눈동자를 들여다보았다.

"……이런? 눈 안에 겁이 보이는데요. 농담이겠죠? 고문을 시작하기 전부터 벌써 공포에 사로잡혔군요. 손쓸 도리가 없어지자마자 이렇다니? 참으로 얼간이야. 이건 터무니없는 '최강'이로군."

"놔, 놔줘……."

"시시하게 이건 뭐지? 그렇다면 하다못해 성심성의껏 부탁해봐. 부디 단숨에 죽여달라고 말이지. 가련하게 애원하고, 엎드려서 신발을 핥아. 그러면 한순간에 목을 떨어뜨려주마."

하이네스는 갑자기 차가워진 표정으로 겁먹은 기색인 레파를 냅다 밀쳤다.

"어서 부탁해. 그렇지 않으면 천천히 죽여줄까?"

"부, 부디……."

"안 들리는데."

"부, 부디, 단숨에……."

거기까지 말하고서—— 레파가 입꼬리를 꾸욱 올렸다.

"——그렇게 말할 줄 알았어?"

"뭐라고?"

갑자기 음색이 바뀐 레파의 모습을 보자, 하이네스의 한 쪽 눈썹이 꿈틀 올라갔다.

'블리자드 로즈'는 오싹해질 만큼 우아하게 웃으며 말을 이었다.

"안 되겠네에. 제국의 부대장님은 두 가지나 실수를 저질 렀어. 하나는 우쭐해져서 시간을 너무 많이 준 것. 결국 시 간 벌기에 걸려들었잖아. 가학심이 강한 것도 깊이 생각해 볼 문제구나. 넌 암살에 안 맞아."

하이네스가 재빠르게 주위를 둘러보았다.

"……설마, 요전번에 펼친 결계의 구조를 다 파악했나? 결 계를 붕괴시킬 셈인가? 이 짧은 시간으로는 절대 불가능해."

"확실히 결계를 무너뜨릴 시간은 없었어. 하지만 아주 조 금, 벌레 먹은 수준의 작은 구멍을 여는 정도라면, **충분해.**"

"무슨 소리를 하는 거지? 그 정도의 구멍을 열어 봤자 상 황은 아무것도 변하지 않아. 마나의 공급 따위는 기껏해야 뻔하다고."

"상관없어. 아주 작은 구멍이면 돼. 두 번째 실수를 가르쳐줄게. 넌 날 너무 우습게 본 거 아니야?"

"⋯⋯뭐라고?"

레파는 응접실의 안쪽 문에 눈길을 주었다.

만약 이게 연애 소설이라면, 사로잡혀서 탄식하는 공주의 궁지에 운 좋게 기사가 도우러 오리라. 동경하는 마음은 있다. 하지만 분명 그것은 자신이 목표로 하는 모습은 아니리라.

왜냐하면, 그날, 그 장소에서, 나는 약속했으니까.

──함께 '최강'을 목표로 하자.

레파는 오른손을 얼굴 앞으로 들어 올리고 손가락을 따악 울렸다.

"나를── 아니, **우리**를 누구라고 생각하는 거야?"

짧은 소리가 투웅 울리더니 아그니스와 이 방 사이의 경계에 쳐진 결계에 창백한 섬광이 퍼졌다.

몇 겹이나 술식이 짜인 그 벽 표면에 아주 희미한 구멍이 뚫렸고, 그것은 같은 종류의 구조인 옆 방의 결계에도 서서히 퍼져나갔다. 그리고──.

공간이 찢어졌다.

세계가 비명을 지르듯이 새된 음향이 울려 퍼지고, 응접실 안쪽의 문이 빠끔히 세로로 갈라졌다. 거기에는 안경을 쓴 메이드와 한 손에 검을 든 흑발의 남자가 서 있었다.

"싯!"

남자는 짧은 숨을 내뱉더니 뒤꿈치를 한 번 박차 하이네스와의 거리를 한순간에 좁혔다.

"어째서. '플레임……'."

사제복을 입은 제국병은 거기까지밖에 말할 수가 없었다.

다음 순간에는 검의 옆면으로 얻어맞고서 바닥과 천장 사이를 세 번 튕겨 나간 다음 데굴데굴 내던져지듯이 굴렀다.

정숙이 드리우는 응접실에서 우득우득 소리를 울리는 붉은 눈의 남자와 팔짱을 낀 푸른 눈동자의 소녀는 어째서인지 불만스럽게 서로를 향해 푸념했다.

"늦었잖아. 자는 줄 알았어."

"바보 같은 소리 하지 마. 너야말로 시간이 너무 걸렸잖아."

* * *

시간은 잠시 거슬러 올라간다.

에스키아 공화국에서 여행길에 오른 아그니스는 아홉 시가 되기 조금 전에 성당에 도착했다.

흑발의 단발머리 시제에게 3층 대기실로 안내받아 침대

에 대자로 누웠다.

농락인가. 암살인가.

아그니스는 큰형 랄프에게서 온 지령이 적힌 편지를 침대 옆에 놓았다.

어떻게 될지는 모른다. 하지만 그 소녀를 한 번 더 만나야 만 한다고 느꼈다.

이그마르에서 습격이 벌어진 후, 메이는 눈을 떴다. 몸 어디에도 상처가 없었던 점을 통해서 충격에 의한 실신이었다고 여겨졌지만, 암살의 프로가 화살을 빗맞히리라고는 생각하기 어렵다.

그렇다면 그것을 즉시 구해준 사람이 있었을 터다.

주모자는 '블리자드 로즈'가 아니었다.

그때, 한순간 엿보았던 지독히 슬퍼 보이는 레파의 표정이 뇌리를 스쳤다.

아홉 시를 알리는 종소리가 구웅 울리자, 아그니스는 옆 방인 응접실로 이동하기 위해 몸을 일으켰다.

"그나저나…… 슬슬 용건을 말해줬으면 좋겠는데?"

그가 방의 구석으로 눈길을 주자, 옷장 그늘에서 누군가가 쓱 모습을 드러냈다.

은색 머리카락에 안경. 메이드복. 인형처럼 단정하고 무표정한 생김새.

"……아그니스 님. 눈치채셨다면 좀 더 빨리 말해주시겠어요? 계속 숨어있었던 제가 바보 같잖아요."

"아니, 기다리면 말을 걸어올 줄 알았어. 분명…… 로제린이라고 했나?"

로제린은 안경을 밀어 올리며 담담하게 입을 열었다.

"진심으로 기척을 지웠는데 들킨 건 처음이에요. 여자와의 만남 전에 흥분을 미처 억누르지 못하는 남자의 적나라한 행위를 기대하며 대기했습니다만, 솔직히 유감이었습니다."

"평범하게 무서운데?!"

"뭐, 그건 깜짝 보너스 같은 거고 본론은 따로 있습니다."

로제린은 문득 진지한 표정을 짓더니, 바닥에 닿을 만큼 깊게 고개를 숙였다.

"아그니스 님. 그분을—— 레파 님을 부디 구해주시겠습니까?"

"……그건 무슨 소리지?"

"레파 님께서는 이그마르의 정통한 제5왕위계승권자. 그 사실은 틀림없습니다만, 그 내력은 조금 복잡합니다."

로제린은 고개를 들면서 주인에 대해서 단적으로 이야기했다.

다정했던 어머니가 어느 때부터 수상한 마술 연구에 몰두하기 시작한 것. 그것이 폭발해서 많은 사람이 희생되었던 것.

그 결과, 왕궁에서 박해를 받아 종자 몇 명과 함께 벽지로 쫓겨난 것.

"……."

아그니스가 레파의 얼음 같은 표정 뒤에 있었던 사실을 듣고 침묵하고 있노라니, 로제린은 이렇게 말을 이었다.

"하지만, 그녀의 불행은 그런 게 아닙니다. 어느 날, 레파 님께선 짐 속에서 작은 수첩을 발견하셨습니다. 그것은 어머니의 수기였습니다."

메이드의 목소리가 한층 낮아졌다.

"아그니스 님. 수기에는 무엇이 적혀 있었다고 생각하십니까? 레파 님의 어머니는 어떤 마술 연구에 손을 물들였을까요?"

"……."

대답할 수 없었다. 하지만 목 안쪽에 가시가 박힌 것처럼 불길한 예감이 들었다.

"그건── 혼 전생의 술입니다. 다른 사람의 몸에 자신의 혼을 옮겨서, 의식과 몸을 빼앗는 금기 마술이죠. 너무나 위험도가 높아서, 결과적으로 실패해 많은 상흔을 남기고서 어둠에 묻혔습니다."

"다른 사람의 몸을 빼앗는다고?"

등줄기가 선뜩 차가워지고 목이 꿀꺽 울렸다.

"……잠깐 기다려. 어머니가 빼앗으려고 한 건."

"네. 어머니는 레파 님을── 아직 어렸던 자신의 딸을 두려워했습니다. 레파 님께선 아름다운 미모와 뛰어난 재능을 타고났습니다. 자신은 점점 나이를 먹어가고, 조만간 왕의 애정은 전부 딸이 가지고 가버릴 것이다. 그렇다면 딸의 미모를, 재능을, 자신의 것으로 만들면 된다."

너무나도 잔혹한 이야기였다.

"아그니스 님. 수기를 읽으셨을 때 레파 님께서 어떤 기분이었을지 아시겠습니까? 그녀는 형제자매에게 소외당했을 뿐만 아니라, 친어머니에게 몸을 빼앗길 뻔했습니다. 너무나도 큰 충격을 받은 나머지 레파 님의 머리카락 색깔이 빠져서 한때 잿빛이 되었을 정도였습니다. 그럼에도 불구하고 어머니의 유품이기도 한 그 수기를 버리지 못하시죠. 그런 그녀의 고독을 아시겠습니까?"

담담하게, 하지만 무겁게 울리는 목소리로 로제린은 말했다.

"그분께는 같은 편이 전혀 없습니다."

"네가 있잖아?"

"저는……."

그것은 처음으로 보는 표정이었다. 가면처럼 변화 없는 로제린의 얼굴이, 괴롭다는 듯이, 분하다는 듯이 일그러졌다.

메이드복의 여자는 그 모습을 금세 지우더니 이렇게 말을 이었다.

"레파 님께는 여섯 명의 형제자매가 있습니다. 그중에서도 제1왕위계승자이신 장녀 이자벨라 엘드리트 님께서는 압도적인 권력과 레파 님에 필적하는 빼어난 미모와 마술의 재능을 가지셨습니다. 그녀는 레파 님을 눈엣가시처럼 여기는데—— 저는 이자벨라 님의 종자입니다."

"장녀의 부하라고?"

산뜻한 고백이라서 그 말에는 신빙성이 있었다.

"그럼, 이그마르 왕국에서 우리를 습격한 건 그 녀석인가?"

"아니요. 이자벨라 님께선 그런 직접적인 수단을 선호하지 않으십니다. 뭐랄까 좀 더 치근치근하고, 상대에게 트라우마를 줄 수 있을 만한……. 아아, 그렇지, 제가 받은 명령은 당신을 꾀어내서, 이자벨라 님을 만나게 하는 거였습니다. 숲에서 여자를 만나지 않으셨나요?"

"그러고 보니……."

좌우 눈 색깔이 다른, 요염한 분위기를 가진 여자가 있었다.

"이자벨라 님께선 시간을 때울 겸 레파 님보다 먼저 당신을 먼저 손에 넣어 비웃을 생각이었습니다. 하지만 당신은 담백하게 그녀를 두고 가버리셨죠. 솔직히 통쾌했습니다. 그늘에서 보고 있었습니다만, 저도 모르게 손뼉을 쳐버렸다니까요."

"……그렇구나. 자기 힘으로 설 수 있을 텐데, 묘하게 흐물흐물해서 신기하다고 생각했어."

"흐물흐물……, 푸훗……, '플레임 로드'. 당신은 역시 재미있군요."

로제린은 입매를 억누르며 웃었다.

"그렇다면 이그마르에서 나와 여동생을 습격한 건 누구지?"

"저도 계속 그걸 고민했습니다. 그리고 여기에 와서 마침내 생각이 미쳤습니다. 초대장의 내용을 볼 수 있는 또 하나의 세력. 그것은 양국의 중계역을 맡은 이 교회라는 걸요."

"하지만 중립인 신성교회가 두 나라 동맹을 막아봤자 이득이 없어. 그렇다면……."

뒤에 있는 것은──.

""……기르강디아 제국.""

두 사람의 목소리가 겹쳐졌고, 동시에 제삼자의 목소리가 방 밖에서 울려 퍼졌다.

"두 분 다 멋진 혜안입니다."

복도로 이어지는 문이 어느샌가 열려 있었고, 아그니스를 안내했던 흑발의 시제가 등 뒤로 손을 돌리며 서 있었다.

"어떤 의미에선 처음 뵙는다고 해야겠군요. 제국 제1암살부대부장 카이네스입니다. 또 한 사람인 하이네스의 쌍둥이 동생이죠. 앞으로 잘 부탁드립니다."

카이네스라고 이름을 댄 사제복을 입은 남자는 오른손을 가슴에 대고서 정중하게 고개를 숙였다.

"그리고, 동시에 이별입니다. 이 방은 이미 강력한 결계로 닫혀 있으니까요."

"로제린이랬지? 그런데 왜 아까 전 이야기를 내게 한 거야?"

아그니스가 메이드복의 여자에게 시선을 옮기자 제국의 남자가 위압을 드높였다.

"……이봐. 내가 얘기하는 중이라고."

"그건 아그니스 님. 당신이라면 레파 님을 구할 수 있으리라고 생각했기 때문입니다."

"너희들, 듣고 있어?"

"나라면 구할 수 있다고? 무슨 뜻이지?"

"레파 님의 언니, 이자벨라 님께선 커다란 힘을 가지고 있습니다. 그녀의 기분 하나로 왕도에 있는 제 친족의 목이 날아가 버리겠죠. 그러니 저는 그분을 거스를 수 없습니다. 레파 님을 구할 만한 힘이 없습니다. 그래도 저는 그분을── 레파 님을 정말 좋아합니다. 모든 것을 잃고, 빼앗기고, 고립되고, 그런데도 어디까지나 무구하고, 순수하고, 고상한 그분이 사랑스러워요……."

로제린은 처음으로 보이는 다정한 표정으로 그렇게 말한 뒤, 자세를 고치고 아그니스에게 똑바로 고개를 숙였다.

"아그니스 님. 부끄러움을 참고서 부탁드리겠습니다. 부디 그분을 구해주십시오."

"무시하지 말라고오오오!"

마침내 아그니스와 로제린의 시선이 노호를 울린 카이네스에게 향했다.

"그 방은 결계로 외부와 차단되어 있다고 했잖아. 더군다나 내 신호로 시간이 흐름에 따라 천장이 내려올 거야. 네 놈을 확실하게 죽이기 위해서 맞춘 특별제라고! 그 불쌍한 최후를 황제 폐하께 보고해 드려야지."

카이네스는 의기양양하게 웃으며 무언가를 중얼거렸다.

신호라는 것이 들어갔는지, 부웅 소리를 내며 위쪽의 압력이 단숨에 높아졌다.

응접실로 이어지는 문에 손을 대려고 해도 보이지 않는 벽에 튕겨 나왔다. 그리고 보이지 않는 천장은 조금씩 가까워지는 모양이었다. 안에 있는 자를 짓눌러서 압살하기 위해.

"옆의 대응접실에도 마술을 봉인하는 결계가 펼쳐져 있어. 지금쯤 이그마르의 공주는 하이네스의 먹이가 되어있겠지."

카이네스는 손을 뒤로 돌리고서 가볍게 콧노래를 불렀다.

마침내 로제린이 옆방 문을 노려보면서 살짝 초조한 기색으로 말했다.

"그건…… 큰일이로군요. 마술을 쓸 수 없다면, 레파 님은 그저 소녀 취향인 철부지입니다. 어쩌죠, '플레임 로드'?"

"지금 넌지시 주인을 헐뜯지 않았어?"

"어쩌죠, '플레임 로드'?"

"대답할 마음이 없는 거 같네. 뭐, 상관없지만."

아그니스는 펜던트를 움켜쥐고서 애검 제무스를 불러냈다. 보이지 않는 벽을 후려치자 채앵 소리를 내며 불꽃이 흩어졌고, 자루를 쥔 손이 지잉 저렸다.

"유감이로군. 전에 펼친 즉석 결계와는 차원이 달라. 제국 기술의 정수를 담은 이 벽은 어떤 물리 공격으로도 꿈쩍도 하지 않는다고."

내리치면 튕겨 나온다. 그 행위가 계속 이어졌다.

그러는 사이에도 천장은 슬금슬금 내려왔다.

"작작 좀 해! 바보의 외고집처럼 왜 똑같은 짓을 반복하는 거야?"

"로제린. 그러고 보니 아까 전에 한 질문에 아직 대답하지 않았었지."

아그니스는 카이네스를 무시하고서 메이드복을 입을 여자에게 말을 걸었다.

──부디 그분을 구해주십시오.

맞선에서 만났을 때부터, 얼음 공주가 아무래도 신경 쓰였다. 그 이유를 알게 된 것은 얼마 전── 샌드키아에서 이별할 때였다.

우리는 예전에 만난 적이 있다.

그리고 대답은 정해져 있다.

"──거절하겠어."

"그런가요. 고맙……. 어, 네에?!"

로제린이 드물게 당황한 기색으로 소리를 높였다.

"거절하는 겁니까? 이 흐름에서? 어째서요?"

"그 녀석은 그저 구원받는 걸 바라지 않아."

어린 날의 기억. 마경 이솜니아의 오지에서 소녀와 나눴던 말.

"하지만, 그래서야……."

"다만, 대등한 거래라면 별개지. 다행인지 불행인지 우리도 그럭저럭 궁지에 놓였어. 확실히 저기 있는 단발머리가 말한 대로, 이 결계의 벽은 그리 쉽게 무너뜨릴 수 없는 거 같아."

결계의 천장도 상당히 가까이 다가온 모양인지, 바로 머리 위에 얼얼한 압력이 느껴졌다.

"이쪽도, 이제 다 틀린 건가요?"

"그렇지도 않아. 만약 결계 벽에 **작은 흠집이라도 생기면** 단숨에 무너뜨리고 대응접실로 갈 수 있어."

"……."

로제린이 안경 안쪽에 있는 눈동자를 가늘게 뜨는 차에 카이네스가 끼어들었다.

"멍청하긴, 최고위 결계에 상처 따위가 생기겠냐? 헛소리는 거기까지다. 어서 짓눌려 죽어라!"

그 말에 반응하듯, 결계의 천장이 구웅 아래로 내려온다.

벤다.

벤다. 벤다.

벤다. 벤다. 벤다.

벤다. 벤다.

폭풍 같은 아그니스의 베기 공격이 밀려오는 보이지 않는 천장을 내질렀다.

"……멈춰 있어? 단순한 베기 공격으로 결계의 압살을 막아내는 건가? 비상식적인 놈!"

카이네스는 비명에 가까운 외침을 질렀지만 그래도 여유를 잃지 않았다.

"하지만 헛수고야. 네놈도 인간이지. 체력에 한계가 있어. 힘을 다 썼을 때가 목숨이 끊어질 때다."

"과연 그럴까? 난 네가 생각하는 것보다 천 배는 포기할 줄을 몰라."

맹렬하게 검을 휘두르는 아그니스의 등 뒤에서 로제린이

물었다.

"대등한 거래. 즉, 당신이 레파 님께 손을 빌려준다면, 그에 걸맞은 대가를 바란다는 뜻이군요. 뒤집어 말하자면 당신은 믿고 있는 거로군요. 옆방의 레파 님께서 응접실과의 사이의 결계를 어떻게든 해줄 거라고요."

"뭐, 그렇지."

"하지만 지금 현재 레파 님께선 마술도 제대로 쓸 수 없는 상황입니다. 그래도 어떻게든 되리라 생각하십니까?"

"될 거야."

──함께 '최강'을 목표로 하자.

검을 움켜쥔 손가락에 그날 쥔 손의 온기가 잠시 되살아났다.

"넌 그렇게 연약하지 않잖아, '블리자드 로즈'?"

작게 중얼거리자 그 직후── 투웅 하고 짧은 소리가 귀에 닿은 것 같은 기분이 들었다.

저도 모르게 입매를 올린 아그니스는 천장에서 바로 옆에 있는 벽으로 시선을 옮겼다.

베기 공격.

베기 공격. 베기 공격. 베기 공격. 베기 공격. 베기 공격. 베기 공격. 베기 공격. 베기 공격. 베기 공격. 베기 공격. 베기 공격. 베기 공격.

더욱더 속도를 높인 신속의 베기 공격이 천장의 낙하를

막으면서 결계 벽을 무한히 때렸다. 충격보다 훨씬 뒤늦게 굉음이 울려 퍼지고, 방 안에 놓인 가구가 공중을 날았다. 삐거덕삐거덕 결계의 벽과 천장이 삐걱거렸다.

"──자, 뒤는 내가 할 일이야."

아그니스는 양손으로 애도의 자루를 쥐고서 머리 위로 높이 쳐들었다. 재앙이 된 선조가 애용하던 저주받은 검은 이제 손에 딱 익어서 이미 몸의 일부로 변했다.

노리는 곳은 한 점. 그 흐릿한 틈새를 향해서──.

"오아아아아아아아아아아아아아아아앗!"

기합 일섬. 혼신의 힘으로 마지막 일격을 내리치자, 세계를 잡아 찢는 듯한 소리가 울려 퍼지고, 공간에 세로로 균열이 들어갔다.

"이럴 수가아아아!"

경악의 목소리와 함께, 카이네스가 검풍이 만들어낸 충격파를 맞고 복도 안쪽으로 날아갔다. 응접실로 이어지는 문도 둘로 쪼개졌고, 그 앞에 수많은 검은 옷을 입은 자들의 모습이 보였다.

숨 돌릴 틈도 없이 응접실 중앙에 선 하이네스를 발로 걸어차자, 사로잡힌 '블리자드 로즈'는 어째서인지 불만스럽게 푸념을 했다.

"늦었잖아. 자는 줄 알았어."

"바보 같은 소리 하지 마. 너야말로 시간이 너무 걸렸잖아."

* * *

　성당 대응접실에는 세 나라의 세력이 있었다.

　압도적 다수인 검은 옷을 입은 자로 구성된 기르강디아 제국.

　수는 적지만 최강 전력을 가진 이그마르 왕국과 에스키아 공화국.

　그러나 대륙의 축소도 같은 그 공간에 지금 서 있는 이는 후자인 두 나라 사람뿐이었다. 응접실에 뛰어 들어온 아그니스가 곧바로 남은 제국의 검은 옷의 패거리들을 기절시킨 것이었다.

　그리고 '플레임 로드'가 걸어 나아가는 방향 앞에 있는 이는 '블리자드 로즈' 레파 엘드리트였다.

　"말해두겠는데 내가 먼저 널 구한 거라고? 내가 결계에 구멍을 내지 않았더라면 넌 지금쯤 이 세상에 없지 않았을까?"

　"오해가 있는 것 같으니 말해둘까. 나야말로 그 작은 구멍을 이용해 결계를 베어 찢었어. 내가 오지 않았더라면 넌 저 세상에 갔겠지."

　두 사람은 번뜩 서로를 노려본 후, 숨을 후 내뱉었다.

　"……조금 방심했어. 제국은 상상 이상으로 용의주도하구나."

"······뭐, 나도 반성이 필요하겠군. 약속을 이루려면 아직 노력해야 하나 봐."

아그니스가 그렇게 말하자, 레파는 화들짝 놀란 표정을 지으며 입가를 막았다.

"약속, 기억하고 있었어?"

"그렇지······라고 하고 싶지만, 실은 샌드키아에서 헤어질 때까지 너인 줄 못 알아봤어."

레파가 눈꼬리를 닦는 손가락을 멈췄다.

"샌드키아? 무슨 소리야?"

"아니, 어릴 적에 마경 이솜니아에서 만났을 때, 넌 흙투성이였잖아? 샌드키아에서 헤어질 때 모래로 더러워진 널 보고서 겨우 확신했어. 이그마르에 갔을 때 확인하려고 했는데, 습격으로 흐지부지되었고."

"저기, 잠깐만. 네 기억 속의 나는, 즉, 흙과 모래로 더러워진 여자였단 거야?"

"실제로 평원을 오랫동안 걸어서 흙투성이였잖아. 애당초 지금이랑 머리카락 색도 다르고."

"그, 그렇긴 하지만······."

딸의 몸을 빼앗기 위한 마술 연구. 친어머니의 소름 끼치는 의도와 주위의 따돌림 때문에 머리카락 색소가 빠져서 잿빛이 되었다.

하지만, 그날, 그 약속 이후로 레파의 머리카락은 원래의 빛을 되찾았다.

다시 일어날 활력을 불어넣어 준 장본인은 눈앞에 있는 남자이건만——.

"역시, 그 정도는 알아채 주길 바랐어."

"알아채겠냐? 애당초 그렇게 미인이 되리라곤 생각 못 하잖아."

"미, 미미미미미미미미, 무, 무슨 소리이이일!"

갑자스런 말에 얼굴이 새빨개진 레파는 횡설수설했다.

아그니스는 귀 뒤를 벅벅 긁고서 시선을 발치로 향했다.

"미안해. 본인이라는 사실을 깨닫지 못했을 뿐이지, 그때 일은 또렷이 기억해. 그건 나에게 소중한 약속이니까."

"소, 소중한……."

"레파 씨, 오빠!"

원래 레파가 있었던 방의 문이 기세 좋게 타악 열리고, 포니 테일의 소녀가 응접실로 뛰어들어 왔다.

"메이?"

레파는 놀라는 아그니스를 아랑곳하지 않고서 안도의 숨을 내뱉었다.

"아아, 다행이다. 무사했구나."

"네. 역시 신경 쓰여서 응접실 상태를 엿보려고 했는데, 아무 소리도 안 들리고 문도 전혀 열리지 않아서 무척 걱정했어요. 보아하니 교회 관계자의 음모……. 아니, 이건 제국……?"

메이는 주위에 쓰러진 검은 옷의 패거리들을 경계하듯이 둘러보고서 말했다.

역시 이해가 빠르다.

"그보다, 왜 메이가 여기에 있어?"

메이는 의아해하는 아그니스를 흘낏 보고서 장난꾸러기처럼 혀를 빼꼼 내밀었다.

"그건 비밀이야. 그렇죠, 레파 씨?"

"으……."

"레파 님. 대화 중에 죄송합니다만, 로브 앞이 살짝 벌어졌습니다."

로제린이 옆에서 말을 꺼냈다. 확실히 레파의 겉옷 앞부분이 벌어져서 안에 입은 검은 속옷 차림이 엿보였다. 가슴과 허리의 천은 옅게 비쳐 보이는 데다가 쓸데없이 작아서, 의외로 풍만한 가슴이 천에서 반쯤 비어져 나와 또렷하게 그 존재를 주장했다.

다만── 전투복으로써는 거의 방어의 의미를 이루지 못하리라.

"뭐……, 승부에는 걸맞지 않군."

"뭔가 교묘하게 말하는데 이거야말로 승부복이야, 오빠."

"꺅!"

레파는 자신의 모습에 간신히 생각이 미쳤는지 온몸을 붉히며 로브 앞섶을 여몄다.

"보, 보지 마. 호색한! 변태!"

"자, 잠깐만. 트집이야. 난 변태가 아니야. '최강'의······."

"'최강'의 변태!"

"그 칭호는 싫은데."

아그니스는 머리를 긁으며 레파에게서 살짝 시선을 비꼈다.

"하지만, 그, 조, 좋은 거 같아."

"어?"

"아니, 뭐랄까, 좀, 이렇게, 두근거린달까."

"저, 정말로?"

점점 더 삶은 문어처럼 벌게지는 레파.

그녀의 로브 앞을 여미면서 로제린이 말했다.

"이 남자에게 그런 소리를 들었으니 일단 성공이겠죠. 제게 감사하세요, 레파 님."

"로제린, 그런데 어째서 네가 '플레임 로드'의 방에 있었어?"

"그건 비밀입니다. 그렇죠, 아그니스 님?"

"으······."

레파가 뺨을 부풀렸을 때──.

"아아, 아파. 상당히 난폭하네요, '플레임 로드'."

응접실 안쪽에서 느긋한 목소리가 울렸다.

아그니스가 기절시켰을 백발의 시제가 어느샌가 일어나 있었다.

"……놀랍군. 며칠은 눈뜨지 못할 정도로 타격을 줄 생각이었는데."

"당신은 제국의 부대장을 우습게 보는 겁니까? 그렇게 말해도 그쪽도 상당히 비상식적이네요오. 저도 다소 교만했습니다만, 그 짧은 시간에 최고봉의 결계에 구멍을 내고, 그걸 검으로 비틀어 연다는 건 애당초 상정 범위 밖이라고요."

하이네스는 그렇게 자조하고서 두 사람의 '최강'을 바라보았다.

"게다가 명목상의 정략결혼이라고 생각했습니다만, 예상보다 더 에스키아와 이그마르의 거리가 가까워진 모양이로군요. 역시 지난번 맞선 때 확실히 죽였어야 했습니다."

"……무슨 소리야?"

레파가 하이네스에게 의아한 표정을 보냈다.

"제가 입회한 두 번째 맞선 때, 당신들에게 내어준 포트에는 강렬한 독이 든 차가 들어 있었다고요. 그런데 한 번은 '플레임 로드'가 테이블에 박치기해서 포트가 깨지고, 두 번째는 한 입 마신 후에 '맛없다'고 했죠. 맹수를 몇 초 만에 죽이는 독이라고요. 어떻게 되어 먹은 괴물입니까?"

"그랬어? 그래서 그때 내게 차를 마시지 말라고 했구나. 독일 수도 있다는 걸 감지했던 거야?"

"어, 그래. 응."

레피기 살며시 존경의 눈빛을 보내 오자 정말로 맛없어서 그랬다고 말할 수는 없었다.

독을 가진 마수와도 다수 상대해왔기 때문에 어느샌가 내성이 생겼던 모양이다.

"미안해, 하이네스. 설마 그 결계를 깨는 인간이 이 세상에 존재할 줄은 몰랐어."

흑발의 카이네스가 괴로운 표정으로 안쪽의 대기실에서 다가왔다. 이쪽도 검압으로 날아갔을 터인데, 대미지다운 대미지는 없는 모양이었다.

쌍둥이 형인 하이네스가 기가 막힌다는 양 어깨를 으쓱였다.

"독살은 실패. 이그마르에서의 기습도 실패. 그래서 이번엔 공과 시간을 들였어. '플레임 로드'와 '블리자드 로즈' 두 사람만 불러들여서 결계로 격리. 마나를 차단해서 '블리자드 로즈'의 마술을 봉하고, 압축 결계로 '플레임 로드'를 무력화한다. 사전준비는 상당히 열심히 했는데 말이죠오."

"그래서 또 실패한 건가? 아쉽게 됐군."

"동정하는 겁니까? 더군다나 모처럼 데리고 온 정예부대도 맥없이 섬멸될 줄이야."

백발의 하이네스는 쓰러진 검은 옷의 패거리들을 바라보며 무엇이 우스운지 기쁘게 웃었다.

로브 앞섶을 다시 여민 레파가 쌍둥이 제국병에게 한 걸음 다가갔다.

"남은 건 너희 두 사람뿐이야. 입장은 역전됐네."

얼음 눈이 주위를 휘잉 춤췄다. 결계가 부서져서 마나 공급도 개시되었다.

"……두 사람뿐? 흥, 어리석긴!"

흑발의 카이네스가 창가로 달려가서 크게 외쳤다.

"우쭐거리지 마라! 네놈들을 놓치지 않으려고, 밖에 무수한 병사를 대기시켜 놓았다!"

그리고 커튼을 크게 젖힌 카이네스는 "하아?" 하고 목소리를 높였다.

바깥은 이미 어둠에 둘러싸여 있었다. 성당을 에워싸듯이, 분명히 수많은 검은 옷을 입은 자들이 대기 중이었을 터다. 그러나 그들은 일제히 잠든 듯이 풀이 난 대지에 쓰러져 있었고, 그 모습을 내려다보듯이 조잡한 갑옷을 두른 집단이 서 있었다.

그 중앙에 팔짱을 낀 여자가 있었다.

"루시아나?"

갈색 피부에 쇼트커트를 한 아름다운 전사가 수줍은 듯이 손을 흔들었다.

"단장님! 조금 불길한 예감이 들어서 모두를 데리고 왔습니다. 이상한 게 있길래 우선 쓰러뜨리고 왔습니다만."

루시아나의 주위에서 아그니스군의 단원들이 신기하다는 양 고개를 갸우뚱했다.

"잘 모르는 상태로 누님에게 끌려왔는데, 결국 이놈들은 뭐지?"

"꽤 강했지만 '최강'의 단장에게 호되게 훈련받은 우리에겐 역시 별거 아니군."

아그니스는 제각각 말하는 목소리를 귀로 들으면서 쌍둥이에게 담담히 말했다.

"자, 다음은 어쩔래? 너희에겐 이것저것 묻고 싶은 게 있는데."

"……."

살짝 겁먹은 표정을 지은 카이네스에 비해, 하이네스는 의외로 차분했다.

"이게 '최강'인가. 좋은 기회입니다. 모처럼이니 조금 잡담을 하시겠습니까?"

"잡담이라고?"

"네, 강함이란 대체 뭘까요?"

"……?"

하이네스는 갑작스러운 물음에 미간을 찌푸린 아그니스에게 조용히 말을 걸었다.

"강함이란 무엇인가? 정신이 아득해 질만큼 단련한 끝에 얻는 것? 그렇지 않으면 태어난 시점에 하늘에게 부여받는 유례 없는 재능에 의한 것? '최강'인 두 분은 어떻게 생각합니까?"

뜬금없는 화제에 아그니스와 레파는 한순간 얼굴을 마주 보았다.

"물론, 그 어느 쪽도 가능하겠죠. 하지만 전 때때로 허무해집니다. 왜냐하면 설령 지옥 같은 단련을 반복해서도, 경악스러운 재능을 부여받아도, 사람이 사람인 이상 그 그릇에서 벗어날 수는 없습니다. 이를테면 물고기처럼 물속에 살 수 없고, 새처럼 넓은 하늘을 자유자재로 날아다닐 수는 없습니다."

"노력하면 한 시간 정도는 잠수할 수 있는데."

"어떻게 술식을 짜느냐에 따라 조금은 날 수 있지 않을까?"

"그런 비상식적인 건 당신들 정도라고요. 뭐, 우리 제국에도 당신들처럼 사람의 틀을 벗어나려는 인간이 몇 명쯤 있습니다만. 하지만 그 어느 누구에게나 한계가 있어요. 그럼, 어쩌면 좋을까요? 마법 동태학. 마나 유전학. 고대 마도학. 우리는 온갖 과학을 구사해서 연구를 진행했죠. 강함이란 대체 무엇인지."

"……아까 전부터 무슨 소리를 하고 싶은 건데?"

옆에 선 메이가 경계하면서 말했다.

"제 결론을 말하죠. 강함이란 '초월'하는 것. 그것은 인간의 연장선을 뛰어넘어서, 다른 영역으로 도달하는 불연속적인 도약이라고요."

하이네스는 그렇게 대답하고 품속에서 기묘한 기하학 모양이 든 검은 결정을 꺼내 들었다.

"——!"

동생인 카이네스가 초조 섞인 소리를 질렀다.

"하이네스, 기다려! 그건 제어 불능이라 아직 연구 단계일 텐데!"

"상관없잖습니까. 이미 준비는 되어있습니다. 시험한다면 여기에서 해야겠죠?"

카이네스의 가는 눈동자가 한계까지 크게 열렸다.

"……설마, 우리에겐 이미 **심어졌던 건가?**"

"영광으로 생각하죠. 우리는 황제 폐하께 선택된 겁니다. 명예로운 실험체로 말이죠."

"후하, 하하하하하핫! 멋져! 그럼 그렇다고 빨리 말해!"

카이네스가 환희에 오열하며 너털웃음 소리를 울렸다.

발치가 쓰윽 차가워지는 감각.

그것은 전장에서 커다란 위기를 앞에 뒀을 때만 느끼는 특유의 공포심.

——불길한 예감이 들어.

아그니스는 애도 제무스를 불러내 칼끝을 들어 올렸다.

"로제린! 메이를 데리고 몸을 숨겨!"

레파가 그에 호응하듯이 외친 직후, 쌍둥이 제국병은 가장 정중하게 경례를 하고 중얼거렸다.

"기르강디아 제국에 영광 있으라. 황제 폐하————
만세!"

하이네스가 손에 들고 있었던 검은 결정이 바닥에 떨어졌
고, 째앵 맑은 소리를 내면서 깨졌다. 그와 동시에 공간에
연녹색의 연한 마법진이 떠올랐다.

두근——, 하고 세계가 고동을 울리는 것 같은 소리가 들
렸다.

"우그그그그그그그그그그그그그……."

쌍둥이가 목을 쥐어뜯다시피 해서 신음하기 시작했다. 그
손가락이, 팔이, 끝부분부터 순서대로 칠흑으로 침식됐다.

"뭔지는 모르겠지만 위험한 느낌이 드는군."

"막자."

구웅!

화염과 냉기가 제국의 두 사람을 금세 뒤덮었다. 아그니
스와 레파가 선수 치는 일격.

그러나 쌍둥이 제국병은 불에 타고 얼음에 동결되면서도
그저 신음하며 머리를 감싸 안을 뿐이었다.

그 눈에 붉게 핏발이 서고, 온몸을 기어 다니듯이 검푸른
혈관이 떠올랐다. 입가에서는 뾰족한 송곳니가 엿보였고,
피부는 얼룩처럼 검은 반점으로 뒤덮였다. 먹물을 떨어뜨
린 것처럼 피부의 거무스름한 빛깔은 몸을 칠흑으로 물들이
듯이 서서히 면적을 넓혔다.

이미 사람으로는 보이지 않는다. 그 모습은 마치──.

"……마수?"

아그니스는 얼떨떨하게 중얼거렸다.

강함이란 '초월'이다. 하이네스는 그렇게 말했다.

단련으로 인한 향상. 재능으로 인한 반짝임. 그 어느 쪽도 아니다. 그것은 초과학에 의한, 사람을 뛰어넘은 생명체를 향한 비연속적인 탈피. 제국은 이미 그 기술을 개발하고 있었다고 한다.

──마수화.

하이네스와 카이네스의 몸은 어느샌가 터질 듯이 부풀어 올랐다. 가는 팔이 찢어지고, 안에서 통나무 같은 강인한 근육 덩어리가 나타났다. 제국의 암살자는 찢어지고, 생겨나고, 처절한 탈피를 반복하면서 이형의 존재로 변화를 이뤘다.

두 배, 세 배, 다섯 배. 원래의 열 배 되는 크기로 급속히 거대화했다.

검게 빛나는 바위 같은 거구. 천장에 닿을 만큼 높은 위치에 있는 머리에는 눈이 없었고, 초승달 형태로 벌어진 입만이 있었다. 작은 산 같은 등에 찌그러진 검은 돌기가 몇 개나 돋아났고, 몸체에는 인간이었을 때의 얼굴이 무표정하게 들러붙어 있다.

그아아아아아아아아아아아아아아아아아아아아악!

대지를 흔드는 포효가 울리고, 두 마리의 거대한 마수가 그 몸을 호쾌하게 구부렸다.

바닥이 깨지고, 벽이 부서지고, 신축된 지 얼마 안 된 성당이 삐걱거리는 소리를 시작했다. 아그니스는 내리쏟아지는 잔해를 튕겨내면서 고개를 좌우로 돌렸다.

"메이, 어디 있어?"

"괜찮아. 로제린은 일을 빈틈없이 해. 확실하게 피난시켰을 거야."

이미 로제린의 모습은 보이지 않았다. 아그니스는 빤히 레파의 얼굴을 바라보았다.

"알았어. 믿을게."

그리고 레파의 손을 꼬옥 잡았다.

"잠깐, 너, 너!"

"밖으로 나가자! 여기는 곧 무너질 거야."

제대로 제어가 되지 않는지 거대한 두 마리의 마수는 닥치는 대로 날뛰었다. 덕분에 돌로 만든 대성당은 무너지기 직전이었다. 천장이 붕괴하고, 무거운 석반이 떨어져 내렸다.

"으, 앗!"

아그니스는 소리를 지르는 레파의 손을 끌고 3층에서 창을 걷어차 부수고 뛰어내렸다. 착지 직전에 부장을 향해서 외쳤다.

"루시아나. 단원을 데리고 떨어져 있어!"

"알겠습니다. 단장님, 조심하십시오!"

"걱정하지 마. 날 누구라고 생각하는 거야?"

"그랬었죠. 다들, 가자!"

루시아나가 단원들을 언덕 아래로 유도함과 동시에, 성당이 땅울림을 내면서 완전히 붕괴했다. 두 마리의 거대한 마수가 잔해의 산을 튕겨내며 달밤 아래에서 포효했다. 달빛을 요사스럽게 반사하는 칠흑의 윤곽은 어딘가 신비로운 빛을 띠었다.

"이거 봐. 저건 뭐지? 이 세상의 종말인가."

언덕 아래로 피난했던 단원의 목소리가 바람을 타고서 아그니스의 귀에 닿았다.

한 마리가 거친 숨을 토해내며 아그니스를 향해왔다. 몸체에 있었던 인간의 얼굴은 붕괴로 뭉개져서 이미 어느 쪽이 형이고 동생인지도 모르겠다. 순연한 살육의 짐승이 된 제국의 사내는 그 양팔을 세차게 내리쳤다.

빠르다. 그리고 강하다.

흙덩이가 폭발한 것처럼 팔방에 흩어지고 대지가 깊게 파였다.

그럴 때 언덕 아래에서 닿은 것은 또 하나의 목소리였다.

"괜찮아. 세상이 끝날 리가 없어."

아그니스는 몸을 비틀어 압살을 종이 한 장 차이로 회피했다.

몸체에 발끝을 걸고 머리 부분을 향해서 수직으로 달려
갔다.

"왜냐하면, 오빠는―― '최강'이니까."

"오아아아아아아아앗!"

날아오르는 아그니스. 검은 앞머리가 두둥실 흔들리고,
높게 치켜든 애검이 달빛에 반짝였다.

――벤다.

거뭇거뭇한 거대 마수의 목에 가로 일자를 긋자, 대기를
가르는 단말마와 함께 그 목이 떨어졌다. 몸체가 천천히 기
울어지고 땅울림과 함께 옆으로 쓰러졌다.

마수를 없애려면 우선 핵을 노리고, 핵의 위치를 모른다
면 어쨌거나 목을 떨어뜨려라. 설령 이형의 기술이라고 해
도 적이 마수화했다면 그 전제대로 행동할 뿐.

"또 한 마리가 왔어!"

레파의 목소리가 날아왔다.

반쪽이 쓰러진 것은 전혀 신경 쓰지 않는 기색으로 남은
한 마리가 맹렬히 돌진해왔다.

"이쪽은 내가 처리할게."

아그니스는 막아서는 레파의 뒤에서 가볍게 한숨을 쉬
었다.

그것은 한순간의 방심이었을 지도 모른다.

퍼억.

둔탁한 소리가 울리고 아그니스의 몸이 공중을 날았다.

위협적인 가속도로 몸이 튕기고 튕겨서 돌멩이처럼 지면에 몇 번이고 바운드했다.

"오빠!"

"단장님!"

아그니스는 메이와 루시아나의 절규를 귀로 들으면서 필사적으로 몸을 바로 세웠다. 가슴에 날카로운 통증이 몇 가닥이고 퍼졌다. 아마도 늑골이 몇 대쯤 부러졌겠지만 정신을 팔 틈은 없었다. 무슨 일이 일어난 것인지 파악해야만 한다.

"……뭐야?"

아그니스는 저도 모르게 붉은 눈을 크게 떴다. 땅거미에 흔들리는 거대한 마수의 그림자가 두 개로 나누어진 것이었다.

떨어뜨렸을 목이 어느샌가 원래대로 돌아와 있었다. 아니, 쳐낸 목 자체는 지면에 굴러다니는 그대로니까, 아마도 상처 입은 자리에서 돋아난 것이리라. 그리하여 되살아난 검은 짐승이 등 뒤에서 때렸다는 사실을 이해했다.

전방에서는 레파가 쏜 얼음산 같은 덩어리가 회전하면서 또 한 마리를 향해 갔다.

그것은 멋지게 적의 머리 부분에 명중해 검은 결정 같은 물체가 어둠 속에 튕겨 날아갔다.

핵은 부쉈다. 하지만──.

"이럴 수가!"

이번엔 레파가 놀라움 어린 목소리를 낼 차례였다.

검푸른 점액을 흩뿌리는 상처 자리에서, 검은 꽃이 피어나듯이 괴물의 머리가 쑤욱 돋아났다.

"육체의 재생 기술? 그게 아니라면 핵의 재생? 제국은 그렇게까지 진보한 거야?"

레파의 말에 긴장감이 서렸다.

그 찰나──.

"피해!"

아그니스가 튀어와서 레파를 밀어냈다.

방금 전 레파가 서 있던 곳 바로 위에 거대한 하얀 섬광이 꽂혔다. 그것은 대지를 깊게 도려내고, 주위에 탁 튀었다. 수많은 백사가 일제히 튀어나온 것처럼, 구불구불 하얀 줄기가 공간에 퍼졌다.

"윽!"

"꺄악!"

여파를 받고서 지면에 구른 두 사람. 몸의 심지가 찌릿찌릿 저렸다. ──전격인가.

"다른 게 와!"

레파가 등을 지면에 댄 채 소리 질렀다.

올려다보니 바로 위에 수많은 검은 구체가 있었다. 하나 하나 인간의 몸체 정도 되는 크기인데, 그것이 비처럼 내리 쏟아졌다.

즉시 레파가 두 사람을 중심으로 얼음 돔을 만들어내 직격을 막았다. 그렇지만——.

두두둥두두두두두두우우웅!

얼음에 닿은 순간, 구체가 차례차례 폭발해 굉음과 함께 대기를 파도치게 했다.

끝없는 폭격의 폭풍에 최고 경도를 자랑하는 얼음 돔이 무너져 내렸다.

"큭!"

아그니스는 상체를 살짝 띄워 검 끝을 지면에 때려 박았다.

동시에 레파도 엎어진 상태로 대지에 재빠르게 '투사'의 마법진을 그렸다.

두 사람의 몸은 폭염으로 인한 반동과 마술의 행사로 튕겨 날아가 간발의 차이로 붕괴에서 벗어났다. 마침내 두 마리의 거대한 마수에게서 거리를 벌리자 레파가 이마의 땀을 닦았다.

"하얀 번개에 융단 폭격? 지금 건 저 녀석들의 능력이야?"

"그런 거 같군. 재생 능력에다가 저 공격력. 성가시군."

아그니스는 이마에 식은땀을 띠우며 깊게 숨을 내쉬었다.

——국가 멸망급? 아니, 어쩌면 그 이상이다.

이 감각. 랭크만으로 따지면 나라를 멸망시킬 만큼 강한 최악의 고레벨 마수.

"이거 보라고……."

아그니스는 어두운 하늘을 올려다보고 저도 모르게 소리를 흘렸다.

비상.

두 마리의 거대한 마수가 땅을 박차고 높게 점프한 것이었다. 등에서 튀어나온 몇 개나 되는 일그러진 돌기가 몸부림치듯이 위아래로 움직였다.

오오오오오오오오오오오오오오오오오오오오오!

뇌광. 한 마리의 머리 위에서 하얀빛이 깜빡이더니 팔방에 전격을 뿜었다.

"우아아악!"

레파가 순식간에 거대한 얼음 방패를 만들어냈다.

섬광이 그 표면에 말뚝처럼 박히더니 격렬한 불꽃을 흩뿌리면서 흩어졌다.

연속 공격. 연속 공격. 연속 공격. 오기로라도 뚫겠다는 양 끊임없이 습격하는 뇌광을 '블리자드 로즈'가 마력의 방패를 계속 만들어내 가까스로 방어했다.

전방위로 흩어지는 뇌격은 성당을 둘러싼 숲을 핥았고 나무들이 날아갔다.

아아아아아아아아아아아아아아아아아아아아!

폭격. 또 한 마리의 포효에 호응하듯이 하늘에서 빈틈없이 검은 구체가 내리쏟아진다.

"오아아앗!"

이번에는 아그니스가 애검 제무스를 치켜들었다.

폭염을 두른 충격파가 하늘로 향했고, 지상에 닿기 전에 수많은 폭격탄을 쳐서 떨어뜨렸다.

염격과 폭격. '플레임 로드'가 쉬지 않고 어두운 밤에 불꽃을 펼치자 붉은 연쇄가 하늘을 물들였다. 하지만 미처 쳐내지 못한 구체가 지면에서 폭발했고, 이는 굉음과 업화를 흩뿌리면서 대지를 깊게 도려냈다.

전격과 폭염이 흩날려 초록의 대지는 초토로 다시 칠해졌다.

이미 표적이고 뭐고 없었다. 거기에 존재하는 것 전부를 모조리 파괴하기만 하는 흉수다.

다행히 언덕을 내려간 루시아나 일행은 한발 먼저 거리를 두었던 모양이지만, 주위의 숲은 사라졌고 언덕은 이미 원형을 잃었다.

지면에 쿠웅 내려선 검은 마수는 갑자기 기우뚱 균형을 무너뜨리며 비스듬히 대지에 격돌했다. 몸의 제어가 잘 안 되는지 두 마리 다 밤하늘에 울부짖더니 몸부림치며 일어섰다.

레파가 이마의 땀을 닦으면서 입을 열었다.

"대체 뭐냐고. 마치 흉악무도한 아기 같아."

그 옆에 나란히 선 아그니스가 상처투성이의 팔에 든 흑도를 옆으로 겨눴다.

"아기라. 그렇다면 어느 쪽이 위인지 따끔하게 교육할 필요가 있겠구나."

"동참하겠어. 철저하게 하자."

적의 파상 공격을 재빠르게 빠져 나와 이쪽의 공격을 선사한다. 상대가 재생한다면, 재생할 수 없게 될 때까지 때려 뭉갠다. 어느 쪽이 먼저 두 손을 들까. '최강'과 '최악'의 근성 겨루기다.

두 사람은 신경을 곤두세우며 땅을 박찼다.

폭염이 흩어지고, 빙설이 춤춘다.

뇌광이 터지고, 업화가 번쩍인다.

밤이 붉게 타오른다 싶더니 다음 순간 창백한 빛이 빛났고, 그 사이를 꿰매듯이 거대 마수의 외침이 간헐적으로 울려 퍼졌다.

"라그나뢰크(최후의 성전)……."

언덕 아래, 전장에서 거리를 둔 병사 중 누군가가 그렇게 중얼거렸다.

그리고──.

"생각보다 끈덕지군……."

"의외로 성가시네……."

315

필사적으로 거대 마수의 공격을 받아넘기며 상대를 소모시키는 작업. 그러나 목을 베든지, 팔을 날리든지, 발을 얼리든지, 몸체를 먼지로 바꾸든지, 검은 마수는 몇 번이고 되살아난다.

아그니스와 레파는 어깨를 격렬하게 들썩이면서 등을 마주 댔다.

'최강'의 두 사람이라고 해도 인간이다. 그리고 인간에게는 한계가 있다.

체력도, 정신력도.

몇 번을 장사지내든지 무한 증식하는 것처럼 부활하는 적의 압력이 서서히 몸을 지치게 했다.

늘어가는 상처와 출혈. 끊임없이 덮쳐오는 통증이 집중력을 둔하게 만든다.

천천히 밀려오는 적에게서 한 걸음씩 후퇴하다가 두 사람의 등이 딱 맞닿았다.

"어머? 아까 전까지의 위세는 어쨌어, '최강'의 검사?"

"바보 같은 소리 하지 마. 너야말로 여기까지 물러서면 '최강'의 마술사란 이름이 운다고."

두 사람은 숨을 후 쉬었다.

"'최강'이란…… 강함이란 무엇인가라──."

"왜 그래?"

"아니……."

그그르르르르르르르르르르르르르르르르르르!

두 마리의 마수가 두 사람을 사이에 끼우듯이 천천히 거리를 좁혀왔다.

약해지기 시작한 사냥감을 가지고 놀듯이, 검은색으로 뒤덮인 안면에 환희의 웃음을 머금고서. 본능 그대로 파괴 행동에 몸을 움직인다. 카이네스가 제어 불능이 될 것이라 말한 대로, 이 두 마리에게 인간으로서의 자아는 이미 사라진 것처럼 보였다. 그저 파괴만을 바라며 방황하는 무구한 검은 마수.

강함이란 무엇인가——. 적어도 그것은 이 가련한 짐승처럼, 갑작스럽게 얻어서 다루지 못한 채 휘둘러서는 안 된다.

"역시, 이 녀석들에겐 설교가 필요하겠어."

"동감이야. 호되게 쓰러뜨려 줘야 해."

두 사람은 등을 맞댄 채로 적에게 눈길을 향했다.

오오오오오오오오오오오오오오오오오!

뇌광. 폭격.

내리쏟아지는 적의 산탄을 레파가 두꺼운 얼음 돔으로 방어하고, 뚫고 들어오는 일부 공격 을 아그니스가 폭염으로 날린다. 그래도 충격의 여파는 여실히 전해져, 점점 체력을 갉아먹었다. 뼈가 삐걱거리고 피가 흐른다. 적의 무한한 재생 능력과 끊임없는 공격은 인간의 한계를 실험하는 듯했다.

레파가 무릎이 풀썩 꺾인 아그니스를 불렀다.

"'플레임 로드'!"

"살짝 미끄러졌을 뿐이니까 신경 쓰지 마."

자세를 바로잡은 검사의 옆모습을, 레파는 살짝 놀라움을 품고서 바라보았다.

이마에 흠뻑 식은땀이 배어 있었다. 그러고 보니 이 남자는 전투 개시 때 적의 일격을 제대로 받았다. 아마도 온몸의 뼈에 금이 갔을 터였다. 이 강렬한 연속 공격을 막음으로써 그러한 뼈가 차례차례 부러졌다고 치면.

하지만 레파가 놀란 부분은 그런 점이 아니었다.

──웃고 있어.

이 궁지에 아그니스는 자못 즐겁게 웃고 있는 것이었다.

"마경 이솜니아에서도 좀처럼 볼 수 없는 상위 마수야. 이 녀석들을 상대로 단련하면, 난 훨씬 더 강해질 거야."

"너는…… 바보구나."

"절절하게 말하지 마."

그 상황에서 레파는 문득 진지한 표정으로 중얼거렸다.

"……그렇구나."

"왜 그래?"

"한마디로 마수라고 해도 다양한 랭크가 있지? 네가 말한 대로 이 녀석들은 명백히 상당한 상위 마수야. 아무리 기술 개발을 진행했다고 해본들, 갑자기 그런 부조리한 마수를 만들어 낼 수 있을까?"

"그럴지도 모르지만, 실제로 눈앞에 있다고."

"짐작 가는 방법이 딱 하나 있어. 이전 고대 마술서의 해독을 시도해서 아주 일부분을 읽을 수 있었는데……."

레파가 침을 삼키며 이어서 입에 담았다.

"……거기에는 실제로 존재하는 마수의 핵을 인간에게 이식하는 기술의 존재가 적혀 있었어."

"……?"

"갑자기 믿기지는 않지만, 제국은 고대 마술서를 해독했나……? 하지만 돌이켜 보면 제국병은 마수가 되기 전에 심어졌다는 말을 사용했어. 그렇다면 역시 바탕이 되는 마수가 있다고 봐야 해."

"……그렇게 된 건가. 어쩐지 쓸데없이 강하다 했어. 그렇다면 제국이 개발한 건 마수화 기술뿐. 재생 기술을 개발한 건 아니라는 뜻이로군."

그 이상의 설명은 필요 없었다.

""남은 문제는 어떻게 동시에 적을 쓰러뜨릴 것인가.""

두 사람은 함께 중얼거렸다.

제국의 마수화 기술이 실존하는 마수를 바탕으로 만들어졌다고 한다면.

무한하게 부활하는 몸. 쌍둥이. 다른 속성의 공격.

그리고 등에 난 돌기를 불완전한 날개라고 생각하면, 연상되는 마수가 하나 있었다.

맞선 자리에서 문득 오른 화제. 아그니스가 토벌하느라 고생했다고 하는 그 마수는 아무리 머리를 짓뭉개도 부활하는 성가신 적이었다.

──죽음을 나르는 검은 날개·쌍두룡 보라미스.

그리고 그 공략법은 두 개의 머리를 완전히 동시에 쓰러뜨리는 것이다.

어느 쪽이 앞서는 것도 아니고, 늦는 것도 아니고, 평등하게, 동시에.

다만 처음으로 함께 싸우는 데다 피로도 쌓인 와중에, 이 적을 상대로 그 조건을 달성하기란 쉽지 않다. 여력을 고려하면, 아마 기회는 단 한 번뿐.

"자, 어쩔래? 우리는 서로 기술을 맞춰본 적도 없어."

"어머, '플레임 로드'나 되는 사람이 불안해? 그럼 내가 잘 맞춰줄게. 너는 마음에 드는 타이밍에 쏴."

"바보 같은 소리 하지 마. 그런 짓을 하면 네 쪽이 조금 늦어지잖아. 내가 맞출 테니까 네가 먼저 쏴."

"무슨 소릴 하는 거야? 그거야말로 네 쪽이 늦어지잖아."

"뭐? 내 기술이 네게 뒤처진다는 말이라도 하려고?"

"그 말, 완전히 그대로 돌려줄게."

공기가 찌르르 팽팽해지고 두 사람은 동시에 한숨을 쉬었다.

"그럼…… 정해졌군."

"그러게."

그렇다면 차라리 억지로 맞추지 않겠다.

적 두 마리의 중앙에서, 두 사람이 가장 좋다고 생각하는 타이밍에 고속 기술을 펼칠 뿐이다.

판단, 속도, 위력.

서로의 힘이 팽팽히 맞서면, 그것은 동시에 적을 부수리라.

아그니스는 애도 제무스를 천천히 들어 올려 칠흑으로 빛나는 칼끝을 똑바로 밤하늘로 향했다. 대지의 에너지를 흡수해 검 끝에 다듬는 것 같은 자세.

레파가 오른손을 들자 마법진 다섯 개가 공중에 나타나 원기둥을 형성하듯이 세로로 늘어졌다. 그것은 다발적으로 만들어낸 마법진을 동시에 제어하는 초고등 기술.

""그ㅇㅇㅇㅇㅇㅇㅇㅇㅇㅇㅇㅇㅇㅇㅇㅇㅇㅇㅇㅇㅇㅇㅇㅇ오오!""

이변을 감지한 두 마리의 짐승이 동시에 포효했다.

앞에서, 뒤에서, 강렬한 위압이 덮쳐왔다.

"이봐, 그쪽은 맡길게."

"——아, 어, 으응."

아그니스가 갑자기 말을 걸어오자 레파는 한순간 말문이 막혔다.

멸시. 두려움. 레파를 앞에 둔 인간의 반응은 그 둘로 나뉘었다.

그러나 지금 남자가 한 말에는 혹독한 명령도, 공포에 겁먹으면서 애원하는 것도 아닌, 대등한 상대에 대한 과장 없는 '신뢰'가 있었다.

——함께 최강을 목표로 하자.

어린아이의 헛소리라고도 받아들일 수도 있는 약속을, 몸을 떨던 소년은 유지해내고, 고고했던 소녀는 지켜냈다. 그것은 양보할 수 없는 결의이자 동시에 흔들림 없는 신뢰였으니까.

——아아, 그렇구나.

레파는 갑작스럽게 이해했다.

나도 강해질 거야. '최강'이 될 거야. ——그렇게 선언했던 그 날.

주위에서 자신의 죽음을 바라자 질쏘냐 하고 분발했던 그때의 결의. 그것은——.

——난, 그저 이 남자의 곁에 서고 싶었던 걸지도 몰라.

레파는 홍조를 띤 얼굴이 보이지 않게끔 앞을 향한 채로 위세를 부렸다.

"너야말로 내 발목을 붙들지 마."

"헛소리하긴."

딱 맞닿았던 등에서, 호흡과 고동이 점차 천천히 포개졌다.

Illustrations copyright © Umiko

그것은 신기하게도 기분 좋은 일체감이었다.

숨을 들이마시고, 내쉬고.

들이마시고, 내쉬고, ────크게, 들이마시고.

────옥파참.

아그니스는 남은 힘을 양손에 실었다. 높이 들어 올린 검은 도신이 대기를 찢어발겨 생겨난 폭염이 작렬의 포탄이 되어 밤하늘을 태우면서 앞에 선 괴수에게 날아갔다.

────빙마포(氷魔砲).

레파의 앞에 얼어붙은 냉기가 소용돌이치면서 모였다. 그것은 5단으로 포개진 '투사'의 마법진을 빠져나가 폭발적으로 가속했다. 그리고 절대 영도의 얼음덩어리가 되어 또 한 마리에게 향했다.

신속으로 거칠게 날아오는 적색과 청색 두 빛깔의 탄환을 피할 도리는 없어서, 거대한 마수의 머리 부분이 날아갔다.

그리고──── 두 마리의 칠흑의 짐승은 성대하게 대지를 흔들며 동시에 쓰러졌다.

"…………."

다시 부활하는 건 아닐지 숨을 죽이며 기다렸지만, 두 마리의 마수는 완전히 움직임을 멈춘 상태였다.

이윽고 그 몸체가 검은 입자로 변해 밤하늘로 흩어졌다.

"쓰러뜨렸나……."

"피곤해……."

두 사람은 등을 맞댄 채 서로에게 기대듯이 그 자리에 주르륵 주저앉았다.

"오빠!"

"단장님!"

"레파 님!"

메이, 루시아나, 그리고 로제린이 언덕을 달려 올라왔다.

초원을 쓰다듬는 초여름의 밤바람이 묘하게 다정하게 느껴졌다.

"뭐, 동시라고는 해도 내가 조금 빨랐지."

"무슨 소릴 하는 거야? 당연히 나지."

두 사람은 맞닿은 등을 통해 상대의 존재를 느끼면서 크게 숨을 내뱉었다.

아그니스는 완전히 붕괴한 성당을 바라보며 툭 중얼거렸다.

"맞선은 또 중지로군."

"뭐, 그렇겠지."

"……."

아그니스는 잠시 입을 다문 후, 품에서 편지 한 통을 꺼냈다.

"그런데 난 이런 지령을 받았어. 널 농락하라. 그렇지 않으면 죽이라고."

편지를 받아든 레파는 그것을 바라보며 조용히 응답했다.

"그래……. 우연이네. 나도 그런데."

한순간 정숙이 드리워졌다.

아그니스는 닿은 등이 조금 차갑게, 딱딱해져 가는 감각을 느꼈다.

맞선이 실패한 지금, 남은 지령은 하나.

"……어쩔래? 날 죽일 거야?"

"난 에스키아의 군인이야. 나라를 지킬 필요가 있어. 납득이 가는 지령이라면 따라야만 해. 그래서 여기에 오기 전까지 계속 생각했어. 지령을 실행할 수 있을까 하고."

"……결론은?"

"명확하게 나오지 않았어. 그래서 고민은 그만두고 어쨌거나 만나보려고 했지."

"그래서…… 지금은 어때?"

레파의 말끝이 조금 떨렸다.

"그러게. 넌 이그마르의 왕위계승후보자에, 실력 있는 마술사고, 묘하게 고압적이고, 쓸데없이 자존심이 높아서, 금세 화내."

"가, 갑자기 뭐야?"

"하지만, 오징어구이를 먹음직스럽게 먹고, 혼자 남았을 때 조금 쓸쓸해 보이는 표정을 짓고, 요리를 잘한다 생각했더니, 갑자기 불안한 태도로 기묘한 맛이 나는 걸 내오고."

"자, 잠깐 기다려. 그러니까 무슨 소릴 하고 싶은 건데?"

아그니스는 긁적긁적 머리를 긁었다.

"그게, 뭐랄까. 즉, 결국 어느샌가 널 떠올리고 말아. 전에 여동생에게 들었는데, 이건 좋아한다는 뜻이래."

"⋯⋯으!"

레파가 숨을 삼키고 이쪽을 돌아보았다.

밤의 어스름한 어둠 속에서도, 그 뺨이 붉게 물들었다는 사실을 알 수 있었다.

"간단하게 말하자면, 난 이미 네게 농락당한 모양이야."

"호, 아, 후, 헷."

레파의 얼굴이 점점 더 새빨개졌다.

얼음 공주는 명백히 수상해진 거동으로 뻐끔뻐끔 입을 열었다.

"나⋯⋯⋯⋯, 나도⋯⋯⋯⋯. 분명, 아마도⋯⋯⋯⋯."

계속, 전부터.

과거의 소녀로 돌아간 것 같은 말로 레파는 작게 말했다.

아그니스는 뭐라 대답해야 좋을지 몰랐다. 지침서를 떠올려봐도, 이럴 때 할 말은 찾을 수 없었다. 다만, 가슴 안쪽이 묘하게 뜨거워져서 살짝 들뜬 기분이었다.

농락하라. 그렇지 않으면 죽여라.

국가가 그 두 가지 선택을 강요한다면, 이것은 서로 상대를 농락했다는 뜻일까? 그렇다면 쌍방이 임무에 성공한 것이다. 결국 잘 모르겠다.

하지만, 뭐 됐다고 아그니스는 생각했다.

등으로 상대의 호흡을 느끼면서, 지금은 밤바람에 몸을

맡기는 것도 나쁘지 않다——.

메이가 두 사람을 멀리서 바라보는 부장의 등에 살짝 손을 얹었다.

"루시아나 씨, 저기……."

"괜찮아, 메이. 난 내 나름대로 단장님을 지탱하고 있었다고 생각해. 실제로 그랬을 거야. 하지만 정말로 흉악한 마수가 상대일 땐, 단장님은 날 다가오게 하지 않아. 결국 어딘가에서 보호받고 있었던 거겠지."

루시아나는 조용한 목소리로 이렇게 말을 이었다.

"난, 단장님이 다른 사람에게 등을 맡기는 모습을 처음 봤어. 슬프지만, 분하지만, 그래도, 단장님께는 그런 상대가 필요한 거 같아. 단장님께는 지금까지 누구 한 사람 옆에 나란히 설 상대가 없었어. 계속 고독했으니까."

계속 '최강'으로 존재할 것.

길 없는 황야를, 오로지 혼자서 계속 걷는 그 중압감은 얼마나 무거웠을까?

루시아나의 눈꼬리에서 한줄기 눈물이 흘러나왔다.

"굉장히 힘들지만, 아주 조금…… 안심했어. 이상한 기분이야."

메이는 그 어깨를 부드럽게 쓰다듬었다.

"루시아나 씨, 그게, 다음에 둘이서 한잔할래요? 전 술은 아직 못 마시지만요."

"암시장에 어린애라도 마실 수 있는 술이 있어. 다음에 론에게 구해오라고 할게."

"어, 그런 게 있어요? 그럼 약속이에요."

"……그래. 약속이야."

간신히 옅게 웃는 얼굴을 보인 루시아나는 단원들을 이끌고 언덕을 달려 내려갔다.

그 뒷모습을 배웅한 메이는 두 사람의 '최강'에게 눈을 옮겼고,

"아니, 오빠."

잠들었다. 아그니스뿐만이 아니라 레파도 쌔근쌔근 숨소리를 내고 있었다.

마치 어린아이로 돌아간 것처럼, 무구한 얼굴을 하고 있다.

"역시 힘을 다 쓰신 거겠죠. 이런 모습을 보면 아무도 두 사람이 '최강'의 검사와 마술사라고 생각하지는 않겠네요."

어느샌가 옆에 안경을 쓴 메이드가 서 있었다.

메이는 로제린의 단정한 옆얼굴을 바라보며 머뭇머뭇 말했다.

"저기, 아까는 도와줘서 고마워."

"천만에요. 레파 님의 명령이니, 어쩔 수 없습니다."

"그렇게 말할 줄 알았어."

로제린은 어깨를 으쓱인 메이에게서 시선을 돌리고, 레파가 평온하게 잠든 얼굴을 바라보았다.

"그저 구원받기를 바라지 않는다……라. 당신은 제가 생각하던 것보다 훨씬 강해지셨군요……. 조금 질투가 나네요."

"……?"

로제린은 고개를 갸웃거리는 메이 쪽으로 방향을 틀고서 깊게 고개를 숙였다.

"앞으로 부디 잘 부탁드립니다, 메이 레스터 님."

"가, 갑자기 왜 그래?"

"아니요. 그저…… 오래 어울리게 될 거 같아서요."

메이는 얼굴을 들고서 미소를 띠우는 로제린에게 쿡 웃는 얼굴을 보냈다.

그리고 등을 맡기면서 안심한 듯이 자는 두 사람의 '최강'에게 시선을 옮겼다.

"그렇게 되면, 좋겠네."

별로 가득한 밤하늘에 두 개의 별이 슬쩍 떨어졌다.

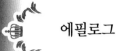
에스키아 공화국의 수도 칸바할.

메이에게서 온 편지를 탁자 위에 둔 랄프는 한숨을 쉬고서 집무실 의자에 깊게 몸을 기댔다.

중개역이었던 신성교회에 제국에서 보낸 자가 이미 침투해 있었다는 것. 제국이 인간을 마수화하는 기술을 가지고 있다는 것. 편지에 적힌 놀라운 사실을 보고, 랄프는 미간을 강하게 눌렀다.

덧붙여서 쌍둥이 시제가 별채 지하에 감금했던 여사교는 붕괴한 성당과 언덕을 목격하고 왠지 깨달음을 얻은 모양이라 본부 요직에 취임하게 된 모양이다.

"제국의 위협은 생각보다 더욱 코앞까지 닥친 건가."

랄프는 나지막한 목소리로 혼잣말을 했다.

다만 마수는커녕 검은 옷을 입은 병사도 아침이 되자 전부 사라져서 전혀 흔적이 남지 않았다고 한다.

한편으로, 메이의 편지는 밝은 소식으로 아그니스와 레파의 거리가 좁아졌다는 사실을 밝혔다. 아마 혼인에도 긍정적일 것이라고. 애초 상층부가 상정했던 형태와는 다르지만, 두 사람이 함께 싸워서 제국에 맞선 모습에 희망을 찾아냈다는 내용으로 매듭지었다.

"……평등한 동맹이라. 그런 게 정말로 가능하다고 생각하나?"

오랫동안 변경에 있던 아그니스와 메이는 이그마르 왕국과의 진정한 관계를 모른다.

랄프는 깊게 숨을 내뱉으며 집무실을 뒤로했다.

이그마르 왕국의 왕도 펜리르.

로제린에게서 온 편지를 팔랑팔랑 던진 이자벨라는 담배 연기를 내뱉으며 소파에서 일어섰다. 보고에 따르면 제국의 송곳니는 확실하게 접근한 모양이라, 그 섬뜩한 존재감에는 기묘한 거북함을 느꼈다.

"놀고 있을 시간은 없는 거 같네에."

이자벨라는 몸을 감싼 얇은 천을 스륵스륵 벗어 던지고 전신 거울 앞에 섰다.

신이 공을 들여서 창조해낸 것 같은 완벽한 비율을 만족스럽게 바라보았다.

그리고 천천히 왼쪽 눈에 손을 대고 안구를 빼냈다.

호박색 의안.

그때의 사고로 어머니와 함께 잃은 것이었다.

"아무리 잘 만든 레플리카라도 한 번 잃은 건 원래대로 돌아가지 않아……."

이자벨라는 꺼낸 안구를 살짝 움켜쥐고 입매를 싱글거렸다.

"그건 나라도 마찬가지일 거야. 그렇지?"

이자벨라는 악마조차 현혹할 만한, 요염하고 아름다운 음색으로 쿡쿡 웃었다.

* * *

"무슨 용건이야?"

"어어, 아니."

신성교회 말라드리아구. 느긋하게 재건 작업이 진행 중인 곳 한구석에서, 두 남녀가 서로 마주 보았다.

'플레임 로드'와 '블리자드 로즈'. 에스키아국과 이그마르국, '최강'의 두 사람이다.

"네가 불러냈잖아. 뭐, 뭔가 용건이 있는 거 아니야?"

"뭐, 뭐, 그렇긴 한데."

눈을 피하면서 이야기하는 레파와 긁적긁적 머리를 긁는 아그니스.

이날, 아그니스가 화살로 편지를 보내 중립 지대에 있는 신성교회 터에 레파를 불러냈다.

하지만 서로 호의를 고백하고 난 이후 첫 만남에 둘 다 어떤 태도를 보여야 좋을지 몰라서 아까 전부터 시선을 전혀 맞추지 않았다.

"아니, 네게 좀 건네주고 싶은 게 있어서."

마침내 아그니스가 결심한 듯이 말하고 품을 뒤졌다.

꺼내든 물건은 작은 나무 상자였다.

레파가 푸른 눈동자를 끔뻑였다.

"그, 그건……?"

"괜찮다면 받아줘. 아마, 손가락 치수는 딱 맞을 거야."

"어어어, 으, 아아아악!"

레파가 귀까지 붉은색으로 물들이면서 상자를 받아들었다.

"하, 하지만, 갑자기 이런……."

"신경 쓰지 마. 특별 주문품이야. 네가 끼워줬으면 해서."

"흐아, 아, 아, 아아아아."

레파는 입술을 떨면서 머뭇머뭇 겁먹은 듯이 뚜껑을 열었다.

그리고──.

"……이게 뭐야?"

레파가 집어 올린 것은 햇빛에 찬연히 빛나는 은색의──주먹 씌우개였다.

"꽤 망설였지만 역시 네게 필요할 거 같았어. 마술 실력은 일류지만 육탄전이 너무 빈약하잖아. 그러니까 여차할 땐 그걸 써. 상대의 안면에 한 방 넣으면, 기를 죽이는 정도는 가능하겠지."

"⋯⋯⋯⋯그래. ⋯⋯어어, 그러네. ⋯⋯잘 알았어."

레파는 뺨을 실룩샐룩 경련시키면서 주먹 씌우개를 천천히 오른손에 끼웠다.

마치 자로 잰 것처럼 손가락에 딱 맞았다. 싱긋 웃은 '블리자드 로즈'는 다음 순간 크게 주먹을 휘둘러 올렸다.

"넌 좀 더 여자 마음을 공부하는 편이 좋겠어!"

"잠깐, 기다려! 대체 왜?"

혼신의 오른쪽 스트레이트가 아그니스의 안면에 작렬했다.

⋯⋯.

"──그럼 돌아갈게. 일단 받아두겠지만. 고맙게!"

"어, 응⋯⋯."

그 후 손으로 얼굴을 쓰는 아그니스를 남기고, 레파는 큰 보폭으로 말라드리아구를 뒤로했다.

"정말이지, 믿을 수 없어!"

연모하는 사람에게 주먹 씌우개를 선물하는 연애 소설이 있다면 읽어보고 싶다.

레파는 노발대발한 상태로 손안에 든 주먹 씌우개를 바라보았다.

"⋯⋯응?"

그 상황에서 문득 깨달은 점이 있었다.

자세히 보니 주먹 씌우개에 작게 문자가 새겨져 있었다.

눈에 힘을 주자 이런 문자가 적혀 있었다.

——함께 가자.

"저저저, 정말, 뭐냐고!"

오늘은 화나거나 놀라거나 바쁘다.

레파는 급격히 빨라지는 맥을 느끼면서 홀로 낭패스러워했다.

과연 이건 어떤 의미일까?

혹시 프러포즈 같은 무언가인가. 아니, 그건 좀 빠른 거 같지만, 너무 갑작스러워서 전혀 받아들일 준비가 되어있지 않달까, 너무 깊이 생각하는 걸까. 조금 부끄러운 기분도 들고. 아아, 이젠 모르겠다.

하지만 어쩐지 멋진 말이라고 생각했다. 왠지 자신들에게 어울린다는, 그런 기분이 들었다.

최강에 이르는 길.

동맹으로 이르는 길.

평화로 이르는 길.

어떤 길도 무척 높고 험하다. 혼자라면 다다를 수 없을지도 모른다.

하지만, 둘이서라면.

"응, 가자. ——함께."

레파는 곱씹듯이 중얼거리고서 푸른 하늘을 우러렀다.

후기

안녕하세요, 히시카와 사카쿠입니다.

이번에 새 시리즈 『최강끼리 맞선 본 결과』를 읽어주셔서 고맙습니다.

강하다는 건…… 대체 어떤 느낌입니까?

모 유명만화의 대사입니다만(모르신다면 검색해 봅시다), 대체 어떤 느낌일까요?

만약 다른 사람이 다가오지 않을 만큼 커다란 힘을 손에 넣는다면.

그 힘을 과시해서 고집을 관철하는 것도 일흥.

그 힘을 숨기고서 적당히 발휘하면서 유유자적하게 자는 것 또한 일흥.

하지만 길 없는 황야를 오로지 혼자서 나아가는 고독도, 어쩌면 거기에 있을지도 모릅니다.

그리고 만약 그런 인간이 있다고 치면, 함께 그 길을 가는 자의 존재는 무엇보다 마음 든든해질지도 모릅니다. 그게 설령 적의 입장이라고 해도요.

하지만 분명 그들은 단련만 하며 자라왔을 테니까, 대인 커뮤니케이션에는 어느 정도 어려움이 있을 거 같습니다. 특히 연애 같은 게 가장 힘들겠죠.

그렇다 치면.

그 두 사람이 만약 맞선 같은 걸 본다면——.

돌이켜 생각하면 (아마도) 그런 뇌 내 흐름이 계기가 되어서 본작이 태어났습니다.

맞선을 계기로 시작되는, 서투르지만 올곧은 주인공들의 줄다리기나 살아가는 모습을 즐겨주신다면 기쁘겠습니다.

감사의 말입니다.

항상 신세 지고 있는 담당자 오하라 님. GA 문고 관계자 여러분, 그리고 서점 여러분, 정말로 고맙습니다. 덕분에 본작을 세상의 여러분께 전해드릴 수 있었습니다.

일러스트를 맡으신 U35 선생님께서 작가의 상상 이상으로 캐릭터를 매력적으로 그려주셔서 매번 컷이 도착하는 걸 기대하지 않을 수 없었어요. 레파, 귀여워요. 다들 귀여워요.

평소보다 다양한 형태로 조언을 해준 작가 동료나 친구, 가족에게도 매일 감사합니다.

그리고 물론 본작을 읽어주신 독자분들께 최대한의 감사를 전해드리고 싶습니다!

그럼 또 뵙기를 기대하며.

SAIKYODOSHI GA OMIAI SHITA KEKKA 1
Copyright © 2018 Sakaku Hishikawa
Illustrations copyright © 2018 Umiko
Korean translation rights arranged with SB Creative Corp.
through Japan UNI Agency, Inc., Tokyo

최강끼리 맞선 본 결과 1

2019년 5월 24일 1판 1쇄 인쇄
2019년 6월 1일 1판 1쇄 발행

저 자	히시카와 사카쿠	
일 러 스 트	우미코	
옮 긴 이	정우주	
발 행 인	유재옥	
본 부 장	조병권	
담당편집자	이성호	
편집 1팀	정영길 김민지 이성호 조찬희	
편집 2팀	김다솜 지미현	
편집 3팀	박상섭 김효연	
라이츠담당	박선희, 오유진	
디 지 털	최민성, 박지혜	
발 행 처	㈜소미미디어	
인쇄제작처	코리아피엔피	
등 록	제2015-000008호	
주 소	서울시 마포구 토정로 222, 403호 (신수동, 한국출판콘텐츠센터)	
판 매	㈜소미미디어	
마 케 팅	한민지 한주원	
물 류	허석용 최태욱	
전 화	편집부 (070)4164-3962, 3963 기획실 (02)567-3388	
	판매 및 마케팅 (02)567-3388, Fax (02)322-7665	

ISBN 979-11-6389-491-9 04830
ISBN 979-11-6389-490-2 (세트)